指文图书

LIONS OF KANDAHAR

坎大哈之狮

修订版

原著：【美】鲁斯蒂·布拉德利 【美】凯文·莫勒
翻译：小小冰人

中国长安出版社

图书在版编目（CIP）数据

坎大哈之狮 /（美）布拉德利，（美）莫勒著；小小冰人译.
-- 北京：中国长安出版社，2013.5
ISBN 978-7-5107-0605-9

Ⅰ.①坎… Ⅱ.①布… ②莫… ③小… Ⅲ.①纪实文学－美国－现代 Ⅳ.①I712.55

中国版本图书馆 CIP 数据核字 (2013) 第 099622 号

坎大哈之狮（修订版）

作者：【美】鲁斯蒂·布拉德利（Rusty Bradley）【美】凯文·莫勒（Kevin Maurer）
出版：中国长安出版社
社址：北京市东城区北池子大街 14 号（100006）
网址：http://www.ccapress.com
邮箱：capress@163.com
发行：中国长安出版社
电话：(010)85099947 85099948
印刷：重庆科情印务有限公司
开本：787mm × 1092mm 16 开
印张：13
字数：200 千字
版本：2017 年 7 月第 2 版 2017 年 7 月第 1 次印刷

书号：ISBN 978-7-5107-0605-9
定价：69.80 元

目录

作者按

写作这本书时，我所面临的重要挑战是试图在纸上捕捉这一事件的重要性，并为读者清晰阐述其意义。本书所讲述的并不仅仅是持续数天的一系列激烈交火。这是你从未听过的阿富汗战事中最具战略重要性的一场激战，其结果对反恐战争有着直接影响。这次国际安全援助部队（ISAF）事先策划好，旨在清除一处已知的敌栖身地的军事行动，很快便发展成一场激烈而又关键的战斗，这场战斗将未经受过考验的北约士兵推至极限，并导致塔利班和外国武装分子彻底改变了他们对抗联军的方式。这是一场全力以赴消灭复苏的敌人的战斗，也是促使美国及其盟国重新认知要继续进行这场战争还需要些什么的一剂催化剂。

2006年夏末，“美杜莎”行动的初始阶段持续了近两周。这一行动及其后续阶段最终将战斗延续至数月之久。我所在的小队（5个小队中的一个）直接参与了整场行动的所有阶段，也是“美杜莎”行动结束后，被选中而留在动荡的潘杰瓦伊区（Panjwayi district）的主要力量。作为ODA331（Operational Detachment Alpha：A类特种作战分队），我们接受的任务是“肃清”塔利班以及外国武装分子，减弱其影响，恢复当地的合法管辖，并为一片罗德岛大小的欠发达城市地区的重建和安全工作提供协助。这个艰巨的任务被交付给10个人。这就是战争的运命，而这一事实是要付出代价的。

我尽己所能地回忆了2006年8月至9月间，我所在的特种作战小队的经历，从而写下了这个故事，意在如实记述特种部队士兵们在阿富汗所面对的考验。书中的话语和情绪都是真实的，尽管这些话不一定代表软弱、怯懦或正确的政治立场。这本书里没有不可告人的目的或隐藏的动机，绝不想引发争议或指责些什么。这里讲述的不过是一个关于普通人的故事，面对绝对的逆境，他们做出了不平凡的事迹。

写作本书时，我恪守了所有相关法规和约因。我只使用名字（first names）和昵称，以保护书中提到的人，除非是个别先前已被披露的姓名。出于行动安全的考虑，某些呼叫代号做了更改。撰写本书时，我已尽了一切努力来遵守美国陆军特种作战司令部的保密规定以及传统的常识。

写作这个故事，我的目的不是为了取悦某个特定阶层或自己，也不是为了做出任何政治声明。描述事件时，我严格忠实于事实，而不是个人看法。这些事情要么存在，要么就没发生过。当然，必定会有人对我写作本书的决定以及书中所述的事件指手画脚。这本书的准确性并不仅仅来自我个人的回忆，还包括30余名特种部队士兵及指挥官、ISAF成员和阿富汗国民军士兵，他们曾与我一同在当地服役。为确保本书的准确性，我后来专门采访了他们。通过这些访谈、作战报告以及我个人的笔记和回忆，确定了书中的对话。

他们是我的指南针，我的向导，也是本书实情的来源。阿富汗人的普什图语中有这样一种说法：Dagga tse dagga da——实事求是。

这个故事就是如此。这就是我们的故事。**解放受压迫者。前进或死亡。**[①]

鲁斯蒂·布拉德利

2009年4月

阿富汗坎大哈

免责声明：书中的观点仅代表作者本人，并不一定代表美国国防部及其组成部分或其工作人员的看法。

① “解放受压迫者”是绿色贝雷帽帽徽上的一句拉丁语；“前进或死亡”则是法国外籍兵团的格言。

建立拦截阵地（2006年8月31日—9月1日）

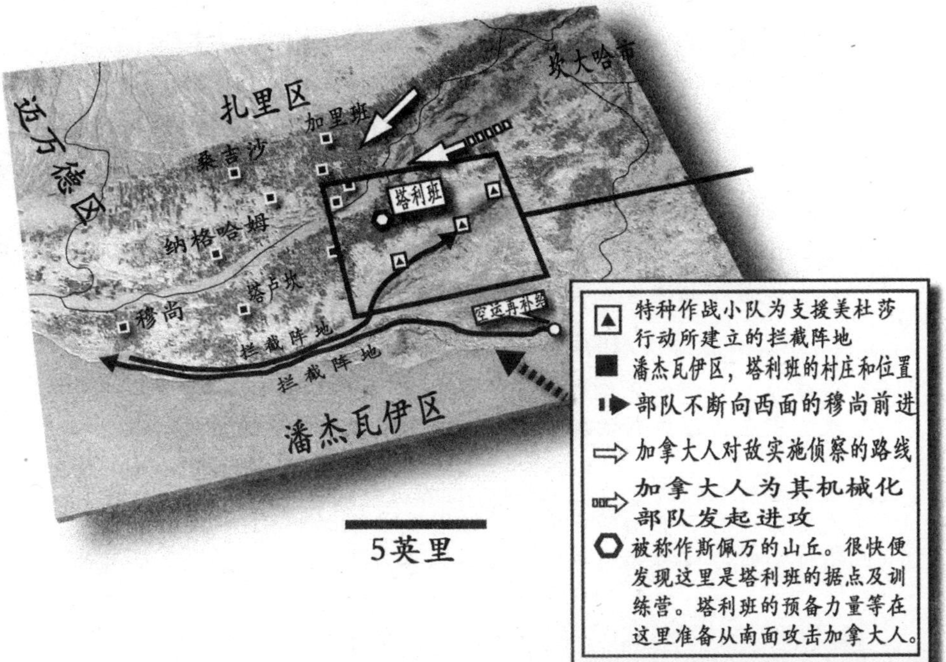

斯佩万山的伏击（2006年9月3日）

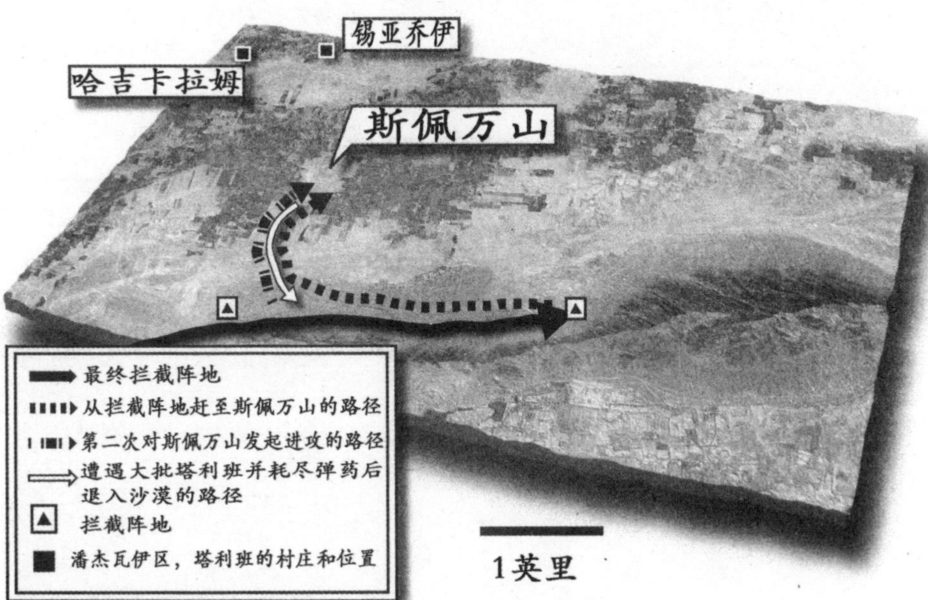

对斯佩万山的进攻（2006年9月5日）
敌人的反扑（2006年9月5—10日）

下方的地图显示，被称作“斯佩万”的山丘被大批农田、沟渠和院落所包围。

① 最初的进攻位置。

② 格雷格和肖恩被简易爆炸装置击中。
对斯佩万山的进攻期间，裘德就是在这里营救了格雷格。

③ ODA26和霍奇上尉的小队所进攻的校舍。

④ 斯佩万山。这里是塔利班分子聚集的主要地点，也是我们的攻击重点。谁控制住斯佩万山，就能控制住河谷的南半部。

⑤ 塔利班高级指挥官哈菲兹•马吉德的院落和据点。我们对斯佩万山发起进攻时，可怕的火力从这里扑向我们的侧翼，裘德试着营救格雷格时，这里也对他构成了直接火力打击。

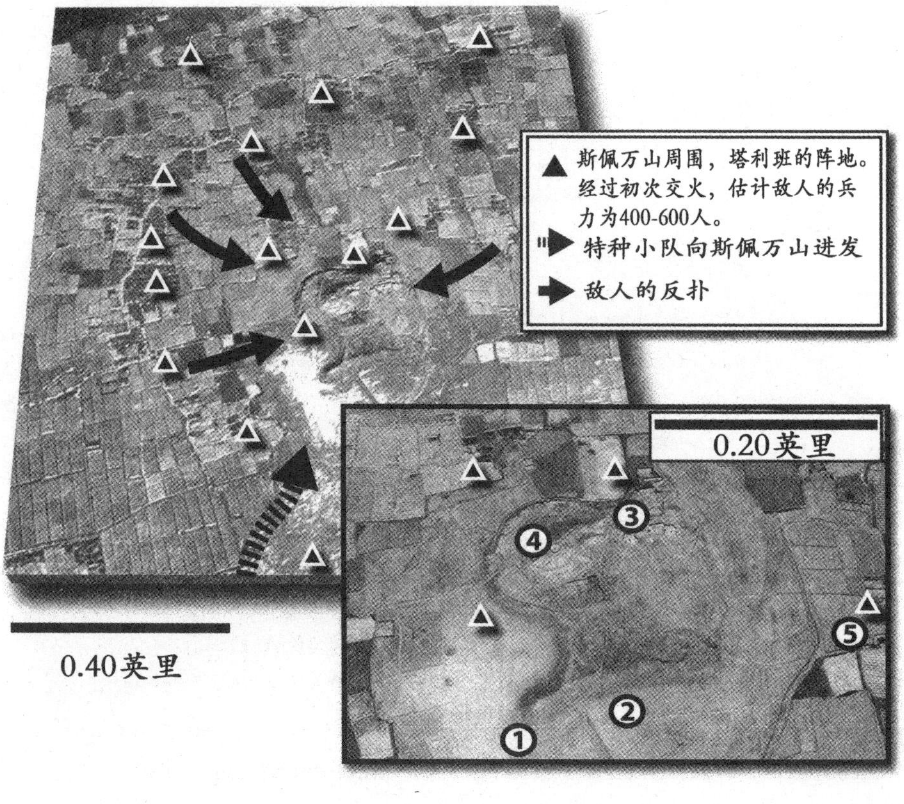

第一章

初次接敌

邪恶获胜的唯一条件是好人袖手旁观。
——埃德蒙·伯克

2006年9月

第一发子弹像电钻那样撞上了挡风玻璃。我缩了缩身子，做着最坏的打算。幸运的是，防弹玻璃发挥了作用，否则，我的脑浆早已在车内溅得到处都是了。火箭弹（RPG）在几英尺外掠过，近得我甚至能看见弹体上用弹簧支撑着的稳定翼，这东西能以惊人的速度，轻而易举地切断一个人的头颅、胳膊、大腿，或是击毁一部小型车辆。火箭弹产生的雾化尾迹悬在空中。机枪的轰鸣震耳欲聋，淹没了一切。此刻，我们刚刚抵达战场。“美杜莎”行动——北约主导的，其历史上规模最大的攻势——变成了一场绝对的灾难。附近，加拿大人的主攻停滞下来，随后陷入彻底的停顿，他们遭到反坦克火力的伏击，旋即被笼罩进巷战中。5分钟内，我的特种作战小队和我们的阿富汗盟友便在斯佩万山脚下投入了激战，这是坎大哈省西部潘杰瓦伊区一座偏远的山丘。另外两支特种作战小队也带着阿富汗士兵，冒着猛烈的火力朝山上冲去。如果能夺取山头，我们就能呼叫空中打击力量来支援我们的北约盟友。

一场战斗的头两分钟最为宝贵。在最初的30秒内你就会知道自己面对的是谁，如果你能活那么久的话。掠过我们GMV[①]的机枪火力和RPG的齐射告诉我，我们所面对的敌人非常清楚他们在做什么。塔利班武装分子已沉重地打击了附近的一支加拿大机械化部队，打死他们十来个人，还摧毁数部车辆。通过电台，我能听见加拿大人的呼叫。他们正在为保住自己的性命而战。我们也是如此。

这是我第三次被派驻阿富汗。7个月前离开这里时，我们几乎已将塔利班彻底逐

① GMV指的是“地面机动车辆”，实际上就是“悍马”，但GMV是“悍马”的一个变款，专供特种部队使用。

出坎大哈。他们应该被击溃、被打垮了。但从那以后，北约部队接管了阿富汗南部，用来自世界各地的士兵替换了美国军队。北约指挥官将重点放在设立重建小组上，而不是作战和维护安全，但这其实是重建工作的关键。开战5年后，战略的改变将导致自2001年塔利班政权倒台以来最血腥的时期。

我们早就得到过警告，塔利班正大规模卷土重来。他们在潘杰瓦伊（那是他们的腹地）集结了数千名武装分子，还将目光投向坎大哈——坎大哈省省会，阿富汗南部的重镇。这帮家伙既不是作战技能拙劣的塔利班村民，也不再像过去那样胡乱扫射，期盼安拉会帮助他们杀死异教徒并保佑自己生存下去。这些塔利班分子拥有良好的协调和统一的步调。一连串火箭弹爆炸后，敌人随即用瞄得很准的火箭弹直接打击我们的重机枪手，希望能炸毁机枪或击毙射手。这是我们第一次看见死灰复燃的塔利班分子将重点集中在将联军逐出阿富汗南部的行动上。此刻，我们蹲伏在车辆上，面对着自战争爆发最初几个月后便很罕见的猛烈火力。

车辆右后方射来的火力所发出的重重撞击声吓了我一跳。我侧身坐着，面朝外，转过头时刚好看见另一发RPG撞上地面所发出的强烈的红色闪光。塔利班机枪射出的红色曳光弹接踵而至，扑向我们的车辆和一旁的地面，随即被弹飞，朝各个方向飞溅。我以自己最快的速度将M240机枪转向来袭的方向。矩形的农渠（某些地方深达6英尺）、茂密的植被和葡萄晾干屋中都爆发出敌人的火力。

“右侧发现敌踪，右侧！”我大声喊叫着，以期盖过枪声的轰鸣。我这个小队的车辆上，所有的机枪和榴弹发射器一起向敌人的阵地喷吐出火舌。这场比赛就是将尽可能猛烈的火力投向对方。

就在我们开始占据优势之际，位于我那辆悍马正前方的一座泥土堡垒及其周围的建筑突然间开火了。我们暴露在开阔处，无遮无掩。子弹在车内和车外向四面八方弹跳，火光闪烁。一发火箭弹在悍马的前保险杠炸开。我的牙齿一阵剧痛，感觉到嘴里有一股爆炸造成的强烈的金属味。惶惑和痛苦令我放下心来，我还活着。我们的前方、左侧和右侧都有敌人。他们的伏击几乎将我们的队伍切为两段，并阻止了我们的援兵投入战斗。从一开始，这就是他们的目标：分割队伍，制造混乱，把我们逐一干掉。现在，我们需要空中支援！

荷兰人的“阿帕奇”武装直升机在我们上方盘旋。“阿帕奇”30毫米机炮射击时发出的“砰砰”声简直就是美妙的音符。它飞到重兵守卫的建筑物上，以便将屋里的人驱赶出来。“阿帕奇”射出两发2.75英寸火箭弹，击中了不到一个足球场远的葡萄晾干屋。尖锐的爆炸声表明他们射得很准。火箭弹爆炸造成的烟尘刚一消散，我们的阿富汗国民军士兵便开火了，顿时将四五个跌跌撞撞地跑出建筑、满脸茫然和困惑的塔利班武装分子射倒在地。被准确射杀的人通常会像布娃娃那样摔倒，就像眼前的这些人一样。

我估计，山上和四周，我们面对着大约50～80名敌人。我们有60名阿富汗士兵和30名特种部队战士，分成3个A类特种作战分队和1个负责指挥与控制的B类特种作战分队。B队应该由另外12个人组成，但这次他们只有4个人和1辆车。我们的目标——斯佩万山，从河谷的农田中伸出，被深深的农渠隔开。那是一处真正的黄金宝地，因为无论谁占据它，都可以控制住河谷的上方、下端以及河对岸，加拿大士兵就在对岸遭到了伏击。

正当我们拼命试图冲上山去时，战术行动中心（TOC）用无线电给我们发来了更多的信息。通过战场上空的一架“捕食者”无人侦察机，他们观看着战斗的实况，无人机提供的画面与我们所了解的战地情况截然不同。

“鹰爪30，这里是鹰10。你们的情况是这样：敌人的数量不是几十个，而是几百个，甚至可能上千。到处都是他们的人。收到了吗？结束。”

我们的弹药已消耗过半。现在我们知道，无论是兵力还是火力，我们都处于绝对的劣势。我们面对着数百名塔利班武装分子，他们正从四面八方涌来。

我们遇到大麻烦了。

第二章

那种阴沟的气味

直觉在战斗中往往至关重要，幸存者都已学会绝不忽略它。
——F. F. 帕里，美国海军陆战队上校（退役）

2006年8月

巨大的灰色C-17运输机的机轮接触到坎大哈机场跑道时发出了刺耳的刹车声。机身剧烈颤动，强大的引擎尖啸着，直到滑行到跑道尽头才停了下来。

10分钟前，我们被告知系紧安全带，飞机即将降落。于是，我们离开机腹部多少要舒适些的角落，在货舱两侧的座位上坐好。弟兄们从搭载着补给物资的硕大托盘上爬下，或从卡车的引擎盖上翻身下来。没人说话。每个人都梦游般地走到自己的座位上。机轮在跑道上的颠簸帮助我们清醒过来。我舒展身子，从眼中拭去睡意，朝货舱里看了看。小队里的其他人睡眼惺忪，但都醒着。轰鸣的引擎将这架巨大的飞机及其所载的货物推向喷涂着20英尺见方白色“W”字母的跑道，随后，我们滑行到终点处。

对我来说，飞行一直是个重要的转折点。这意味着重新回到现实中，战争还在继续，我们将再次投身其中。17个小时前，飞机升入空中之际，我试图摒除布拉格堡生活中的一切杂念。这既是一次身体上的分离，也是一次精神上的告别。接下来的8个月，我将成为一名外交人员、和平使者、教官和猎人。糟糕的时候，我也会成为被猎杀者。

离开家人始终是最艰难的。这比打仗更糟糕，比差劲的生活条件更恶劣，甚至比负伤更加不幸。是什么造成了这种艰难，不得而知。我从来不知道自己是否能说出最后的告别。年轻时，我曾考虑过结婚的事情，祷告自己能娶到一位坚强、有主见的妻子，要是我出了什么事，她会照料我的家人。上帝也确实赐给了我这样一位妻子。可是，道别造成了负面影响。妻子看上去疲惫不已。离开自己的孩子也令人极为痛苦，你无法解释自己为什么要去那里，而这正是他们想知道的。对我来说，回答“为了什么”非常简单。我的家人就是我为何要投身战斗的原因，但他们很难理解我不得不奔波数千英里去做到这一点的原因。我们没有任何特殊的仪式。在他们把我送到布拉格堡前，我只是把尽可能多的时间花在他们身上。最后的拥抱结束后，我的思绪一片麻木，然后，我把家人深深地藏在内心深处无人可触及的地方。

我入伍时，适逢“沙漠风暴”行动后美军裁减人员。我有一张大学文凭，但候补军官学校里没我的名额。我倒不在乎这个。我只是为了完成自己的义务，再见见世面。可没多久，我在士官团中找到了适合自己的位置。我喜欢战友情谊，对任何一个训练我的高级军士所传授的内容极为热衷。我只是尽力做一块海绵，把自己能学到的一切都吸收到。我获得了“游骑兵”臂章，从空降和空中突击学校毕业，甚至还去马来西亚的追踪学校学习。直到多年后，我终于得以加入候补军官学校，并最终被选入特种部队。我一直认为，先做好一名军士，了解他们作为军队骨干的一部分是如何发挥他们的作用、如何激励并率领部下，才使我成为一名更优秀的军官。我学到的技能和对细节的关注，将来会对我有所帮助。

从“特种部队资格训练”毕业后，我继承了一支“超级杯冠军队”。经历了第一次特种部队作战部署后，我的几位前辈不得不按照既定政策调离我们小队，被赋予了其他任务。我觉得，将这些实战经验极其丰富的家伙调离，对我们小队的凝聚力来说显然是个荒谬的要求。但我并未对此提出异议，毕竟，我们是在军队里。谢天谢地，小队里剩下的成员也都是些出色的顾问。新人们到来后，立即融入团队中，我们得以继续前行。

加入队伍没多久，我便意识到，特种部队士兵和我们的组织通常都有一种特殊的神秘性。这是你无法弄清的事情，肯定不能通过好莱坞电影得出结论。我们的生活、训练和行动在一种独特的模式下进行。一方面，每一天都如同2001年9月12日。我们是真正的尖兵，投入战场，深入敌人的腹地，仅凭很少或根本就没有的支援，完全生活在当地的本土文化中。我们的国家希望在阿富汗展现出热血、智谋和勇气，我们就付出这一切。但另一方面，我们同时也试图建立起一个国家，将其人民从塔利班残暴的意识形态中解救出来——这是个更为艰巨的挑战。为实现任务中这一关键部分，将自己从西方思维中脱离出来，采用阿富汗人的思维模式，让自己融入他们的社会、部落、语言、文化、宗教和基本理念中，这一切相当必要。从一个战火纷飞的国家到一个和平之地，阿富汗人民着手进行这一巨大转型之际，我们必须确定并满足他们的需求。他们需要安全、教育、体制、诚实的政治代表和民用基础设施。我们知道，这种转型需要几代人的时间和大量的金钱。我们也知道，从战略上说，作为一个国家，阿富汗必须获得胜利。如果延续其历史轨迹，我们就无法为阿富汗人民提供一个安全的国度，而我们的牺牲也将付之东流。阿富汗人并未将他们的国家视为另一个帝国的坟墓，我们到这里不是为了征服，而是为了重建和提供帮助，他们知道这一点。

C-17穿越夜空之际，我把注意力集中在自己作为一名特种部队小队指挥官最近所经历的一次轮换上，回顾了我们执行任务前的训练以及为即将到来的部署所进行的准备。美国的军事力量中，没有哪支部队像特种部队这般多才多艺。诞生于二战后的特种部队，是美国军方最训练有素的单位。标准的特种作战小队被称为“A类特种作战分队”，或简称为ODA，组建小队的目的是为了独立行动，每个小队由12人组成，由1名上尉和1名准尉带领。小队里的其他人由军士①组成。2名高级士官分别担任小队军士和情报军士。小队的各专业方面分别由2名军士负责，1名高级士官和1名初级士官。枪械军士是战术专家，并负责维护全队的武器，例如步枪、机枪和火箭筒等。工兵军士负责构建和炸毁工作，他们还担任小队的后勤军士。医疗军士是陆军中最棒的外科医师，但他们也能治疗常见的疾病，包括从事牙医工作，甚至能为农场的牲畜提供兽医服务。而通讯军士则负责全队的电台和电脑，保持小队与外界的联络。

过去的几个月里，我的小队研究了阿富汗与巴基斯坦之间的边境区域。巴基斯坦境内偏远、荒凉的部落区，沿着阿富汗边境延伸了500英里，几个世纪以来一直混乱无序，充满暴力。今天，那里成了“圣战”的滋生地。塔利班和基地组织的激进分子潜伏在那里，将那片区域当作进攻阿富汗的跳板和在世界各地进行恐怖袭击的训练地。那是巴基斯坦政府无力控制的一片区域，也是美国军队的禁区。

我们知道主要的对手是谁，偶尔也能发现一些“好人”，但他们只是坏人中的骑墙派而已。我们绘制了塔利班的进出路线，确定了可能的藏身处和伏击地点。8个月前的最近一次派驻期间，我们的特种作战连与第173空降旅的士兵相配合，几乎将坎大哈省的塔利班分子悉数歼灭，我祈祷这次也能取得同样的成功。

几分钟后，飞机终于停止了滑行，勤务长打开货舱门。负责飞机装卸的勤务长穿着棕褐色的飞行服和沉重的防弹衣。

就在这些勤务人员摇摇晃晃地靠近货物，准备卸载之际，我的枪械军士扎克笑着揶揄道：“好吧，上尉，你看，我们搭乘了一架10吨重的飞机，机上携带着5吨燃油，每小时飞行400到600英里。相比之下，子弹绝对是你最不必担心的东西。”

“我知道，扎克，我知道。”我说道。

---

① 这里的小队军士指的是负责作战的18Z，这个职务通常由二级军士长担任；而情报军士指的是18F，通常由三级军士长担任。注意区分美军作战单位中的职务和军衔，枪械军士、情报军士等，指的是职务，而不是军衔等级。

扎克是小队里的新成员，夏初时才刚刚加入，但若不说，你永远不会知道这一点。他身材魁梧，有着粗壮的躯体、水桶般的胸膛，非常适合做一名UFC终极格斗拳手。他遇到小队里的高级士官比尔，结果，这两人组成了一对该死的搭档。你总是能辨别出谁是那种为完成任务而愿意走极端的人，扎克绝对符合这一点。他粗鲁、年轻、莽撞，单纯得令人恼火。他很可能会痛揍你一顿，他自己也知道这一点。他有一头浓密的黑发，非常适合留上一把络腮胡，我已估算过让他穿上便衣混迹于阿富汗人当中时他的能力范围。我猜想，他能轻而易举地将自己伪装起来，在危险的情况下与小队共同将任务完成好。说到操纵枪支，扎克就像专业车手驾驭赛车那样。他负责维护的武器得到了妥帖的保管和照料，直到被投入使用。然后，在适当的时候，你将子弹从这些枪械中射出，让它们尽其所用。扎克知道，必要的话，事后他可以修理或更换这些武器，他知道该如何让它们发挥预期的使用效果，并将其潜力充分挖掘。他是比尔的得意门生，两人在一起刻苦训练。比尔将扎克调教成顶尖的枪械军士，而扎克则让比尔保持着最佳状态。我们这次的行动，要是有什么人蠢到胆敢跟我们交火，遇上他们俩，肯定会为自己的鲁莽付出惨重的代价。

扎克还是单身，小队里的一些已婚队员会借助他来满足自己的梦想。女人们喜欢他，他身旁从来就不缺美女。扎克并不为此而自得——好吧，也许有那么一点——但在我们这个群体中，这并不会被视作骄傲自大，只要你也有这种本事。扎克总是在肉体和精神上不断对自己进行艰苦的考验。无论是体能训练、射击、喝啤酒或是智力游戏，扎克总是一马当先，全力以赴。他的职业生涯刚刚开始，但对坚韧精神的寻求早已持续数年。看着他，我经常希望自己能年轻15岁，体重也减掉20磅。训练时，扎克是个好伙伴，他能把你推至自己从未想过能到达的极限。我将这个小秘密藏入自己的“百宝囊”中。如果要找人把一个方形楔子塞入圆孔，我知道扎克就是合适人选，而且他会对此非常高兴。我很喜欢带上这个出色的年轻人外出执行任务，痛揍那些欠揍的家伙。尽管是队里的新人，但扎克从未受过其他队员的欺负。如果某些事情是扎克不懂的，只要给他一个月时间，他会做得比你还好。

货物准备妥当后，宽大、灰色的液压舱门打开了，我们在高空享受到的凉爽迅速让位于等候在机舱外的闷热。阿富汗的气味就像是一条露天阴沟里的水流淌过一堆松木篝火。几乎是不约而同，队里每个人的心都沉了下去。

我们回来了。

发动机熄火后，卡车驶到飞机尾部。这些脏兮兮、破破烂烂的卡车都是丰田“海拉克斯”，在阿富汗相当于丰田“塔库玛”紧凑型皮卡。机上的勤务人员迅速松开锁链，将货物托盘推出飞机尾部；等候着的叉车隆隆向前，举起货物托盘，将物资运出机舱。这些物资，从武器弹药到办公用品，一应俱全。一个托盘上堆得高高的是配发给阿富汗国民军的军靴和军装。上次轮换时，我们曾见过那些阿富汗士兵的装备是多么糟糕。这次，我们每个人都从家里把自己多余的装备带了过来：靴子、军装、皮带、袜子、帽子、载具等。我和队里的许多人都自掏腰包，为阿富汗战友们购买了额外的装备。我们知道他们需要些什么，并希望能确保他们拥有这些。这一切对羽翼未丰的阿富汗军队来说至关重要。

我钻出机舱尾部，站到混凝土跑道上。我的膝盖因长时间蜷曲而有些疼痛。离开坎大哈机场已有6个月，于是我迅速查看了一番。这座机场位于坎大哈东南方10英里处，由美国国际开发署修建于20世纪60年代，当时的目的是防备与苏联发生战争。1979年，苏军入侵阿富汗，他们使用了这座机场。2001年，美国陆军游骑兵夺回机场，它成了美国在阿富汗南部的重要交通枢纽。

战术行动中心的一位高级军士在停机坪迎接了我们，他查看着每一箱卸下的货物，与自己的写字板进行着核对。最后一箱物资被装上卡车车厢后，我们也做好了出发的准备。

比尔指了指我们的车辆。2005年派驻期间的中途，他加入到我们的小队。此前，他是游骑兵里的一名排军士长。只用了几天时间，比尔就跟上了全队的进度。现在，他是小队军士、高级主管，负责将全队与训练和战术计划保持一致。比尔单独对我负责，是一名出色而又难得的士官——他是那种既能与士兵们打成一片，又能让他们对高级士官保持尊敬的人。他在德克萨斯州怀特塞特门一个贫穷的乡村社区长大，他开玩笑说，他的家庭就是一出活生生的“杰瑞·斯普林格”脱口秀。他活泼、瘦削，喜欢顶级的波本酒，是达拉斯牛仔队的球迷。不执勤的时候，他能让我们小组捧腹大笑几个小时。对比尔这样的人来说，打仗只是他们个性的一种扩展。如果情况需要，不要一秒钟，他就能从脾气随和的队员摇身变成严厉的纪律管理者（或者说是混蛋）。一旦发生这种情况，每个人都会将战术和武器发挥到淋漓尽致。他使全队保持着最佳状态，随时准备迎接下一个挑战。说比尔好胜心强有点不恰当。从刚一加入我们小队起，他就是队伍中的佼佼者——他能轻松战胜我们所有人，能做更多的俯卧撑、引体向上和仰卧起坐，是典型的游骑兵风格。他很快便了解到，特种部队里，没人在乎你是否能奔跑得更快。战斗中，每个身穿防弹衣，携带全套装备的特种队员必须能做到的三件重要的事情：作战，背负携带着全套装备的伤员，背着背包登山。我们中的大多数人都是游骑兵，我们从未丢下倒在战场上的战友，永远也不会。在格斗坑里上了几堂训练课后，比尔明白了这一点。不久，他参加了健身房的日常锻炼。我觉得他喜欢发达的肌肉，并一直在坚持锻炼。自上次派驻以来，他已增加了20磅肌肉。

登上车辆，我向战术行动中心的那名军士打听最近的情况。

“长官，情况很复杂，”他告诉我，“你最好从头儿那里听取简报吧。”

比尔凑了过来，“要是你不得不去听取情况简报的话，那就说明情况不太妙。”他低声说道。

特种作战大院距离机场并不太远。我们驶入大门，经过岗哨，在我们的宿舍前下了车。宿舍是一座用胶合板临时搭设的建筑。我们把各自的装备扔在床铺上，所谓的床铺就是在摇摇晃晃的金属架上铺设一层又薄又廉价的床垫，这还是从俄国人的旧兵营里搞来的。随机运来的物资被送至附近的一个碎石场，我们也赶了过去，对这些物品进行检查。比尔决定跟队员们待在一起，以确保所有的装备都能对上账，而我则去战术行动中心听取简报。

“上尉，我打算先熟悉一下这个地方，随后再去找你。”比尔说道。我对探索营地情况没什么兴趣，而是急于听取情况简报，并向我的上司唐·博尔达克中校报到。

转过一个拐角，我遇到了博尔达克中校，还有另一位老朋友，第3 Kandak[①]第2营营长辛沙中校。矮小、瘦弱、精干的博尔达克似乎靠某种取之不尽、用之不竭的能量来活着。即便在这个清晨，他也显得干劲十足。他喜欢部下们围绕在身边，并花时间和他们一起搞清楚战场上发生的情况。这可不是某些指挥官所做的那种表面文章，他确实想知道部下们的想法。他经常表示，那些想法和信息帮助他做出决定。加入候补军官学校前，博尔达克就是一名士兵，还当上了中士。任务永远位居首位，但他更看重自己的士兵，并对我们所有人加以照料。从他的作训参谋到车辆调配场的机械师，他把营里的每个人都看作专业人士。

在我15年的从军生涯中，从未遇到过比他更好的指挥官。博尔达克明白细节的重要性，而且，像象棋大师那样，他对全局的掌控使他深具杀伤力。他似乎能在塔利班、国际安全援助部队、联军，甚至是他自己的小队指挥官采取行动前便知道他们的意图。

2002至2009年间，对阿富汗，并没有一个统一的国家军事战略，没有。战略指的是为实现某个特定目标而设定的行动计划。对任何冲突来说，一个统一的整体战略将统一并指导其所有组成部分致力于实施该战略，促进预期目标的完成。在没有整体战略的情况下，军事组织，特别是像驻阿富汗这种多层面、多国度的联军部队，以一种不同步的方式投入行动，从未能完成或实现他们的既定目标。

即便这些年里有一个统一的整体战略，我们也从未觉察到，我们比其他部队更加

① 阿富汗国民军的“Kandak”相当于美国游骑兵的突击营，每个“Kandak”约为600人。

频繁地投入到战场上。我们从指挥官那里获得不断变化的指令，这些命令基于他们的专业和个人领导风格，不一定是围绕着那种迫使战场上的每个人努力实现同一目标的有凝聚力的嵌套战略。

确立一个战略，首要基本条件是确切地明白所要达成的最终状态是什么。这是个艰巨的任务。在特种部队里，我们的理解是，在阿富汗建立一个稳定、安全的国家政权，这个政权能为其国民提供安全庇护，并满足他们的基本需求，这一点至关重要。如果该政权不想或不能满足人民的需求，叛乱便会介入，甚至会试着满足这些需求，从而在民众及其社会中制造出巨大的分裂。一旦最终状态得以树立，必须确定实现这一状态的手段。要达到所期望的最终状态，我们需要建立并完成一系列特定的可完成目标。对我们来说，定义这些目标能使我们得以树立一系列任务目标，并将其逐一完成。

认识到战略和战争指挥上的这些固有缺陷，我们这些第31特遣队的成员及指挥官，通过定义期望中的最终状态，确立一系列目标，然后再确定实现这些目标需要完成的特定任务目标，以此努力建立起一个战略计划。接着，指挥官命令麾下所有的部队遵循这一战略目标①。他还与阿富汗南部统一指挥部、阿富汗国民军以及当地政府官员建立起融洽的关系，巧妙地获得了国际安全援助部队和联军的支持。特种部队建立的这个小小的战略，将嵌入美国和阿富汗伊斯兰共和国（IRoA）羽翼未丰的政府的总体国家目标中，并与之同步。现在，我们至少有了个反映出更大的前景应该是或将是怎样的目标，为实现这个目标，我们热火朝天地忙碌着。在整个国家需要建立的东西中，这只是一幅微小的画面。

一个简单的泰国谚语说明了一切："如何吃掉一头大象呢？你得一口一口吃。"

以下是我们从第3特种作战群第1营获得的指令，2005至2006年间，第3特种作战群掌管着阿富汗境内的一切特种作战行动：

> 你们的行动必须是以情报为主导，分散式、全方位的作战行动，旨在对打击敌人和影响民众方面产生长期、良好的效应。一切行动必须由阿富汗国家安全部队（ANSF）为主导。你们的动能作战必须在计划中嵌入一个非动能打击效果。我们所做的一切都会对民众产生影响，我们必须确保我们的行动在获得民众支持的前提下进行。你们的一切行动必须有军民行动（CMO）、信息作战（IO）和人道主义援助（HA）的组成部分及能力，一切动能作战必须与村落长老会晤，解释作战目的，并经

① 2009年，接掌阿富汗境内所有国际安全援助部队和联军的指挥权后不久，斯坦利·麦克克里斯托将军指出，在阿富汗缺乏一个统一的国家战略。他花了近一年的时间建立、同步这一战略，并指导其实施，以完成总体目标。

阿富汗伊斯兰共和国宣布合法后方可进行。获得当地民众的支持大有裨益，这将削弱敌人试图抹黑阿富汗伊斯兰共和国和联军军事行动的信息战计划。

无论是在美国国内训练还是在战区进行战斗，博尔达克都向自己的部下明确阐述他想做的是什么。他希望他们在执行命令的过程中，毫不怀疑自己所要完成的任务——也包括在没有命令的情况下。这里不会有矛盾的心态。爱他或恨他，伙计们知道该期待些什么。下面一段文字摘自他亲自写给所有部下的简函：

领导哲学：明白我们身处何处；将注意力集中于现有和未来的计划。任何事都是一个包含三个重点的三角形。纪律、能力和信任组成了第一个三角形。

信任是三角形的基础。我们期望的是指望自己，而不是依赖别人。即便最小的任务也能建立起这种信任和熟悉。接下来是能力。这里始终有一种对基本原则加以关注的期望，明白战争心理，正确行事。最后也是最重要的部分——纪律，你自己和你部下的纪律。对博尔达克中校来说，纪律与权力无关，而是对权力和职责的明智运用。特种部队身兼这两方面的责任。

指令制导：你将施压、追逐和惩罚敌人。

我们希望为作战进行的准备和训练能像在实战中执行任务同样熟练。部署期间，我们经常发现，这一理念被传递给国际安全援助部队和联军的同袍。毫不夸张地说，我们可以随时赶赴任何一个地方，并做好了从事一切行动的准备。

站在辛沙身边，矮小的博尔达克看上去像个孩子。辛沙绝对是个身材魁梧的大块头，圆圆的脸，一双大手，黝黑而又明显的塔吉克人特征。与大多数阿富汗人一样，他穿得很少，修剪得整整齐齐的胡须长到按他的说法是“足以避免普什图部落的骚扰”。

我刚说出“早上好，长官”这句话时，辛沙便认出了我。他走上前来，张开双臂搂住我。我身高6英尺1英寸，无论如何都不能算瘦小，但他却用可以挤碎骨头的熊抱把我举了起来，并作势要亲吻我的面颊。天哪，我想到，这家伙可能会弄断我一两根肋骨。博尔达克明白我们之间维持亲密关系的重要性，他使了个眼色，径自走开了。

“你们这些长胡子回到阿富汗来，真是太好了。”辛沙说道。“长胡子”是阿富汗人给特种部队成员起的绰号，与他们长老的胡子进行对比后，他们得出了这一尊敬的称呼。

见到他，我确实很高兴。我跟他相交甚久，2005和2006年间，我们在一起并肩作战，曾给予坎大哈省的塔利班分子致命打击。辛沙自豪地夸口说，“要不是我们当初大展神威，塔利班不会在坎大哈省停止活动。”他不知道的是，这句话千真万确。被俘的塔利班分子曾说过类似的话。他开玩笑地将塔利班称为“shuzzuna”——在普什图语中，这个词是“娘儿们”的意思。

我们曾在一起花了许多时间，就着浓郁的绿茶和红茶商讨策略，学习对方的语言。他的英语依然磕磕巴巴，我的普什图语同样糟糕。上司刚刚离开，我便向他打听坎大哈的情况。

“我的朋友，情况怎样？”我用拙劣的普什图语问道。

“不，不，坎大哈这里的状况不好。”他用口音很重的英语说道。

辛沙从不拐弯抹角，他描绘了一幅惨淡的情形。塔利班武装分子在坎大哈城内外肆意活动，每天都有更多的武装分子赶来。上次轮换后接替我们的特种部队，把重点放在夜袭上，没有充裕的时间与当地老百姓构建起融洽的关系。这不是他们的错，只在夜间行动的指令来自上层。辛沙说，现在，白天成了塔利班的天下。作为朋友和专业的同袍，我了解并尊重其他特种作战大队的成员，但辛沙的消息令我有些担心。

去年，除人肉炸弹外，我们很少在坎大哈城内遭遇袭击。我们曾在山口附近的巡逻途中遇到过塔利班，但在城内则很少。辛沙的营完成培训后，我们立即对塔利班的盘踞地展开袭击。最后，突袭演变成大规模进攻。在被调离的前一周，我们小组命中了目标。持续的压力迫使敌人潜入地下或逃出坎大哈省，我们也把这一策略传递给赶来的接替者。可8个月后，每个人都很清楚，塔利班卷土重来了。他们的进展稳定、有条不紊。现在，武装分子们盘踞在村庄周围和城内，对国际安全援助部队发起袭击，并测试其反应。我想知道，我们当初的那番努力怎么会付之东流。

打赢一场游击战意味着必须投身穷乡僻壤，不光要展示自己的存在，还要说服当地居民，你这一方才是获胜者。与当地居民和阿富汗本国部队合作是不二选择，这是获得成功不可或缺的关键。偏离这一基本方针意味着对平叛行动的根本性违背，将导致重大挫折。无论出于什么原因，对乡村中的塔利班没能一直保持压力，作战重点被调整至突袭和夜间行动上。我们再也不能采用这种方式了。

辛沙和我约好稍后再聚，我匆匆走进指挥部。进门时，我首先注意到的是纪念墙。阵亡战友的名单现在几乎已刻到了底部。我停住脚步，用手指触摸着那些名字，闭上双眼，我仿佛又看见了他们的面容，听到了他们的笑声。我强忍住为这些战友饱含的泪水。每次回来，都会遇到这种情况。

沿着走廊，墙壁上分门别类地并排悬挂着几十件步枪和火箭筒，大多来自敌人的武器库或阵亡者。与纪念墙相同，我注意到这里也增添了几件新的战利品。但我没时间怀旧，走到战术行动中心门前，我键入了新的入门密码。

战术行动中心看上去像是一艘星际飞船的舰桥。几个硕大的屏幕上显示出“捕食者”无人机的画面，这些屏幕填满了主墙壁，另一块更大的屏幕上追踪着阿富汗南部的每一支部队。所有的一切都在战术行动中心无人机的监控下，士兵们围在屋内，或挤在笔记本电脑旁。大多数时候，他们面对各自的屏幕，坐在一个凸起的半圆形平台上，这东西就像个祭坛。每个士兵都穿着棕色T恤和沙漠伪装色军裤，从事着具体的工作。有的在处理补给要求，有的在协调空中援助，还有的在调集炮火支援。整个房间以作战上尉为中心，他担任着“战争乐队”的指挥工作。

计划和情报办公室坐落在大厅的右侧，我走过去，敲了敲门。情报军士特伦特带着抑郁的表情迎接了我，并把我领到座位处。

墙上挂满了地图和疑似目标的照片。办公室中间放着一张大桌子，上面堆满了笔记本电脑和情报报告。情报分析员过滤了无线电拦截、卫星照片以及阿富汗当地人的报告，试图为阿富汗南部所发生的情况勾勒出一幅清晰的画面。

特伦特对局势的评估与辛沙没有太大的差别。“再有3个月，这里就完蛋了，”他说道。

他简述了一系列挫败。最后一次轮换，我们离开坎大哈时，塔利班不敢进入城内，似乎是我们占据了上风。可现在，我们却寡不敌众，节节败退。听罢这番简述，我的胃一阵不适。但这种不适迅速变成了怒火。我的小队现在不得不为曾被我们夺取过的土地而战。无疑，坎大哈就是这场争夺战的目标，对我们和塔利班都具有重要的战略意义。

作为阿富汗的第三大城市，坎大哈已经历了数世纪的战火。自亚历山大大帝时期起，坎大哈就已伫立在通往五个重要城市的贸易路线的十字路口：向西通向赫拉特和格罗斯克；向东北通往喀布尔和加兹尼；向南通往巴基斯坦的奎塔。凭借其机场和广泛的道路交通网，这座城市在苏联入侵期间成为圣战者的抵抗中心，这里也是塔利班独眼领导人毛拉·奥马尔的家乡。1994年，塔利班夺取这座城市后，这里成为他们的首都。

“特伦特，请你告诉我，我们离开的这6个月里，究竟发生了什么事？”我说道。

“看起来，敌人反扑的动作太快，我们失去了与平民和领导者已建立起的许多关系。”他厉声说道。

现在，我们的任务是重建这种关系，并遏制塔利班恢复其势力基地。

第三章

挑起战端

战争可以用武器来打，但胜利靠的是人。
——小乔治·S·巴顿将军

2006年8月

返回宿舍向全队作情况简报时，我看见了“女朋友”——自2005年以来，我在阿富汗就一直使用这辆车。我的通讯军士布莱恩给它起了这个名字。

这辆车与我颇有渊源。它承受了太多的子弹和弹片，我很快就找到了地雷在它身上留下的痕迹。顺着发动机罩，我的手缓慢而又平稳地触摸着。我凝视着前挡风玻璃正下方的一个弹孔。一年前，我的小队在巴基斯坦边境附近遭遇到一场伏击。直到战斗结束后，我才发现这个弹孔。我掏出“三福”牌记号笔，将已褪色的“蠢货，没打中我”这行字重新描了一遍，当初写下这个是为了纪念又一次的死里逃生。

对我来说，“女朋友”象征着美国的力量。庞大、强劲、性能可靠。她搭载着美国最出色的勇士奔赴战场。她的天线上飘扬着一幅3×5英尺的美国国旗，这样，敌人就能看见赶来对付他们的是何方神圣。她是一股不容小觑的力量，也是我的“安心毯”。

返回宿舍的途中，战术行动中心的一名作战上尉拦住了我。被我们接替的特种作战小队已从坎大哈赶来接我们，并护送我们返回火线基地。队长谢夫迈步走入刺眼的阳光中。他看上去粗野、疲惫。大约在十年前，我和他一同加入候补军官学校，今年年初，在同一个火线基地，我们交接了防务。那次轮换使他和他的队员饱受重压。在城外的一座山谷中，他们损失了两名出色的队员。我能看出，队友的阵亡令他身心俱疲。

“谢夫，听说了你部下的遭遇，我很遗憾。”我说道。

“谢谢。”他垂着眼说道，眼眶中涌满了泪水。

他需要些喘息的空间。谢夫他们当初接手的任务就是个烫手山芋，我对此心知肚明。我们俩约定稍后碰面，商讨驱车返回前进基地的计划。

就在我听取情况简报之际，比尔已接手指挥。他派出一些部下取出医疗设备和弹药，并检查了我们的车辆。队友们忙着拆除飞机运来的各种货运包装箱，比尔则去见嵌入式战术训练员（ETT），他们也将加入我们的小队。我在他们的指挥部里见到了比尔。

ETT成员大多是国民警卫队士兵，他们的任务是为阿富汗陆军部队提供指导。这些训练员帮着制订行动计划，确保阿富汗士兵获得适当的物资补给，他们是阿富汗人与西方伙伴之间的一座桥梁。

ETT的指挥部里，平淡无味的胶合板墙壁上钉着一张巨大的达拉斯牛仔队啦啦队海报：白色背心，紧身短裤，大大的……嗯，微笑。我停下脚步，欣赏着德克萨斯的杰作，然后，重重地敲了敲木门。“进来！”里面有人叫道。

房中央摆放着一台电视机，三张破旧的沙发呈马蹄形围绕在四周，比尔坐在一张沙发上。

“长官，”他说道，“这是克里斯和肖恩，这次轮换，他们将和阿富汗国民军部队一同隶属于我们。”

克里斯和肖恩都来自俄勒冈州国民警卫队，简直就是天壤之别的两个人。肖恩的块头有6英尺3英尺，这使他看上去更像个伐木工，而不是个军人。我能想象出他穿着红黑相间的法兰绒衬衫，戴着毛线帽挥舞斧头的情形。而他的搭档克里斯较为瘦弱，在肖恩身边看上去小了一号，但克里斯神情极为专注。我立即意识到，他清楚地知道自己在做些什么。

我请这两位士兵坦率地谈谈他们对坎大哈现状的看法。做出回应前，他们俩交换了一下眼神。我立刻明白他们会做出怎样的回答，但不妨听听看：大批塔利班武装分子啸聚坎大哈，他们几乎是公开活动，我们的联军未能阻止他们。到目前为止，这些话听上去就像是坏了的唱片那样被反复重复。

当晚，我们终于出发了。我们小队被派驻到上次轮换时驻扎过的同一座火线基地，所以，我们认识那条路，或者说，我们是这样认为的。夜幕刚刚降临，我们检查了自己的装备，车辆一字排开，朝大门驶去，把守大门的是联军士兵。巨大的入口处，一些阿富汗国民军士兵正等在那里。上次轮换期间的并肩作战使他们还能记得我们，他们跳下车，脸上带着笑容，张开双臂迎了上来。几番拥抱和相互拍打后背后，我们终于做好了驶出基地大门的准备。我高兴地看到，我们与阿富汗士兵之间建立起的关系经受住了时间的考验。自我们到达后，我第一次感觉良好。我们的武器都已上膛，锁上保险后，车队出发了。

谢夫的小队一马当先。良好的感觉再次油然而起。车队向前驶去。但我担心的是，这条路将把我们带至城市南部，那里的一片区域过去曾是我们尽量避开的。

不管了，见机行事吧，我这样想到。这是谢夫的活儿。

主干道上一片寂静，车辆很少。与美国不同，阿富汗一片漆黑。这里连街道都很少，更别说路灯了。除了炉火，市内的房屋和建筑里很少有灯光。即便戴着夜视镜，主干道以外的情形也看不太清。

3英里后，我们遇到了第一处阿富汗国民军的检查站，这个检查站设在一座桥上，桥梁横跨过一条干涸、宽阔的河床。路口两侧，阿富汗国民军用沙袋搭建了两个机枪巢。我们的车辆慢慢停了下来，沙袋堆砌的护墙后走出一名阿富汗士兵，高举着双手。他没有携带武器，看上去有些慌张。“别再往前走了。”他警告我们。

“哇，这家伙可能已经尿了裤子，也许更糟呢。”谢夫队里的一名成员在电台里说道。

至少他没有离开自己的岗位，我这样想到。有点纪律总比没有要强。那名阿富汗士兵告诉谢夫，大约一个小时前，一辆深色的丰田“海拉克斯”皮卡开着大灯驶来，他的眼睛被远光灯刺得什么也看不见。汽车靠近后，6个端着AK–47的家伙跳下车，用枪口抵住他的脸，他们告诉他，道路已被封闭，如果有谁胆敢不服从的话，他们将发起袭击。然后，他们夺走了他的步枪，把他口袋里的一点点钱也洗劫一空，并把缴获的弹药装上皮卡。

我们关闭了车辆的大灯，完全依靠我们的夜视设备——这被吹嘘为穿过坎大哈市中心的一种新办法。我们穿过城市南部的贫民窟，曾经是流浪汉和社会渣滓容身的这片地区现在成了塔利班武装分子的避风港。这也是一条主要的毒品走私路线，极其危险。一年前，我们曾进入这片地区发放医疗用品，可即便这样，我们还是一直接到警告，要非常小心。

车队曲折地穿过院落组成的迷宫。坑坑洼洼的土路散发着污水的臭气。沿着院墙，堆放着一堆堆垃圾，有的高达数英尺。黑暗、隐蔽的小巷和街道令我紧张地考虑起坎大哈市内自杀式炸弹的发生率。我们很清楚人肉炸弹是如何操作的。他们躲在漆黑的角落、墙壁后或是交通拥挤的街头，像懦夫那样发起袭击，不分青红皂白地杀人。对他们来说，为使我们中的一个人负伤而杀死几十个无辜者，这种做法完全可以接受。

充当人肉炸弹的家伙通常是一身白衣，剃着光头。缴获来的基地训练手册中说，信徒们获准打破他们的一切宗教戒律，可以背叛自己的信仰，投入到对我们的袭击中。对我们的敌人来说，规则手册不过是他们行事过程中编造出来的某些东西而已。难怪我的头发会变白了。

“上尉，我们究竟在做什么？”比尔的声音从电台中传来，“这里是个完美的伏击区，难道我们不知道这会引发敌人的袭击吗？”

“坐稳了，伙计们，让我们看看这一幕是如何发生的。”我回答道。队员们都很讨厌眼下这种状况，他们知道，我在电台里不过是故作乐观罢了。其实，我们都明白，比尔的担心是正确的。

我们转过一个死角。“L”形道路的两侧竖立着泥墙，长度超过150英尺，墙壁过去就是一片茂密的林区，这为袭击者提供了退路。如果让我选择一个伏击地点，我也会选中这里。在夜视头灯和射灯的光线下，20来人等在拐角周围，他们戴着传统的黑色头巾，穿着深橄榄色的衣服，看上去就像是一幅塔利班的招募海报。我们的行进速度非常缓慢，没开车灯，所以他们起初没有看见也没有听见我们已朝这里而来。他们先是疑惑地看了看，但立即反应过来，我们是一支军车队。

有些人立即举起双手，还有些人遮住自己的面孔，但更多的人只是愣愣地站在那里。电台里匆匆传出做好战斗准备的命令。我并未看见对方有任何武器，但这并不代表他们就没有。几个塔利班分子朝旁边的一条农渠跑去，试图隐蔽起来。队里有人要求获准开火，我差一点就批准了，可还没等我下达命令，一名阿富汗国民军士兵已跳下他的福特“游骑兵”皮卡，手里握着电筒，猛烈地挥舞着他的AK步枪。步枪砸在一个塔利班分子的脸上，他摔倒在满是尘埃的地上。这名阿富汗士兵朝那些塔利班分子叫嚷着，勇猛地冲过去检查他们的武器。那些塔利班分子或坐或蹲，像鬣狗那样发出嘘声和嘲讽，他们咬牙切齿，朝阿富汗士兵们打着手势。尽管在这个国家已待过一段时间，但我还是无法相信自己所看见的这一切——这简直就是中世纪的场景。他们脸上的仇恨无法伪装，他们就是我们要寻找的敌人，此刻近在咫尺。但他们没有武器，我们无法采取措施。

这些塔利班分子没有反抗。那名阿富汗士兵迅速搜查了几个穿戴打扮更加整齐些的家伙，然后朝他们怒骂几句，随即跳上自己的汽车。那些衣着打扮整齐的家伙可能是塔利班的低级指挥官，或是与其他塔利班指挥官有联系的部落成员。这群人中的那些相貌粗陋者大概是刚刚被带出沙漠，或是被塞在汽车行李箱中偷越过边境的家伙。但只要他们没有武器，我们就不能碰他们。这就是合法平叛行动中的无奈之处。

谢夫下达命令，车队缓缓向前，朝着城市驶去，离开了这群塔利班分子。我真的很想加快速度，尽快赶到我们的目的地。

20分钟后我们停了下来。战术行动中心通过电台警告我们，他们截获了敌人的无线电通话，我们遇到的那群塔利班分子现在已拿起武器，正在商讨新的伏击地点。但此刻我们离火线基地已不太远，我的心里踏实了许多。我们再次上路，没多久，转过最后一个弯，我们向着马霍里克前进基地而去。

车队的这番旅程告诉我们一些事实。首先，塔利班分子现在肆无忌惮地在市内和夜间公开活动。其次，新的人员和物资正使他们的队伍获得加强。另外，他们对阿富汗国民军的检查站毫无惧意。

但这次的旅程也给塔利班提了个醒：一些不同的对手已回到这片战场上。

第四章

欢迎回来

知彼知己，百战不殆；不知彼而知己，一胜一负；不知彼不知己，每战必殆。
——《孙子兵法》

此刻已是凌3点，但朱马汗和另外30名阿富汗国民军士兵却因为太过兴奋而无法入睡。他们煮了茶，在基地周围游荡、等待着。我用电台通知基地我们已在途中后，这个消息便迅速在阿富汗士兵中传播开来。第3特种作战大队第1营的“长胡子”们——他们的兄弟——又回来与他们并肩作战了。

我们之间的关系并不典型。多次发生过的事情使我们清楚，阿富汗士兵从不相信国际安全援助部队和其他联军单位，因为他们认为对方不负责任，对阿富汗这个国家及其人民的态度反复无常。而我们则有本质的不同。我们跟阿富汗人同吃、同睡、同住、同呼吸，仿佛这一切就是我们的生活，我们让自己专注于他们的语言和文化中。这不是个完美的结合，但我们试着认真地表现出尊重以及美国仍在投入其力量。尊重对方能让你在阿富汗走得更远；要获得尊重，你得先尊重对方。阿富汗国民军士兵经常表达他们对我们的尊重，因为我们尽力遵从他们的习俗和文化。考虑到媒体上经常预测的内容，这一点令人欣慰。毕竟，我们身处火线。我的小队和阿富汗国民军伙伴团结在一起，共同致力于联合阿富汗人民，打击塔利班武装分子。至于对付“基地”这种外国武装分子，则是另一回事了。阿富汗人明白，帮助美国人作战要比他们独力对付敌人好得多。

车辆驶上通向基地大门的铺面道路后，我们看见了基地的灯光，这一发现令人欣慰。马霍里克基地坐落在一处高原上，俯瞰着坎大哈城的北半部。车队驶近后，我看见了高高的混凝土哨塔上朦胧的身影，这些哨塔沿着石墙间隔布设，对偶尔落下的火箭弹和迫击炮弹，它们提供了深受欢迎的额外保护。我们穿过前门，花了几分钟时间才让自己的眼睛适应了基地内昏暗的照明。这里的阿富汗哨兵接受过民间承包商的训练，看上去很专业，装备也很精良。与坎大哈机场相比，我在这里更能获得一种安全感，就像回到家中那样。

车辆驶入停车场时，阿富汗士兵们围了上来，他们拍打着发动机罩，鼓掌、跳舞，黝黑的面孔上绽放出灿烂的笑容。*看上去就像是我们干掉了本·拉登*，我不禁想到。阿富汗士兵冲到车辆旁，把我拉入手舞足蹈的人群中。天哪，看来我不得不跳舞了，我这样想到。我不喜欢做这种事情——几天后我就会从队友那儿知道这一点，因为有人总是带着照相机。我的电子邮箱会被我的脸紧贴着肚皮舞者、霹雳舞者以及其他极具想象力的舞蹈者的肚子的照片塞满。

跳舞很快转换为喝茶，每个队员的手里都被塞入一个滚烫的杯子。在人群中，我看见了朱马汗。

被召入阿富汗国民军时，朱马汗是一名列兵，但他很快便获得了晋升。可惜，与大多数阿富汗人一样，他是个文盲，因此，无论他作战多么勇敢，升到中士后就再也难以更上一层楼了。他闻起来像是一堆篝火，穿着件白色T恤和一条宽松裤。朱马汗身高不到5英尺，体重满打满算也只有100磅，但在战斗中他总是身先士卒。我低头望去，注意到他穿着一双破旧的白色耐克运动鞋，这还是我初次见面时送给他的礼物。他一直不肯换双鞋。

2004年，他所在的部队遭遇到敌人的伏击，一个简易爆炸装置削掉了他的部分面孔，双腿也负了重伤，他被丢在那里等死。美国特种部队的一名医护兵在燃烧着的丰田“海拉克斯”残骸旁发现了他，救了他的性命。经过数次手术治疗，他的脸得以恢复，又经历了几个月的物理治疗后，他回到了前进基地。无论从个人还是专业角度，我都认为他虽然是个矮小的士兵，但却拥有一颗歌利亚[①]的心。

合家团圆渐渐告一段落，我们都上床安歇了。经过几个小时的睡眠并吃罢早餐后，全队来到基地战术行动中心听取替防简报。

每个前进基地都有自己的战术行动中心，其职责与坎大哈的TOC相同，但相似之处仅限于此。如果说坎大哈的TOC是一艘太空飞船，那么，前进基地的TOC则像一架木制滑翔机。

最新、最好的自动化设备、投影仪、屏幕、灯光和电脑间，几十个工作人员乱哄哄地忙碌着，沿着一堵墙壁，基地的两台电脑放在与之不太般配的办公桌上。对面的墙壁旁，整齐地摆放着电台，如果出现我们被打垮的情况——尽管这不太可能——这

① 歌利亚是圣经中所说的巨人。

些电台可以被迅速拆除或摧毁。基地内仅有的几台投影仪之一摆放在房中央的一张桌子上，正对着一面粉刷过的白墙，这面墙充当了银幕的角色。各种形状和大小的桌椅构成一片会议区。本地出产的红红绿绿的地垫和破旧的地毯沾满了污垢。偶尔有老鼠跑过粗糙的木椽，这种情况并不少见。

两个小队的成员——替防者和被替防者——鱼贯而入，迅速占据了所有的椅子。要想抢到座位就得早到，后来者就只能站着聆听了，偏偏这种简报会持续的时间较长。保持继承性至关重要，替防工作简报会主要是展示与讨论。即将离去的小队将讲解他们所掌握的一切情况，关于这片区域，关于敌人以及分派到基地的阿富汗国民军。

出色的交接工作对最初几周的任务部署非常关键。谢夫刚刚开始讲话，屋内便发出“砰”的一声，停电了，房间里一片漆黑。

“看来，有些情况并未发生变化。”有人悄声说道。

基地连接的是坎大哈市的电网，因此，就像当地人说的那样，我们只能听任苏联的老式发电机所受的多年忽视和不力的养护所支配。等待供电重新恢复之际，我不禁想到，阿富汗人民是否会对他们所获得的有限的电力供应心存感激呢。这比塔利班统治下他们所得到的要多得多。

与另外5个基地相比，我们的基地庞大而又宽敞。这里曾是塔利班的“总统府”，修建工作开始于1996年前后。当年，塔利班控制了全阿富汗，花了3年时间，“总统府”修建完毕。奥萨马·本·拉登为塔利班领导人毛拉·奥马尔建造了这一院落，坎大哈的市民们仍把这里称为“奥马尔的大院”。2001年，美军特种部队夺取了这里，他们看见蜥蜴在墙上游荡，于是把这里叫作“壁虎”前进基地。

这里的食堂有一个加宽的壁炉，一座双层喷泉里养着3条鲶鱼，这里还有个游泳池，可供天气太热时使用。围绕着基地防御带，我们修建了一条5英里长的环形土路。我们甚至有足够的空间为自己和阿富汗士兵建造了一座靶场。

备用发电机终于运转起来，供电得以恢复。谢夫开始了自己的简报，他首先介绍了联合战术空中控制员（JTAC）罗恩，罗恩朝我们点头示意。他可是房间里的“大棒”，有权呼叫空中打击，从而挽救我们的性命。罗恩20岁出头，似乎很安静地隐藏在他那浓密的黑胡子后。我在心里记下，简报会结束后得跟他谈谈。

会议继续进行，谢夫谈到了主要领导者、目标以及坎大哈城内及周边地区的情况。随后他谈起“凯卡”行动。3个月前，谢夫带领他的小队和一个连的阿富汗国民军进入城市南部的潘杰瓦伊区。他们得到报告说，塔利班分子正强迫该地区的阿富汗人离开村子。潘杰瓦伊区不仅是塔利班的老巢，也是坎大哈省的产粮区，因为这片区域被宽阔的阿尔甘达卜河谷所包围，该河谷拥有主要的水源储备，并为阿富汗东南部提供了最多产、可持续的农作物。石榴、玉米、小麦、大麻以及葡萄，其间还混杂着这个国家最大的经济作物：罂粟。丰收时，河谷中开满一望无垠的鲜花。罂粟的汁液经混合后，被加工成海洛因，资助了塔利班的叛乱，并为叛乱分子和阿富汗政府官员提供了大笔现金。阿富汗的主干道和许多二级公路穿过这个省，在阿富汗和巴基斯坦之间构建起一个道路交通网。上次被派驻这里时，我的小队还可以穿过潘杰瓦伊下属的帕什穆尔（Pashmul），并未发生任何意外。没有太多的敌人在那里活动。但当谢夫进入该区，希望抓捕塔利班领导者时，他的队伍迅速遭到包围，不得不杀开一条血路。

行动中，谢夫损失了2名美国人和3名阿富汗翻译。就在他叙述这一情况时，我那些队员盯着地面，没人抬头。没人想提问题，生怕冒犯到友军所进行的行动，或是落个“纸上谈兵”的骂名。这是个共识，一个不成文的规矩。

几个小时后，简报会结束了。两个小队的专业军士单独会面，交流各自负责的部分。枪械军士检查武器弹药。我跟着谢夫走了出去。我想更多地了解潘杰瓦伊区以及“凯卡”行动。安排得好好的一次轮换，怎么会被那场行动搞得乱七八糟呢？

我们穿过大厅朝他的宿舍走去，谢夫似乎筋疲力尽。他留着浓密的络腮胡，肤色黝黑，但能看出，这次派驻任务让他苍老了许多。一边走，他一边说，他们的大多数任务执行得非常出色。他的声音听上去充满自信，但他的疲态和布满血丝的双眼透露出真实的情况。我一定要知道潘杰瓦伊区究竟发生了什么状况。

“在我们的眼皮下，他们的大股力量怎么能进入那片地区呢？”我问道，谢夫的宿舍里，桌上摊放着几张大幅地图。“我需要知道‘凯卡’行动的详情。看上去，他们似乎正在这里策划某些东西，我需要获知真相。”

他盯着我的双眼，沉默了几秒钟。我认识近10年的乐观向上的谢夫消失了。“离那片地区远点，除非你带着一支大军进去，否则你就是自讨苦吃。我早就报告过，大批塔利班分子正在那里发展壮大，可没人听我的。”他语气平淡地说道。

一开始，“凯卡”行动进行得很顺利。谢夫和他的部下步行赶到一座被怀疑是塔利班指挥官所在的院子，并将其占据。但夜幕降临后，一大股塔利班分子携带着机枪和火箭筒，从三个方向发起了进攻。谢夫说，他让塔利班武装分子逼近到快要达成突破的距离，然后用猛烈的机枪和迫击炮火力将他们击退。幸运的是，他的部下没有一个身负重伤，但对方凶猛的进攻还是令谢夫感到震惊，于是他呼叫国际安全援助部队，要求派出快速反应部队（QRF）。快速反应部队出发了，但却未获准跨过通入有争议地区的一座重要桥梁。援兵不会来了。

“国际安全援助部队到达了阿尔甘达卜河，但他们没有渡过河来。”他告诉我。即便现在提到这一切，他的语气中也流露出相当的苦涩。

时间，我这样想到。时间是你身处战场时最宝贵的资产，这一点永远无法被取代。等待援兵的过程中，他失去了关键的时间。被包围在山谷中，外无援兵，他们试图发起反击。谢夫的小队选中了一座被塔利班用于发起进攻的院落。二级军士长托马斯·马霍里克主动要求带上20名阿富汗士兵去肃清那座院落。

他们出发对敌人的院落发起攻击时，马霍里克把自己的部下分成两组，并派上士马修·宾尼（医护军士）架设起一挺机枪掩护他们的进攻。宾尼带着1名嵌入式战术训练员和9名阿富汗士兵跟随自己一同行动，并架设起机枪。马霍里克迅速肃清了敌人的院落，但一大群塔利班分子随即发起反击，包围了他和宾尼的小组。根据截获的无线电通讯，谢夫得知了塔利班的意图——他们想活捉这些美国人。

宾尼的小组每次用电台通话时，谢夫都能听见激烈的交火声。最后，宾尼的小组钻过泥墙上的一个洞，迎头撞上一群塔利班武装分子。宾尼和他的部下抢先反应过来，在近距离内报以猛烈的火力和手榴弹。谢夫说，塔利班分子与马霍里克和宾尼的人靠得非常近，他们大声叫骂，并发出恐吓。

探身投掷手榴弹时，宾尼的后脑勺被子弹击中。他失去了神智，出现了暂时性失明和失聪，他摸索着自己的武器和装备。等恢复神智后，他立即组织部下对塔利班的阵地发起进攻，但小组里的嵌入式战术训练员——约瑟夫·弗尔斯特上士，左腿被一发火箭弹击中。宾尼试图把他拉倒安全处，结果自己再次中弹。子弹击碎了他的左肩和上臂。

谢夫此刻分身无暇，塔利班对他所在的院子发起了一波进攻。战斗中，谢夫从一个阵地跑到另一个阵地，激励自己的部下，同时还留意着马霍里克和宾尼的状况。他的车上洒满了机枪子弹壳。听着他的讲述，我试图从他的角度去看待当时的状况。

听报有人受伤时，医护兵布雷顿·奥康纳主动要求带一组弟兄去增援马霍里克，并为宾尼和弗尔斯特提供救护。奥康纳带着8名阿富汗士兵、1名翻译和另1名特种部队士兵冲了出去。他带着这股小小的救援队贴墙而行，面对塔利班的机枪火力和火箭弹，这堵墙壁为他们提供了掩护。来到墙壁末端时，他发现，负伤的弟兄离他200英尺，中间是一片开阔地，塔利班的3挺机枪火力覆盖着这片地带。

“阿帕奇”武装直升机赶到了，在头顶上盘旋着。谢夫说，他想让它们为奥康纳提供掩护，可塔利班武装分子们隐蔽在拥有厚厚泥墙的房屋里。子弹呼啸着钻入土中，将地面上的杂草撕得粉碎。

奥康纳意识到，由于防弹衣的缘故，自己无法将身体伏低到足以避开敌火力的程度。他迅速脱下防弹衣，把它扔在一旁。一英寸接着一英寸，他设法穿过敌人的火力杀伤区，不知何故，他居然成功地避开了塔利班分子射出的数百发机枪子弹。事后他告诉谢夫，在这一过程中，他不禁想到，要是特种部队医护救治课的教官们看见这一幕，肯定会狠狠地训斥他。他们曾反复向学员们灌输：不许赶过去救助伤员，因为医护兵的技能太过宝贵，决不能以身涉险，应该让伤员自己过来。

奥康纳赶到宾尼他们身边时，弗尔斯特左腿的伤口已使他失血过多。奥康纳立即给他的腿扎上一条止血带，但此刻来不及采取其他急救措施。塔利班武装分子正在逼近。奥康纳扶起弗尔斯特，把他拖到果园边的一处泵站。他把这位嵌入式战术训练员藏在一片阴暗处，然后对泵站进行侦察，希望不要有塔利班分子埋伏在这里。他翻过一堵6英尺高的墙壁，来到一条泥土窄巷中，在这里，他遇到了几名阿富汗士兵和他们的教官。奥康纳重新翻过墙壁，把宾尼带了过来，然后是弗尔斯特和两名阿富汗士兵。

待所有人来到这条巷子后，奥康纳开始为重伤员提供急救。掏出急救用品，他这才发现，120华氏度的高温熔化了固定静脉注射器的胶水，急救包被弄得一塌糊涂，但他还是尽最大努力为弗尔斯特和宾尼提供了救治。

自始至终，马霍里克一直试图将附近院落中的守卫者聚集起来。他不顾敌人猛烈的火力，从一处阵地跑到另一处阵地，鼓励部下们顽强作战，抵御一波波涌来的正用机枪和火箭筒朝他们猛烈开火的塔利班武装分子。

几乎就要被包围时，马霍里克看见一名塔利班武装分子跑入院落旁的一条巷子中。就在他探身向这家伙开枪时，马霍里克负了致命伤。受到这位二级军士长英勇榜样的激励，阿富汗士兵们振作起来，击退了敌人的进攻。

夜幕降临后，奥康纳带着救援小组返回马霍里克所在的院落。到达那里后，他发现马霍里克已经阵亡，他立即接手指挥防御任务。

“他们需要这种领导。在此之前，那些士兵已经慌了手脚，只想着隐蔽和求生。”谢夫说道，“奥康纳带着伤员返回后，他提供了这种领导。他提供了当时所急需的领导。”

谢夫呼叫空中支援后，他们终于用直升机将伤员撤离。弗尔斯特最终因伤势过重而阵亡。

我们到达这里的一个月前，谢夫的小队更改了基地的名字。它现在被称作“马霍里克”基地。

对我讲述完这番经历后，谢夫需要休息一下。我看得出，在他的脑海中，激烈的战火并未平息。这其中有许多内容需要我慢慢消化。我们约好稍后会面，随即，我去查看自己的小队以及补给情况。

我无法忘记谢夫讲述的经历。对初来乍到者而言，这场战斗告诉我两件事：第一，塔利班分子有出色的教官；第二，在关键时刻，我可能无法指望国际安全援助部队中的北约力量，尽管他们现在控制着阿富汗南部。

替防工作进行了好几天。第三天，我们将重点放在基地里的阿富汗国民军连队上。与他们重新建立起关系是我们任务中重要的组成部分，因为我们很快就将与他们并肩作战。这些阿富汗士兵列队站在尘土飞扬的基地中央，穿着老式的美国陆军绿色迷彩服，看上去就像是一群衣衫褴褛的乞丐。但我们的到来带给他们的兴奋并未减退。“积极的主动性在战场上会大有裨益。”我对比尔说道。他却笑而不语。作为一名永远的悲观主义者，他嘀咕着：“等着看吧，到了中午，等他们又累又渴时，再看看他们在大太阳下作何表现。”

哪怕对八月份来说，此刻的天气也太热了，真的很热，但阿富汗士兵们进行的第一次演练却非常出色。演练开始于阿富汗国民军一辆不能动弹的车辆，他们必须设法让车辆动起来，然后对敌武装分子盘踞的院落发起进攻。他们朝院子冲去，迅速肃清了房间里的假想敌，我的小队紧跟在他们身后，做着笔记。这些阿富汗士兵知道该做些什么，他们的动作充满自信。这场演练给我留下了深刻的印象，这意味着他们距离让我们失业又靠近了一小步，这是教官们的最终目标。

总的说来，我对自己所看见的感到满意。但比尔却一丝不苟地列出了一些不足之处。

“罗马可不是一天建成的。”我告诉他。

他怀疑地笑着，摇了摇头。“也无法确定他们是如何开始修建的。”他说道。随即，他把那些阿富汗士兵召集起来，让他们再来一次。

演练过程中，我注意到联合战术空中控制员罗恩走出来观看训练情况。借此机会，我再次向他做了自我介绍。我们谈起过去几个月里谢夫小队所执行的任务，他直言不讳地指出了一些不足之处，例如国际安全援助部队的支援问题。这正是每个指挥官需要从部下那里听取的坦率意见。我立刻喜欢上他。

太阳落山后，比尔和我端着杯浓咖啡坐在外面。万里无云的空中满是闪烁的星星。这里没有工业污染，也没有与群星争辉的光源，在阿富汗仰望星空实在是太棒了，但这种景观对我们毫无意义。我们的神智仍因长途旅行而混沌不清，此刻正努力适应炎热的气候和高海拔。我很疲惫，但我知道，我会一直保持这种状态，直到自己登上返家的飞机。

“你知道吗，比尔，阿富汗看上去就像德克萨斯。”我取笑着他的家乡。

还没等比尔做出回答，我们便听见一发火箭弹剧烈的尖啸，我们俩一头扑倒在地。我竭力让自己贴紧地面，就在这一瞬间，我听见火箭弹的爆炸声，看上去就像数百枚烟花同时绽放。炽热的弹片在停机坪上四散飞溅。第二发火箭弹落在基地围墙外。

苏制107毫米火箭弹。20世纪80年代长达10年的战争中，苏联人带来大批这种重量轻、尺寸仅3英尺长的小型火箭弹。现在，这些火箭弹被隐藏在遍及全境的洞穴中，叛乱分子用定时器和木制发射器发射这些火箭弹。他们的发射器就安装在卡车后厢，或直接放在地上。这种木制发射器非常粗糙，就是被切削成不同角度的木楔子，以提供最佳的弹道轨迹。但它确实管用。

几分钟后，有人叫道："警报解除！"空气中弥漫着尘土和浓浓的火药味。

比尔和我朝战术行动中心走去，看看是否有人负伤。比尔清点人数，我们这才发现少了个人——史蒂夫，我们的初级医护兵。他的宿舍就在被火箭弹击中的停机坪旁。我的心剧烈跳动起来。难道他一直在停机坪上？如果是的话，他为何要在那里？会不会是弹片刺穿了他那座小屋周围的沙袋，或是直接钻进了他的房间？

我们以百米冲刺的速度穿过泥土墙构成的狭窄通道，朝史蒂夫的宿舍冲去。他的房门紧闭着，敲门也无人回应。我们猛地踹开门，这才发现他躺在床上睡得正香。他戴着耳塞，甚至连踹门声也没把他惊醒。

史蒂夫是队里最新的一名成员。投入部署前几个月他加入到我们的队伍中，带着一头漂染过的白发和冲浪者黝黑的皮肤，史蒂夫来到布拉格堡。他一支接一支不停地吸烟，与队里其他成员相比，他看上去就像万宝路广告中那个男人的骨瘦如柴版。通常情况下，队员们会把他悠闲的举止和随和的态度看作是一种软弱的标志。但队里的潜规则是：决不能激怒一名医护兵，永远不能。与军队里大多数其他部门的岗位不同，工作于医疗领域的医护兵能亲手让你的生活变得苦不堪言，例如"丢失"了你的医疗记录，威胁要对你进行直肠检查，从而寻找种种机会把你整得死去活来。

尽管他拥有热情、青春的微笑和令人愉快的态度，但队里的一些人还是认为史蒂夫有个习惯——进行医疗训练、静脉注射或面对其他压力重重的情况时，他会变得紧张起来，所以他们把他叫作"颤抖的史蒂夫"。包括我在内的大多数人，认为这只是因为他还年轻，也许是被自己在一群经验丰富的老兵中是最年轻的一员这种情况吓住了。但很快我们就将知道，我们都错了，大错特错。救治伤员时，哪怕是最糟糕的情况，史蒂夫都拥有一名外科医生钢铁般的神经和双手。面对早已令其他人崩溃的可怕情况，他会展现出泉涌般的平静情绪和轻松的微笑。在与当地阿富汗居民打交道方面，他是个无价之宝。他能救助受到惊吓的孩子，也能为孕妇接生，他以热情、青春的微笑和令人愉快的方式赢得了当地人的信任。

此刻，比尔的态度显然离"令人愉快"相去甚远。

"你们这些家伙在这里干嘛？"史蒂夫问道。我们把他拽下床时，睡眼惺忪的他还以为有人在搞恶作剧呢。

"你又在干什么？"比尔生气地叫道，"你知道遭到袭击后必须去战术行动中心集合的。”

“什么袭击？”史蒂夫一脸茫然地问道。我们面面相觑，只得转身离开，继续去巡视其他地方。

来到阿富汗国民军的宿舍区时，我的心跳渐渐平缓下来。没有一个人受伤，我们跟阿富汗士兵一同出去查看弹坑。我们的高级工兵军士戴夫，蹲在新出现的一个弹坑旁，正在挖掘泥土，进行着撞击分析。弹片已从弹坑周围的泥土中挖出，他找到了十几块锋利的金属片。

“火箭弹来自北面，”他一边说一边研究着火箭弹落点的模式，“他们大概是想让火箭弹击中位于宿舍中间的战术行动中心，但没射中。”

这是我们的第一次意外好运。

第五章

宾果红一

视卒如婴儿，故可与之赴深溪；视卒如爱子，故可与之俱死。
——《孙子兵法》

经历了一整天的会议后，我们穿上自己最好的军装，与阿富汗士兵一同出席传统的宴会，这是一支部队接防后的惯例。这表达了我们的感激之情，并有助于双方建立起急需的关系，这是并肩作战所必不可少的。温暖的阳光洒在淡褐色的小屋外，阿富汗士兵三三两两地在屋外闲逛。我们走进房门，一股香味扑面而来——烤羊、炖南瓜、胡萝卜、辣椒以及大量的米饭。一盘盘大饼，新鲜的洋葱、黄瓜和西红柿在桌上堆得满满当当。

200多名阿富汗士兵挤满了屋子。这些脏兮兮的士兵都长着一口坏牙，都穿着专门的军装，都带着满脸的微笑，我们进去时，他们都笔直地站着。辛沙中校迈步向前，朝我敬了个完美的军礼，然后转过身，面对自己的部下。他用简短而又如雷声般贯耳的讲话发表了开场白，把我的小队当作贵宾介绍给部下，并称赞我们正帮助他们的国家从塔利班手中解放出来。获得自由的人所表达的感激之情震撼人心，我不禁想到，二战期间，那些解放了欧洲的士兵，他们的心情肯定与此刻的我完全一样。

辛沙的讲话结束后，阿富汗士兵立即把我们包围起来。老相识、新面孔们在我面前穿梭，与我握手，与我拥抱，夹杂着阵阵短促的普什图语问候，并催我们坐下来享受美食。人群中，我看见一张满是疤痕的熟悉的面孔——阿里·侯赛因，阿富汗国民军的一名中尉。最后一次见到他时，他正被送上一架救护直升机。我抢步上前，他紧紧握住我的手晃动着，我看见他的双眼湿润了。

他看上去有些心烦意乱，几乎是生气地驱散了围拢在我们身边的其他士兵。突然间，我怀疑起自己跑过来会不会被怒斥一顿。一年前，我曾对他非常严厉。

我和他初次相见还是我们小队上次派驻在这里的时候，他的部下一直在公开嘲弄他。他矮小而又虚弱，人人都知道他与哈扎拉族的部落关系，也知道一笔不菲的“捐赠”确保了他在军队中获得委任。巡逻过程中，他显得惊慌而不知所措。士兵和狗都能闻到他身上散发出的恐惧，他的部下对他毫无信心。

执行了几次任务后，我对此再也无法忍受了。一个温顺怯懦的人是无法带领部下投身战场的，我希望他能明白自己职务的重要性。一天晚上，他来到我的房间，我们温习了游骑兵手册中的章节。我们一同复习如何巡逻，如何伏击，如何肃清敌人占据的房间。对他所犯的每一个错误和误判，我都给予严厉的批评。短短几个月后，他就满怀信心地带领自己的部下，跟着我的特种作战小队进行了远距离巡逻，深入到戈拉克山谷（Ghorak）中。

那是2005年年末。

我们离开一片刚刚经历过一次战斗的地区。我的汽车走在最前面，我们小心翼翼地驶下一道干河床，这里就位于赫尔曼德河河谷（Helmand）的边缘。光滑的灰色溪石间隐藏着一颗反坦克地雷，我们的车险险地避过了它，就差几英寸。可几秒钟后，阿里的车碾上了这枚地雷。当时我正探出身子搜寻着其他地雷，爆炸冲击波扯掉了我的耳机，切断了他那辆“游骑兵”皮卡的前半部。弹片打死了他的几名部下，阿里的脸被切开，颅骨也暴露在外。我们把他撤离，当时我想，等他伤势痊愈后，肯定会就此退役。

但他没有退役。谢夫的小队被包围在潘杰瓦伊时，阿里拒绝丢下负伤的嵌入式战术训练员弗尔斯特。他击退了塔利班分子的几次进攻。对方试图收买他，让他把美国人交出来，他却报之以破口大骂。谢夫声称，阿里已经成为一名勇士。如果是这样的话，我希望能与他并肩奋战。我站在宴席间，等着看他是否打算让我也尝尝当初我对他的斥责。驱散了身边的几名士兵后，阿里转过身，用磕磕巴巴的英语对我说道：“你是……我的上尉，你就是……我的指挥官。我将与你……同生死。你让阿里变成了男子汉，我的家人现在很自豪，因为……阿里是个男子汉。”

“兄弟，我听说你现在是一头狮子！”握着他的手，我这样说道。

我伸手搂住他的肩膀，我们俩朝餐桌走去。阿里把沙姆苏拉叫了过来，宴会变成了一场真正的家庭团聚会。沙姆苏拉的绰号是“塔兹”，简直就是一名灵魂被困在阿富汗人躯体内的美国游骑兵。我站在那里盯着他们俩看。塔兹肯定是减肥了。我们缺席的这段时间里，他增加了肌肉。我把他带到比尔身边，提醒他塔兹曾立过的一些功劳后，比尔展露出笑脸。

2005年的两件事使塔兹出了名，第一件事发生在坎大哈附近的一个检查站，我们设立这个检查站是为了搜寻路边炸弹制造者。在烈日下站了几个小时后，我决定收工。这个地区的任何一个塔利班武装分子可能都已听说这个检查站并避开了这里。就在这时，我看见一辆破旧的灰色丰田轿车一路颠簸着驶来，身后卷起一道肮脏的尘云。突然，司机停下车，调转车头，转身离去。一座被废弃的小屋中，塔兹正守在一个隐蔽起来的安全哨位上。由于道路太过颠簸，那辆丰田尚未能提高速度。看见它打算调头驶离，塔兹和另外两名士兵冲出来，追了上去。靠近丰田后，塔兹停下脚步，端起自己的AK–47，对着汽车的引擎打了个点射，逼它停了下来。塔兹端着步枪，小心戒备地靠近那名司机，对方朝他破口大骂，骂他是一条狗。塔兹突然间愤怒起来，他一头钻进汽车里。另外两名阿富汗士兵高声呼唤我们过去。我的小队军士威利和我端着武器朝汽车冲去。我听见两声沉闷的枪响，然后看见塔兹挣扎着钻出沾满鲜血和脑浆的车窗。他的脸上带着微笑。

原来，那名司机企图掏出一把手枪，但在搏斗过程中，枪走火了，最倒霉的是，两枪都打在他自己的下巴处。在汽车的后备厢里，我们发现了AK步枪、滚珠轴承、电线、地雷和雷管。这都是制作路边炸弹最常见的东西。不用说，车上的另一名乘客非常愿意提供合作。

第二件事发生在两个星期后。午夜时，塔兹敲响了我的房门。我拎着手枪，跟他一同赶到阿富汗士兵兵营里的一间宿舍。我们的一名翻译——希克，浑身是血地躺在垫子上。他和他的父亲到集市上为阿富汗士兵们买些东西，结果被阿富汗国民警察（ANP）设立的一个检查站拦住。所有阿富汗人都知道，这些警察腐败透顶，简直就是一群未受过训练的暴徒。他们想要点贿赂，希克拒绝了这种无理要求，他们便威胁他和他的父亲。看见他维护自己的父亲，这帮警痞痛打了他一顿，还刺破了他的肺。我们立即把希克送到特种部队的急救室，医护人员开始对他实施救治，而我则跟着塔兹赶到阿富汗士兵的营地。在那里，我看见所有的阿富汗国民军士兵都荷枪实弹，拥堵在一座小储物房外。房内，两名警痞被扔在污秽的地上，像胎儿那样蜷缩着，被绑成了两个人球。

原来，希克挣扎着回到兵营后，塔兹立刻赶到那个检查站，痛揍了两个搞腐败的警官，把他们扔进卡车后厢带回营地，将这两个家伙关进了储物房，但没要他们的命。看来，我们讲授的公民社会和人权课程还是起到了部分作用。阿富汗国民警察与国民军之间的谈判进行了好几天，但我们最终说服塔兹放了那两个警痞。这起事件中一个更大的收获是，塔兹让这群衣衫褴褛的阿富汗国民军士兵凝聚成一个整体，并教会他们绝对的忠诚，尽管是通过抓获殴打希克的警痞这种阿富汗方式。

人们通常会沉溺于好莱坞动作电影中对我们所作所为的描绘，却忘记了我们的任务不仅仅是摧毁某些东西，还包括创建。我们在外国文化的环境下把他们的士兵训练成一支能正常运作的军队。

我曾在大学里学过社会学。还是个孩子时，我就对外国的社会、文化和语言痴迷不已。我在北卡罗来纳州的山区长大，在那里，打猎、钓鱼和户外活动是一种生活方式。特种部队满足了我的一切愿望。我的职业生涯开始于1993年的参军入伍。获得委任前，我服役于驻扎在夏威夷的第25步兵师。第一次派驻阿富汗期间，我在第82空降师服役。在第82空降师里我学到许多东西，特别是领导方式和如何构建部队的凝聚力。那次驻防期间，我无意中看到了驻扎在坎大哈的特种部队。他们的任务——学习当地的语言，尊重当地的风俗文化，像游击队那样在敌人的地盘上作战——深深地吸引了我。我随即意识到，自己希望接受一个更大的挑战。

现在，这个挑战意味着要把阿富汗国民军锻造成一支作战力量，可用来对付死灰复燃的塔利班武装。自到达这里后，我听到的全是坏消息。塔利班武装分子几乎打垮了谢夫的小队；辛沙则告诉我，塔利班分子在街道上公开活动，而那里曾是他们不敢越雷池一步的地方。这些消息困扰着我。我们在这里打了5年的仗，不应该发生这些事情。

就在我再度试图将注意力集中到宴会上时，一只手重重地落在我肩膀上。我回过头，原来是基地战术行动中心的一名士兵。

“长官，请你马上跟我来一下。”他说道。真该死，又一顿美餐泡汤了。

我匆匆告退，朝战术行动中心走去。我突然想起电影《绿色贝雷帽》中的场景：约翰·韦恩吃晚饭时，被“塔巴斯克”这句暗语打断了。这句暗语代表的是紧急情况。无论战术行动中心现在想干什么，肯定不会是好事，也不会是事先安排的行动。唯一缺少的只是一句暗语。

战术行动中心里响彻着要求增援的无线电呼叫。从口音中我能听出，对方不是一支特种部队。无线电呼叫表明，一支国际安全援助部队遭到了大规模伏击。

“你收到坎大哈机场或战术行动中心的消息了吗？”我问报务员。

“长官，他们正等你上卫星电话呢。”他回答道。

我拿起笨重的黑色手机，朝屋顶走去，以便获得更清晰的信号。

“这里是31，帮我接通头儿。”我说道。过了片刻，博尔达克出现在电话另一端。

“一支国际安全援助部队遇到麻烦了，我想让你们做好提供支援的准备。”他说道。我问他，我们是该等待行动命令呢，还是立即出发。

“等我弄清楚情况再说，”他说道，“如果没弄清状况，我不打算让你们以身涉险。你们拿好装备，准备担任快速反应部队。”

就在我挂断电话时，比尔也来到战术行动中心。我告诉他，一支加拿大部队遭遇到伏击，我们将担任快速反应部队，“告诉弟兄们，赶紧拿上他们的装备、武器、钢盔和防弹衣。”比尔消失进黑暗中。回到战术行动中心，我来到一台电脑前，要求更新情况。我需要做出一个计划，这里还有许多问题。

伏击发生在哪里？——*距离坎大哈22公里*。

有多少加拿大士兵负伤？——*不知道*。

该地区有多少敌人？——*最乐观的估计是在25至40人之间*。

队员们进入战术行动中心时，比尔和我已研究出两套行动方案。我们将赶至确切的伏击地点，在那里为国际安全援助部队提供支援。或者，我们可以判断敌人的行动方向，对这些伏击者实施伏击。我们做好了充分的准备，机动到敌人的后方，从那里干掉这帮王八蛋。

由于没有接到出发的命令，我那些部下围坐在桌子旁，聆听着电台里传来的伤亡报告。

“上尉，他们只是待在原地不动。”比尔说道。

“他们呼救了，”我说道，“他们是一支专业化军队，知道规则。如果他们与敌人发生接触，既无法转移到更安全的地方，又不能对敌人的阵地发起进攻，那他们就麻烦了，除非我们接到命令发起救援。”

电台另一端传来的声音慌慌张张。没人去帮助他们，而他们在自救方面做得并不算好。

“他们的声音听上去就像是陷入了绝境。”戴夫说道，这意味着他们的情况不大妙。

“也许是这样的。”我说道，心里暗暗祈祷能派我们去帮助他们。

时间一分一秒地过去了20分钟，可给人的感觉就像是1个小时。各种选择出现在我的脑海里。我想到谢夫小队与敌人发生激战，国际安全援助部队聆听着电台时的情形。“妈的，”我说道，“我们出发。后果由我负责。我们不能把他们孤零零地丢在那里。”

队员们显然都松了口气，他们朝门口涌去。我们来到停车场，登上各自的车辆。这种感觉很好，回到自己的座位上，感觉真的很好。我能听见子弹塞入重机枪枪膛的声音。电台噼啪作响地传来了更多的情况报告。事态恶化了——更多人负伤，更多的车辆无法动弹。我把一条弹链塞入车上安装着的一挺机枪内。GMV（地面机动车辆）的引擎轰鸣起来。这是一次地狱之旅，就此开始了我们2006年的驻防任务。

“伙计们，我们出发！”车辆驶出车库大门时，我对着无线电台说道。

朱马汗来到我的车窗旁，紧握着一支AK-47和一个弹匣袋。“我想跟你们一起去。”他说道，我真不知道谁的笑容更加灿烂些，是他还是我。

“Wali na（当然可以）。”我说道，示意他上车。

随后，加拿大人的声音通过电台又传了过来：“宾果红一，这里是宾果红七，我们与敌人脱离了接触。我们有多人伤亡，离坎大哈机场20公里。”

我们的车辆停了下来，比尔走到我的车旁。

“上尉，我不认为他们取得了什么进展。肯定是塔利班耗尽了弹药。”

“我们到坎大哈机场就能搞清楚是怎么回事了。”我说道。

车辆运行起来，计划已经设定，电台也做好了设置。现在我只需要博尔达克下达一道命令。终于，他下达了命令，却不是我们想要的：“行动撤销。”

我不喜欢这道命令，但我还是执行了。我相信博尔达克，如果任务不需要执行，那就确实不需要。失望之余，我们驱车返回停车场，卸下装备，重新回到庆祝宴会上。

第二天早上，我们和阿富汗国民军开始了我们的强化训练周期。在初升的太阳下，我们做了健身操，然后绕着沿基地围墙修建的五英里跑道跑步。这种方式不仅能让我们保持良好的状态，还能加强与阿富汗人之间的纽带，并能让我们发现那些“问题青年”——跟不上的人得到了更多的关注。

我亲自指导阿富汗国民军中的军官，包括阿里。其他人则由我们的军士和士兵加以训练。比尔和我把训练重点放在三个方面：移动、射击和通讯，这是作战的基本要素。以前我们曾训练过其中的一些士兵，但在将他们投入险境前，我想了解他们的能力。

与陆军里的一切相同，我们的训练分成三个阶段：匍匐、行走和奔跑。清晨的锻炼结束后，我们去吃早饭，然后到靶场进行“匍匐”阶段。射击训练开始于枪械的归零。如果瞄准器不准的话，这支枪就不可能射中目标。这本该是个简单的练习，结果却花了我们整整一上午时间，因为许多阿富汗士兵对他们的武器毫不在乎。他们对枪械不是悉心维护，而是胡敲乱扳，瞄准器也是随意调整。看来，纪律的每一个方面都必须加以维系。

休息时，我们的小队在比尔的指导下，以“压力式射击”练习自己的射击技能，这是一场与时间的赛跑。比尔竖起一些靶子，迫使我们带着全套装备行进，并击中目标，同时还要更换弹匣，或在数个射击位置间交替使用步枪和手枪。获胜者可得到吹嘘的权利，在一群自认为聪明的家伙中，这是获得极大自豪的来源。比赛开始前，我们都试练了一把，以获得些感觉，并消除为自己失败找借口的可能。

比赛场地大约有半个足球场宽，长度也差不多相同。靶场超出围墙，延伸到很远处，并在相邻山峰的底部形成一个平缓的岩石坡道。地面很平坦，粒状口香糖大小的碎石提供了一些稳定性，但不太多。白天，这些石块成了一面镜子，将正午阳光的热量反射到我们倍受烘烤的身体上。

这里摆放着好几种类型的靶子。我们用胶合板组成一系列射击障碍，比尔又添加了一堆座椅、一辆GMV、一辆ATV（全地形车）和一辆旧汽车。第一组目标是混合了步枪和手枪轮廓、人的头部和肩膀形状的钢板，这些平板被击中后会倒下。其他目标则是硬纸板构成的靶子，描绘出凶恶的面孔或人质的状况，以此来增加难度级别。

我看着队员们细致、有条不紊地练习着。尽管身穿笨重的防弹衣，但他们的动作看上去仍然轻松自如。

比尔第一个投入比赛。作为小队军士，他树立了一个高标准。他从一辆悍马车后冲向一堆座椅。呯，呯。两枪两中，枪声回荡在靶场上。他来到最后一个靶子前，现在，他把M4卡宾枪放在一旁，平稳地拔出了手枪。几秒钟后，他站在最后一个靶子的近距离射击范围内，对着标靶的胸部来了一阵密集的射击，直到手枪中的子弹打空。

完成这番动作后，他带着每一位队员走了一遍全过程，冷静地向他们指点要诀。

"慢才能稳，稳才能快。放松，用心感觉扳机，挤压扳机，不要猛扣。目光保持在靶子上。"一边说，他一边带着我们从一个标靶走到下一个标靶。"换弹匣时，目光不要离开靶子。换第二件武器时，不要用眼睛去看，你应该知道它在哪里。你也应该知道自己的弹匣在哪里。所有的一切都必须是下意识动作。"

比尔知道，在势均力敌的交火中，每次获胜的都将是发挥稳定、始终如一的射手。在训练中，比尔要求每个人都能做到这一点，包括我在内。你必须达到这一标准，做不到你就回家，就这么简单。我很喜欢这种训练，这是你所能获得的最好的实战训练。过去我完成得很好，我急着想看看自己现在的水准如何。

步枪顶在肩头，我瞄准目标，击落了第一个靶子。快步跑向胶合板后的下一个目标时，我再次瞄准目标，听见了熟悉的"呯"声，两枪两中。我在心里计算着时间，控制着自己的心跳频率，身体跟随着本能意识动作着。汗水流入我的眼中，这一切来得太快了，我的肺部起伏着，高海拔让我有点喘不过气来。几分钟后，我把手枪塞入皮套，等着比尔给我打分。

"中等水平。"比尔说道。尽管我做得不错，比尔却不肯出口称赞。

史蒂夫是最后一个上场的射手，因而得到了比尔更多的关注。他在终点线那里显得有些慌张，比尔计算着他的命中率，史蒂夫成了得分最低的一个。他沮丧地告诉比尔，他的枪需要重新校正。比尔一把抓过斯蒂夫的步枪，对准200米外的钢靶连开两枪，将其击倒。比尔走到摆放着武器的桌子前，拿起一支霰弹枪。"史蒂夫，你应该用这个，这样就不需要瞄准了。"说着，他的脸上浮起了大家所熟悉的假笑。史蒂夫泰然自若地接过了霰弹枪，但我知道，等没人的时候，他会在靶场上埋头苦练的。

我们的连长杰瑞德已到达坎大哈机场，并花了1天左右的时间听取了一场大规模行动的情况简报。他负责指挥包括我们在内的数个特种作战小队，所以也想让我掌握些详情。我安排了一架直升机，把他接到前进基地进行一次短暂的视察，以便让我们了解行动的最新状况。

离开坎大哈机场前，我就听说过关于大规模行动的传闻。但我不想介入其中。我想象着在某个房间里，来自几个国家的联军指挥官围坐在一张桌子前，试图制订出一个计划，他们所有人都认为自己是最聪明的。但基于我们的车队返回基地时遇到的大股桀骜不驯的武装分子，再加上火箭弹袭击以及我所听说的一切，他们确实需要做点什么，必须要快。

自“蟒蛇”行动以来，特种部队很少参与大规模军事行动，特别是那些涉及常规作战部队的行动。2002年3月的“蟒蛇”行动中，按照计划，第101空降师和第10山地师的部队应该堵住敌人的逃脱路线，可当特种部队和羽翼未丰的阿富汗国民军在加德兹寒冷的沙希考特山谷中与顽强的基地武装分子交火时，常规部队的整个任务却失败了。最终结果是，各方共同造成了严重的错误，导致基地组织和塔利班的一些领导人逃脱。从那之后，第10山地师和第101空降师与特种部队就没有太多的联系。就我们而言，那次行动让我们饱受责难，耗费精力参与到别人的行动中实在是得不偿失。

“蟒蛇”行动的附带影响是，传统战地指挥官与阿富汗军队的关系遭到破坏，他们认为阿富汗国民军靠不住。所以，特种部队只能靠一己之力继续与阿富汗军队进行合作。结果，我们之间建立起重要的关系，并为阿富汗军队的发展构建起一个框架。随着时间的推移，传统战地指挥官开始愈发重视与阿富汗军队之间的合作关系。我们跟他们在一起，以确保他们能获得成功。现在，我从杰瑞德那里获悉，博尔达克把这次新行动视作一个机会，他想让阿富汗军队向国际安全援助部队及全世界真正展示一下，自己有能力完成既定任务。我们的任务则是，确保将他的意图变为现实。

我下达命令，让大家做好为国际安全援助部队的行动提供支援的准备，队员们都很懊恼。我们来到这个基地才一个星期，需要更多的时间跟阿富汗人待在一起。我们的阿富汗国民军士兵也需要得到更多的训练，以确保每个人都能掌握基本的作战技能。我们还需要更多的军士和军官来带领士兵们。但最重要的是，尽管通过上次的驻防我们认识了他们中的一些人，但我们需要更新并继续建立我们之间的关系。我们需要一种能承受战斗压力的信任。

我告诉大家，我们将在24小时内出发，赶往坎大哈机场。这个该死的任务甚至还没有获得正式公布，但我必须让阿富汗人参与进来。我们在小小的战术行动中心里召开了一次小队会议，几乎所有的意见都出现了，“可是，上尉……”我们别无选择，必须执行任务。于是，我们与阿富汗指挥官在他们的院落里召开了一次茶话会。

在被当作阿富汗国民军指挥部的土屋中，我和比尔席地而坐，阿富汗部队指挥官辛沙和我那位疤痕累累的门徒阿里·侯赛因，走过来坐在我们身边。喝过滚烫的热茶，我用自己知道的橄榄球教练在大赛前所进行的最佳动员打开了话题。我在很大程度上发挥了他们悠久而不成文的普什图瓦里部落准则，这一古老的思想支配着普什图部落成员的行为。他们认为，在他们死后，他们的神——安拉——将对他们做出裁决，而且是根据他们对普什图瓦里准则的遵守程度。我强调了他们与塔利班的血海深仇，家庭荣誉的职责，对普什图文化的热爱以及他们为保护这一切所立下的誓言。

“你们的人民会记住你们的名字吗？难道你们想再次活在塔利班的统治下吗？”我怒吼起来：“你们是坎大哈的狮子！你们是阿富汗南部的保护者！我们与你们并肩奋战和流血已有多年。现在，难道你们不愿跟我一起去战斗吗？”那些阿富汗战友，穿着迷彩服，盘腿坐在地上，对我所说的话似乎入了迷。

“没有哪个国家像美国这样帮助过阿富汗。难道我们没有帮你们打败俄国人吗？”我问道。

然后我告诉他们，这是他们复仇的机会，为了谢夫小队所遭遇的事情，也为了治愈一个撕裂的创伤。这是他们最想做的事。这些阿富汗指挥官眯起了眼睛，他们咕哝着，频频点头。

阿里看了看辛沙。

“干嘛不去呢？”辛沙说道。

接下来就是最难的部分了。我们必须解决既要把任务告诉他们又不能透露太多细节这个问题。我认为我们可以向他们提供适度的情报，让他们构思自己的打算，再将其融入我们已经开始制订的计划中。这样一来，他们就会认为这是他们自己的计划，从而对此保守秘密，他们知道，泄露的秘密会被传到塔利班耳中。在阿富汗，忠诚是可以收买的。我们知道，阿富汗军队里有塔利班的密探；我们甚至知道，这个基地里就有塔利班的人，只是不知道具体是谁罢了。我解释说，任何人不得擅离基地，所有的武器都要被锁起来，所有的手机以及军营办公室的电话将被没收。

辛沙请我们回避一下。他想跟房间里他那些指挥官谈谈。他知道我能听懂些普什图语，这是一种礼貌的表达方式。我们退出了房间。等我们再次进去时，他们同意参加这次行动，并答应了我所有的要求。我们商定，从100多个士兵中选出60名志愿者，外加10名可靠的指挥官。部队里的其他人准备休假。

在此期间，杰瑞德再次与博尔达克进行了会谈，又获知了一些行动情报。坎大哈机场的行动策划者想派我们堵住塔利班分子逃出本地区的道路，尽管我更愿意跟随一支加拿大部队参加整个行动。我们必须潜入该地区，确保出其不意和主动权。

简要介绍了基本状况和阿富汗士兵的准备情况后，我帮杰瑞德接洽返回坎大哈机场的事宜，在那里，我们将获得完整的行动计划。几年前，杰瑞德还是上尉时，曾指挥过我这支小队，并在队伍里保留着良好的声誉，听说他回到这里，大家纷纷向他点头致意。杰瑞德身高6英尺，体型保持得很好。他热衷于跑步，还设法减轻了自己的体重，他的身材远比跑步者平均105磅那种刻板的体型更为出色。他风度翩翩，充满自信，一头浅红色的金发，再加上浓密的红胡子，这使回到这里参与行动的他受到了大家的欢迎。精明的士兵从高级指挥官那里获得金玉良言，可杰瑞德一口浓郁的西弗吉尼亚口音让这一切听起来很怪异。与当时的许多校级军官一样，杰瑞德被派驻阿富汗只有一次（有些人甚至从未来过这里），但他干得很出色。他聪明、易于相处、善于听取各小队领导的建议。

杰瑞德回来没多久，各个小队便以C连的风格表达了对他的支持——他们把自己的队标贴在他那辆雪弗兰四驱皮卡的保险杠、车窗和后挡板上，与那些被细心挑出来的汽车装饰为伍。夹杂在降落伞、骷髅和箭头中的，是一些向他出了名的狩猎爱好致敬贴纸：与“善待动物组织”相关的反对枪支的口号、一道五彩缤纷的彩虹以及“投票给约翰·克里”。

杰瑞德被安置在基地指挥官的房间，一年前我也曾住过这里，当时，这个基地里还没有连长。他告诉我，他很感谢我把这间房间安排给他。而我则忍住没告诉他，这是跟他开的一个玩笑。这间房间正对着战术行动中心。对每一道命令、每一个问题和每一个人来说，他的房间都是第一站。一年前我在这里就没睡过一次踏实觉。

不管怎么说，这样做才公平。以前，我跟另一个小队指挥官——ODA333的马特——曾多次对杰瑞德搞恶作剧。最近的一次发生在一家漂亮的日式牛排屋里，我们带着各自的妻子在那里聚会。那天晚上，我们告诉店主，当天是杰瑞德的生日，我们希望好好庆祝一番。一切就绪后，店主拿着派对帽突然出现，全体员工对着杰瑞德高唱“祝你生日快乐”，餐厅里的其他顾客也跟着唱了起来。杰瑞德只好戴上帽子，听从店主和其他人的安排，以免让对方尴尬——尽管当天根本就不是他的生日。

杰瑞德是个优秀的指挥官，他在乎自己的部下，关心他们的福祉。你可以就某些问题跟他争个面红耳赤，而从不会涉及个人层面。我很喜欢他的这一点，这使他成为一名异乎出色的军官。他知道，每个人都有自己的观点或意见；他也知道，归根结底，每个人都想把事情做好。

我们召开了一次会议，深入讨论车队赶往坎大哈机场的路线和执行方式。我们一致同意当晚离开，穿越坎大哈城，而不是绕道。行进时，我们将开着大灯飞驰，几个月来，没有哪支美军部队敢在路上这样干。我们希望能借此甩开塔利班分子。另外，面对汽车炸弹的袭击，速度也是一种安全保证，我们知道，在柏油马路上能加快速度。

夜幕降临时，GMV、装扮过的“叮当”车以及阿富汗国民军的皮卡在基地大门前整装列队。“叮当”车之所以得到这个称呼，是因为车上悬挂着数以百计的铃铛和装饰物，沿着颠簸的土路行驶时会发出象征好运的叮当声。

布莱恩启动了我的悍马，他看着我，等我下达出发的命令。加入特种部队前，布莱恩和我服役于同一支部队，并一同通过了特种部队资格训练。不用说，布莱恩成为可供各小队挑选的特种部队士兵后，我下了点功夫把他招致麾下，那还是2005年，所以，他加入本队的时间并不算长。布莱恩了解我。除非小队军士另有安排，否则我从来不会跟在部下身后投入战斗，在任何地方我都是身先士卒，这不是什么秘密。如果我没有这样做而导致一名部下受伤或阵亡的话，我无法原谅自己。布莱恩发自内心地认同这一理念，如果不能说他做得比我更好，最起码和我一样。我觉得，这正是他很快就确定自己是头车驾驶员的原因。他分析每一道车辙，每一个路口和每一道沟渠，就和他喜爱的“全美汽车竞赛协会”的驾驶员们研究赛道和沿途所采取的预防措施时同样仔细。我多次向他表示，我之所以现在还活着，完全归功于他，他精湛练就的本能确保了我们在车上的安全。

闲暇时，布莱恩简直就是为“全美汽车竞赛协会”而活。他了解那些赛手、他们的统计资料以及每一条赛道，总之是所有相关的一切。我认为，他是被那种比赛所需要的专业技术和个人竞争力所吸引了。他的生活很简单，但他却是个复杂的人，技术娴熟。对他的一切，我都感到钦佩和赞赏。他在基地里有一个自己的工作室，那里看上去就像是个超级大反派的老巢，桌上堆满了各种各样的天线、手机和电线。没有任务时，他就在那里踅摸，制造些“军队里应该有的东西”。任何事情在他看来都不能失败。要与其他人通讯时，你就得能顺利做到，就这么简单。

布莱恩是我们小队的高级通信军士；如果他调整你的电台，你知道它肯定会管用。但与这个任务同样关键的是，布莱恩远不止是我的高级通信军士这么简单；他还是个亲密的顾问和朋友。身材瘦削，长着淡红色头发和一脸雀斑的布莱恩；我们的情报军士斯密提；再加上我——你也许会觉得我们这是一支爱尔兰人组成的队伍。布莱恩并没有蓄着能救自己性命的络腮胡，但他的八字胡和下唇下的小胡子总让我想起电影《墓碑镇》中的霍利迪大夫。总之，他是个一丝不苟的人，也是我的“百战天龙马盖先”版本。他能用口香糖包装纸、1个可乐罐、1节五号电池、铝箔和电工胶带做出一台收音机，在地球的两端都能正常使用。

我们喜欢跟布莱恩开玩笑，说他成长期时很可能是住在一个老太婆家里，因为他太过吹毛求疵了。布莱恩工作室里的东西，要是他肯借给你的话，你用完后最好准确地放回原处，否则，你就自求多福吧。尽管如此，布莱恩仍算得上是队里最随和的成员之一。可一旦事关工作任务，他会变得毫无人情可讲。

正如我说的那样，我带的是一支“超级杯冠军队”。布莱恩是我在15年从军生涯中见过的最棒的通讯专家。移动、射击和通讯，他把自己的工作和职责提升到另一个层面。在肃清任何房间时，他和斯密提会是一对致命的组合。

布莱恩是个简单的人，从不为豪华车、摩托车、金钱或女人这些世俗诱惑而分心。与许多人一样，他是个对家庭高度忠诚的男人，对待家庭与对待工作同样认真。对这种品质，我抱以最高的敬意，并鼓励其他队友效仿。

我们这支吉卜赛大篷车队穿过一段集市后，进入了沉睡中的城市。白天，集市上所有的店铺里都挤满了人，从悬挂着的生肉到地毯再到家居用品，各种商品应有尽有。而此刻，这个集市冷冷清清，许多关门打烊的店铺成了窥视我们车队的出色隐蔽场所。被烧毁的轿车、卡车以及破旧的苏式军车残骸停放在路边，为隐藏路边炸弹提供了方便。

我搜寻着危险，夜视镜能使我看到门口和后巷的情况。步枪激光瞄准器发出的白色小圆点，从一条巷子扫到另一条巷子。我们能看见前方阿富汗国民警察的检查站，于是向他们发出了红外线信号。车队驶过时，透过夜视镜的绿光，我清楚地看见一名警察的脸上露出了灿烂的笑容。他朝我们作着夏威夷“沙卡”[①]，这是用大拇指和小指做出的一个熟悉的手势。

最后一辆汽车刚刚通过检查站，布莱恩便带着我们隆隆地驶上了第一条直道。队里的这位机械师，“全美汽车竞赛协会”的超级粉丝，熟练地操纵着变速挡，从而使我们的车辆得以加速，并仅靠增压柴油发动机保持着令人难以置信的速度。高速令我感到安全，特别是当我们接近一条被称作“路边炸弹巷”的巷道时更是如此，这片地区最为危险。

所有的人肉炸弹和简易爆炸装置中，大约有70%都发生在坎大哈市内的这条街道上。光是看看这条道路就让我坐立不安。人行道上布满了爆炸袭击造成的痕迹。又大又深的弹坑很容易让车轴或悬挂发生断裂，这迫使我们放缓了速度。要是我们能穿过这片地区，平安到达城郊，那就没什么问题了。

就在我们减慢速度，避开那些大得足以吞掉整部车辆的弹坑时，电台噼啪作响地

① “沙卡”就是我们所熟悉的“六”手势，意思是一切正常。

发出了警告："三点钟方向，摩托车！"

我注意到一辆摩托车沿着一条巷道与我们的车队平行前进。自杀式炸弹？或是个帮助同伙设置伏击的"尾巴"？此刻是深夜两点，所以这家伙不大可能是出去买牛奶。

比尔的声音从电台里传了过来，报告说那辆摩托车钻进一条小巷，朝我们的车队驶来。我攥紧步枪，做好了阻止那辆摩托车插入我们前进道路的准备。一名阿富汗士兵用AK-47警告性地打了个点射，枪声穿透了发动机的隆隆声。那辆摩托车逃入巷子里，避开了我们的车队，我刚好看见它的尾部。也许对方只是个没留意到我们的老百姓，但现在，他不得不回去换条裤子了。如果是个人肉炸弹，那他会继续靠近的。

我们钻过让我联想到麦当劳标志的混凝土拱，它是标志着进入市中心的正式入口。到达穿城而过的黑暗的公路后，车队加快了速度，我终于松了口气。阿富汗各个城市的街道上都没有明亮的街灯。电线密密地交织在满是灰尘的道路上方，我们朝坎大哈机场飞驰，低矮的棕褐色建筑模糊不清地从身旁掠过。我们很快便看见远处发出的明亮的灯光。

我们驶近两天前塔利班武装分子将哨兵缴械的那座桥梁。车队慢慢地停了下来，我问那名阿富汗士兵这里是否有什么麻烦，他摇摇头说没有。现在，他端着武器，还有另外2名哨兵和他在一起。

我们穿过基地北端由阿富汗士兵守卫的大门，阿富汗国民军在那里有一座营房。哨兵们微笑着迎接了我们。我们继续向机场内驶去时，几辆"叮当"车离开了。联军的大门由气势汹汹的沙袋和机枪巢保护着，旁边还有两座混凝土塔楼，上面也架设着机枪。我的悍马放慢了速度，我向哨兵挥手示意，对方却毫无反应。大门紧闭着，真奇怪。我们搭乘的都是带有明显标记的美国军车。

"我们是美国人，开门！"我朝国际安全援助部队的哨兵喊道。

一个声音从扩音器里传出，命令我们的阿富汗士兵交出武器，进入铁丝网隔离区，那是阿富汗劳工和司机进入基地工作前被搜身的地方。*怎么回事？*

"嗨，伙计，这里出什么事了？我们是美国人，他们是跟我们一起的！"我完全被弄糊涂了。我们是美军士兵，穿着美国军装，驾驶着美式军车，却被拒绝放入美国控制和建立的这个基地。这些阿富汗人不是平民百姓，他们是协助一支美军特种部队的阿富汗政府军。我绝不会让这些阿富汗士兵像罪犯或牲畜那样被赶入隔离区等待，直到我们回来。我钻出汽车，朝着哨兵走去。

"嗨，伙计，这里出什么事了？"我重复了一遍。

哨兵后退到小小的水泥墩障碍物后，手里的武器摆成低姿势，做好了戒备。

"你究竟在搞什么？"我怒吼起来。

我要求负责哨兵的中士出来跟我谈，但没人理我，此刻我真的生气了。我看见他们拿着长长的授权名单打着电话，试图联系他们的上级。最后，负责岗哨的中士出现在掩体的窗口，要求——而不是请求——我交出自己的身份识别卡。

我从衬衣口袋里掏出识别卡，举了起来："你过来拿！"

他纹丝未动，这并不奇怪，但我却受够了。我走回到自己的车上，用阿富汗南部每一支联军部队都能监听到的频道呼叫机场的战术行动中心，告诉他们，我们小队和协助我们的阿富汗士兵被国际安全援助部队挡在大门口了。炮塔上的戴夫低声说道："放松些，灰熊！""灰熊"是ODA333的马特专门为这种时刻给我起的绰号。

片刻后，战术行动中心的作战上尉回话了："稍等，我们来解决。"

我没有作声。靠在车身旁，我忽然觉得非常可笑。刚刚的几个小时里，我们穿过坎大哈市区，避开路边炸弹和人肉炸弹，结果却被一件不可移动的物体挡住了——这扇该死的大门。我们即将跟同一支部队共同展开一场大规模行动，难道这就是我们的战友？我不禁这样想到。我希望这不是某种事情即将发生的坏兆头。

5分钟后，一辆汽车驶到大门口，打破了这场僵局。我们部队里的一名成员走进哨所，他再次出来时，那名中士点了点头。哨兵一言不发地打开了大门。

我们驱车驶入时，那名中士朝我们竖起了中指。

第六章

“美杜莎”行动

像头狮子那样活一天，也好过像只绵羊般地活上一百年。
——意大利谚语

第一次派驻到这里时，博尔达克中校便在特种部队与南部地区指挥部营区之间开了一扇带密码锁的门。这样做的目的是为了加强与国际安全援助部队的联系，在双方之间建立起关系，因为阿富汗南部已成为北约的控制区。作为回报，他获准使用直接通往戴维·弗雷泽准将办公室的一扇侧门。我们回到坎大哈前不久，他使用了这扇侧门。从两个营地间穿过，博尔达克走进弗雷泽将军设施齐全的办公室。他伸出手，直视着上司，做着试探。

阿富汗南部的所有联军部队都由这位加拿大将军统辖。弗雷泽上次被派驻到这里时，他们俩就曾打过交道，双方相处得很好，弗雷泽当时是一名上校，在加拿大参谋部工作。博尔达克进来后，弗雷泽从他那张硕大的办公桌后站起身，和他一同走进一间小小的休息室。屋内装饰着北约部队的照片以及加拿大军队缴获的战利品。

一名副官端上咖啡，两人讨论起该如何筹划这次北约历史上规模最大的行动。弗雷泽解释说，自八月初他从美国人手上接管指挥权后没几天，300～500名叛乱分子便袭击了潘杰瓦伊地区的加拿大驻军。加拿大士兵击毙了数十名敌人，自己并未遭受任何伤亡，但这次袭击在指挥部里激起不小的涟漪，这让他们知道，战斗性质已发生显著变化。塔利班不再以小股部队，而是以大规模兵力发起进攻。这就意味着，只要塔利班分子控制了这片区域，加拿大人所准备的平叛战术将无法生效。“美杜莎”行动就此出现。这一行动的目的是歼灭盘踞在坎大哈城外，塔利班腹地——潘杰瓦伊区的数千名武装分子。

“嗨，头儿，我只是想奠定个基础，并确信能得到您的指导。”博尔达克说着，掏出一盒绘制好的幻灯片。与弗雷泽的会谈，博尔达克从来不会携带超过十张的幻灯片，以确保会谈的紧凑和简练。

这项计划依靠他的三支特种作战小队，带领阿富汗国民军实施侦察任务，并吸引塔利班的注意力。敌人会打开电台进行通讯，这样，加拿大人就可以追踪其领导人在山谷中的位置，进而发起攻击。我们这些特种小队将从红色沙漠（Registan，雷吉斯坦）进入潘杰瓦伊，将塔利班打个措手不及。博尔达克知道加拿大部队是主力，但这一计划将使他的部下投入战斗，阿富汗国民军也将挑起重任。

弗雷泽将军看着幻灯片，静静地听着这位特种部队指挥官的讲解。随后，他掏出自己的金笔，在幻灯片上签下名字，为博尔达克的计划开了绿灯。会晤结束后，博尔达克立即找来了杰瑞德。

当晚赶到坎大哈机场的特种部队营区时，我的神经疲惫至极，头部一阵阵悸痛。除了与国际安全援助部队的遭遇外，整个行程并未发生什么危险，但还是令我感到不安。当你接触到作战压力时，你的精神和身体曾经历过的高峰和低谷便会被你忘却。每个人都会记住从容不迫的时刻，而忘记了头痛、失眠和神经紧张。

我们把车停在停车场，电台和武器锁入枪械室，然后去食堂吃早饭。在坎大哈，我们知道能获得一顿不错的伙食，不管是什么。

设在营区大门旁的食堂看上去跟阿富汗南部的那些灰泥建筑没什么两样。拿破仑说过，部队吃饱肚子才能行军。如果他说得没错的话，那么让我们保持100英里时速前进的则是三级军士长雷德。这位高级厨师已是第四次被派驻阿富汗，他不仅管理着坎大哈的特种部队食堂，还负责确保阿富汗南部各前进基地的食物供应。如果你没有获得食物补给，雷德就会亲自赶去帮你解决。某次，一批装运的牛排不翼而飞，于是，雷德飞到德国，狠揍了某人的屁股，回来时不仅带上了失踪的牛排，还额外添了好多。

“长官，出什么事了？”我推开门走进食堂时他问道。这是他招呼大家的方式。

“简直像活在梦中啊，雷德。”闻着新鲜熏肉和鸡蛋的香味，我不禁笑了起来。

我跟着部下们走入食堂。我总是最后一个吃饭，以确保弟兄们都已得到最好的食物。我在餐盘里放上鸡蛋、熏肉和咖啡，这才注意到博尔达克中校已吃罢早餐。他也看见了我，跟我的小队寒暄后，他走到我的餐桌前。

博尔达克中校希望，他的各小队指挥官每次到坎大哈机场时都去看看他。这一要求永远没有商量余地。他想跟他们说说话，并听取他们对战场情况的看法。作为一名充满激情和敬业的领导者，他经常在深入、详细的讨论过程中征求对某个问题或某种情况的新见解，或是对一种新策略的建议。他放手让我们独立自主地采取行动，为美国在战场上实现战略影响。

博尔达克是第一批进入阿富汗的美军特种部队成员，曾与阿富汗抵抗力量、民兵以及基地组织直接打过交道。他注重全面的知识和经验，将之视为领导能力的重要组成部分。他的家乡位于东北部，他在家里的小农场中采集枫糖浆长大，对他来说，除事实外，其他一概不予接受，这一点与他家乡的寒冷一样，毫无妥协可言。他以自己的某些特性而著称，这些特性甚至以近乎错误的方式激怒了他的队员和参谋人员——例如，他固执地坚持在多重时间线下展开多重演练——但更为常见的是，最初被视作博尔达克"怪癖"来理解的东西，渐渐被发现是"正确"的，最终被采纳为标准程序。平心而论，有人喜欢他，也有人恨他，但毫无疑问，他得到了所有人的尊敬，而且，正如我亲身经历过的那样，如果部下是对的，他将是一名为保护部下而不惜牺牲自己职业生涯的指挥官。

博尔达克询问了沿路的情况，对基地大门口没有发生斗殴的情况感到欣慰，并欢迎我回来。

吃罢早饭，我朝战术行动中心走去。作战中心里的工作人员跑来跑去地忙碌着，空气中充斥着紧张的气氛。扬声器里传出电台的呼叫声。一支特种作战小队卷入到激战中，一名士兵阵亡，数人受伤。我朝作战上尉走去，他正疯狂地忙于获取空中支援。他头也没抬地将一台电脑显示器转了转方向，以便让我也能看见。屏幕上显示出那支特种作战小队和众多敌军阵地在地图上的位置。我点点头，绕过半月形桌子，走到一张空椅子前，看了看作战态势板。救护直升机已在途中，两架攻击机也已赶去。没有安排再补给。我打电话给下到补给连的作训中士，询问弹药包是否已准备妥当，这样便可以从直升机上推出去。

就在我派出一名传令兵，带着一份所需补给物资的清单赶去补给连时，博尔达克和杰瑞德走出了会议室。杰瑞德歪歪头，示意我到会议室去。我朝作战上尉歪了歪头，意思是我想待在这里帮帮忙。杰瑞德摆手示意不必，于是我起身离开。那名作战上尉朝我眨眨眼，表达了他的感谢。在这种状况下，你应该放下一切，去帮助那些有需要的人。

一群澳大利亚、英国、加拿大和荷兰的高级军官围坐在会议室里的一张桌子旁，桌上精心摆放着所有高级军官的姓名牌。我在桌后的一排座椅上就座。

"这里就是小兵该坐的位置。"杰瑞德在我身旁坐下时，我低声对他说道。

布鲁斯和霍奇，这两位特种作战小队的指挥官也在我们一旁坐下。霍奇的年纪比我大，一头有点谢顶的银发总让我想起《辛普森一家》里的伯恩斯先生。参加特种部队资格训练时我认识了霍奇，我喜欢和他一起工作。我们曾一同在夏威夷服役，当时我们俩还都是中士，他熟悉我和我的队员。他和我只是想以尽可能多的自主性来为国效力。

布鲁斯是连里的新人，这是他第一次被部署到阿富汗。他来自佐治亚州，说话时带着一股温和的南方口音，过去他一直是一名装甲部队指挥官，去过科索沃和伊拉克，在那里，他被一颗路边炸弹炸伤，这推迟了他参加特种部队的训练。他是个谨慎、有条理的指挥官，加入小队后受到了队员们的欢迎。

一名澳大利亚作战军官开始了情况简报。在我的整个职业生涯和几次被派驻阿富汗的经历中，我一直很幸运地跟澳大利亚人一起工作。我喜欢并钦佩他们的做事方式——没有废话，没有政治，直截了当，把事情做好。作简报的这位军官也是这样。“没错，伙计们，7天内我们将执行自进入阿富汗以来最大的一次行动，也是北约历史上规模最大的一次。加拿大的2个机械化战斗群将率领这一进攻，美国的1个步兵营将确保北翼。你们这些特种部队的小伙子们将封锁南部，防止敌人逃脱。”他说道。

行动代号“美杜莎”，这是希腊神话中一位满头毒蛇的女妖的名字。行动的重点在于包围潘杰瓦伊区，发起正面攻击是无法想象的。这片地区被夹在阿尔甘达卜与多里（Dori）河之间，由西南向东北方穿过坎大哈省，到处都是农渠、碉堡般的葡萄晾干屋以及茂密的葡萄园和大麻地。过去的10年战火中，苏联人从未能征服这片地区。

“加拿大机械化特遣队担任主攻，他们将从东北向西南方推进，穿过整个潘杰瓦伊河谷，进行一次清理行动。”那名澳大利亚军官继续说道。“我们需要你们这些小伙子实施渗透，挑起些麻烦，把敌人的注意力吸引到南面，然后占据堵截阵地，并将所有的敌情报告给国际安全援助部队司令部。博尔达克已说服我们相信，你们可以发挥重要的辅助作用，我们希望你们能堵住那个缺口。”

计划要求我们监视那片区域，并汇报所了解的情况。我们获知了时间安排表，与其他单位进行联系的无线电频率以及他们希望我们实施监视的具体地区。大规模作战行动最为困难，特别是那种涉及多个国家的行动。这其中事关许多作战单位，不同的行动流程，当然，还有政治因素，这就增加了出错的机会。战斗中，总有些事情会出岔子。

布鲁斯、霍奇、杰瑞德和我相互看了看，默默地列出相关的问题。这些问题在纸上看起来很简单，但我们严重怀疑他们是否做好了应对突发事件的准备。霍奇和我打算举手提问，博尔达克的手托着下巴，盯着我，微微摇了摇头。他发出的信息非常明确：这是国际安全援助部队下达的一道行动令，我们只能无条件接受。所以，我们只好待那些盟友完事后，微笑着跟他们握手。

博尔达克朝我们伸出根手指，示意让我们在外面稍等他一下。会议室里的人走空后，他重新领我们进去，向我们做了真正的情况简报。

“好吧，伙计们。我可不打算把会议变成一场长达6小时的盘问会，”他说道，“这就是我阻止你们的原因。他们想让我们在此次行动中扮演一个非常特殊的角色，但我已答应了他们这一点。我们都知道这将是个非常重要的任务，而他们试图在一个欠发达的城市环境中使用机械化部队。我们将执行这个任务，单独执行。想办法干成它！”

我朝着小屋走去，发现比尔正在等我。我赶紧消除掉脸上的怀疑。“好吧，伙计们，听听这个再走。”说着，我掏出地图，向大家介绍行动的基本情况。没人喜欢这次行动，但他们都是专业人士，所以他们一边低声抱怨，一边开始收拾所需要的一切装备。我们没有太多的时间。

我的小队将在24小时内，跟着霍奇的小队和杰瑞德的指挥小队出发。布鲁斯的小队里，还有些士兵尚未归队，所以将担任快速反应部队，稍后他们将跟我们会合。布鲁斯队里的情报军士保罗，提出了驱车穿越红色沙漠直达我们目标区的构想。他已在脑中构思了一条渗透路线，并知道塔利班绝想不到我们会穿越那片险恶的地带。

这条路线将把我们带向东南方，离开坎大哈机场后赶往巴基斯坦边境。然后，我们转向正西，进入红色沙漠。我们将在沙漠中转身向北，驶出沙漠后冲入潘杰瓦伊南部的下腹部。一旦到达那里，我们将对感兴趣的地区实施侦察，刺探敌人所在的位置，与由一条更直接的路线从坎大哈而来的快速反应部队会合；等加拿大人肃清了河谷后，我们就在潘杰瓦伊南部边界占据阻截阵地。为按时完成任务，我们必须在4～5天的时间内穿越整片红色沙漠。这片沙漠的面积有几千平方公里。这是个很大的挑战，但依靠空投补给，再加上一些运气，我们能够做到。

快到午饭时，我们的计划会议结束了。杰瑞德向我为他那辆车要了1名司机和1名通讯员，因为他手上的人不够。我不太情愿地拨出了队里的初级通讯军士裘德，他与布莱恩的关系非常密切。

一年前，裘德加入我们小队后，立即专心致志地投入到布莱恩的指导下。我知道，等他摸到我们小队的门道，并与大家一起投入工作后，将是个不可多得的好手。他学得很快，尽管没有布莱恩的职位，但他学到了布莱恩在电台、天线以及加密设备方面大量精湛的技艺，他的工作干得同样精确。安静、不事张扬、受过良好教育的裘德来自中西部一个中等收入家庭，选择从军继承家业。裘德中等身材，头发剪得清清爽爽，总让我想到银行家或华尔街的经纪人——总有些人能轻松地融入城市的商业圈，获得我们每个人都梦寐以求的薪金。他开的敞篷跑车，在部队停车场一排排的四驱皮卡、吉普车和哈雷摩托车中，像座灯塔那样显眼突出。起初我并不确定是什么使他融入，或者说，他是如何被队里的其他人接受的。再一次，我屈辱地获知，所有的绿色贝雷帽都是些变色龙，而当那些所谓更出色的人犹豫踌躇之际，裘德可算是个自愿参与者。

在很罕见的情况下，裘德会发表意见，要么相当风趣，要么极为深刻，通常是后者。你永远不会看见他自告奋勇，可一旦他做了，就会做得很出色。我所钦佩的，不光是他的保留态度，还包括他精确、极具逻辑的判断和敏锐的眼力——他总是能对情况做出相应的判断，并知道其发展方向。他是个无私的人，也是个出色的队友，因为他对队里其他人的关心与对自己的照料同样精心。他坚持一种严格的健康饮食，通常喝些V8或果蔬汁混合饮料，这是对我们这些拼命想要破坏自己肝脏的家伙的一种持续提醒。我们一致认为，在酒吧里，最有可能点一杯插着小伞的饮料的家伙非他莫属。

特立独行的方式使裘德与其他人完全不同，却又毫无二致。他就是他，这就是他的长处——他是你这一生所能遇到的最具活力的人。对自己的功劳，他会很谦逊；他总是看见别人的长处，从不为自己吹嘘，也不认为有必要在一些他认为相当幼稚的事情上与战友们竞争。他从不这样做。接下来的几个星期里，他将展示出超人的勇气和力量，这一切源自一颗英雄的心——传奇就是这样产生的。但我毫不怀疑——甚至在任务刚刚开始时——裘德和我们所有人，将在这次驻防任务中发挥出致命的作用。

我们离开布拉格堡前，裘德告诉我们，他已跟他的女友订婚了。他显然很兴奋，尽管他试图控制自己。我只能微笑以报。对他未婚的状况，队里的战友早已对他无情地施加了重压。我向他表达了真心的祝贺，但我作为一名领导，希望能确定他已安顿好自己的“后方基地”。

“新的保险单签了吗，上面写了你未婚妻的名字吗？”我问道。我有几个阵亡的朋友没有及时签署新的保单，没把他们的未婚妻或妻子写上去。

“所有的文件我都搞好了，上尉。”裘德说道，听上去就像个精明的银行家，“比尔那里有副本。”

一如既往，他早已未雨绸缪。

我再次想到，他这次被部署到阿富汗，对我们小队是个多么有力的支援啊，我真不情愿把他调至杰瑞德的小队。

比尔和我回到宿舍，与队友们商量行动细节，以便将完整的计划汇报给博尔达克。针对有可能遇到的情况，队里的情报军士斯密提向大家做了详细介绍。我们要对付的不是普通的塔利班分子。这帮家伙一直在巴基斯坦的宗教学校里学习，可能是由基地分子或外国训练的武装分子组成的队伍，他们不会一看见北约装甲车出现便逃窜至山谷中。

尽管我从未这样说过，但我知道，如果斯密提提出了想法，那就要认真对待。除了自己的情报专长外，斯密提还是我们小队的临时心理学家。他经常会以提问的方式来回答某个问题，一些人被他激怒，另一些人则被他彻底侃晕，“所以，你说你很生气。你认为是什么使你生气的？是你的错吗？你能做点什么让自己不生气吗？”他简直就是个穿着沙漠迷彩服的魔鬼代言人，尽管在他的做法背后隐藏着一个更大的目标。斯密提就像个长兄，总是与队友们商讨每一个细节的优缺点，以便得出一个集体决策，待问题被充分理解，队员们参与其中后，总会有“眼前一亮”的时刻。他会温和地让队友们看见他们自身的缺点，并激发起他们反复训练或解决内在问题的积极性。他是我保持团队凝聚力的得力帮手。他以轻松、令人愉快的举止伴随在队友们身边，这一切基于深深的信任，我们都很高兴能获得他的友谊。

斯密提出生于弗吉尼亚州的山区，他那南方口音柔和地涌入你的耳朵，就像一杯顶级波本威士忌流过味蕾时那样。每当我想家时，我就会去找斯密提说说话。他在当地的一个小镇长大，这就意味着那里的每个人都相互熟识，并了解彼此的工作。高中毕业的4天后，斯密提攥着他的毕业证书走进当地的征兵站，加入了军队。他是个野外生存高手，少年时代的些许时间和青年时期的大多数时候都在树林中度过。斯密提接受过公众教育，但在军队的训练中，他的本领展现出来——在这方面，他已积累了16年的经验，现在，他慷慨地与其他人分享这些经验。他所掌握的那些常识迅速把他推向顶峰，超越了其他特种部队士兵所表现出的典型的虚张声势。他从不说大话（除非是他亲眼看见或亲身经历过的事情），他像只田纳西猎犬，总能嗅出那些是胡说八道，并根据情况的需要，对其进行试探或匹配，这一点无人能及，他从过去更具经验的战士那里磨炼出这种宝贵的个性特征。很少有谎话能骗过这位经验超级丰富的特种部队士兵。斯密提爱开玩笑，他能以一种对生活的热情和幽默感化解最糟糕的情况，他身上有一种现代海盗的气息，一头暗红色的头发和与之相配的浓密的络腮胡增加了这种气息。如果不会杰迪骑士的控心术，没人能在他面前混过去。令人难以预料的是，斯密提是那种可以把自己头发剃光，胡子蓄得老长来冒充塔利班分子的人，这一招足以将那些俘虏搞懵，他们不免感到奇怪，自己对抗的究竟是什么人。作为我们的情报专家，斯密提非常称职，我无法想象队伍里没有了他会怎样。

我们确定了计划的其他部分——何时、如何获得补给，电台频率以及我们将使用的呼号等。接着，我们又准备了应急方案，这是计划中真正的关键。就在我们分组讨论时，队里的医护兵莱利和史蒂夫把我拉到了一旁。

“长官，”莱利说道，“我们想推荐个人。我们知道有个士兵非常适合执行此次行动。”他说的那个人名字叫格雷格，隶属于一个民事单位，但他获得过特种部队的资格认证，实际上，在特种部队医学院里，他甚至是他们的教官之一。这引起了我的注意。“没人比他更了解外科创伤。如果事情真发展到这么糟糕的程度，他就能派上用场了。”莱利说道。我同意跟他谈谈。

队员们继续研究每一个细节。我们的路线是什么？路上要花多少时间？如果我们的车辆携带双倍弹药基数、3名额外乘员以及3倍的所需燃料，我们将消耗多少燃料？阿富汗国民军又需要多少燃料？伤员如何撤离？

我们忙了1个小时左右，这时，房门被敲响了。

“在忙呢，别来烦我们！”比尔说道。

“我是格雷格。”敲门者说道。

我卷起地图和文件；如果他最终没有跟我们同行，那就毫无必要泄露机密。格雷格走进房间，朝我们伸出手来。他的握手很有力，举止也很谦和。在这个行当里，谦逊通常都伴随着自信和专注。我喜欢他，但我等待着比尔的反应。

“你以前去过哪里？你做过些什么？”比尔问道。

格雷格跟特种作战小队在一起待过近20年，也曾任教于著名的特种部队医学院。这给比尔留下了深刻的印象，他点头同意，随即走出房间。我请格雷格坐下，重新摊开地图。他来自田纳西州，是个真正的农村孩子，但显然并不幼稚。格雷格三十五六岁，保持着出色的体型。他让我想起在我成长期间所遇到过的许多人。

“首先要告诉你，对这次行动我很担心。我丝毫没有良好的感觉。我宁愿你不要跟着去。”我对他说道。格雷格没有跟我们小队一同训练过，我不了解他的长处和短处。他也不知道我们的行动程序，也从未跟阿富汗士兵合作过。我们没有机会进行详细的规划，没有时间与阿富汗士兵进行演练，我们也没有讨论如果加拿大人的行动不顺利的话，将会发生怎样的情况。

“这次的行动可能会很血腥，”我对他说道，“尽管我们所承担的任务看上去像是小菜一碟。”

“没有什么会是‘小菜一碟’，”格雷格说道，“除非你告诉我原因，否则，你不能阻止我去。”

反应完全正确。

“你能操作一挺点50口径的重机枪吗？”我问道。

他笑了：“像把扫帚。”我只好笑笑。

我告诉他拿上自己的装备去找比尔，让他安排车辆。通常，我们小队不会接受任何一个后来者，但格雷格知道我所知道的东西——行动中，带上多少名特种部队医护兵都不为多。另外，比尔也同意了，再说，格雷格的到来也是我们队员强烈推荐的结果。最后一点，他有经验，如果行动出岔子的话，我们可以利用他的专业知识。

接下来的4个小时，我们继续做着计划，并再次与其他小队会面，以确定相关事宜。详细计划完成后，我们大约有16个小时来完成出发前的准备工作。博尔达克和杰瑞德去向弗雷泽将军的参谋汇报计划，我们则把精力放在车辆、电台和武器上。我们一次次地将装备打包，分配好各自的车辆后，我们将尽可能多的弹药和燃料装上车。

工兵军士戴夫大声叫骂着，对车辆的负重深感不满，这些车辆是他的“姑娘们”，他总是这样称呼它们。

“上尉，姑娘们背的东西太重了，咱们得让她们轻一些。”他抗议道，“照这样的话，还没获得计划中的第一次再补给，咱们的燃料就耗尽了。”

“那你说怎么办？”我问道。

“去掉多余的装甲板和装备。”他回答道。我们只有几辆装有空调的全装甲车，都是驻伊拉克部队用过的，所以，我们不得不对其他车辆进行了改装。经历了5年的战火后，许多车辆都装上了“疯狂麦克斯”风格的装甲板，以防护路边炸弹。戴夫不在乎自己的提议是否听上去很蠢，他只想把事情做对。

戴夫已被迅速提升为高级工兵军士，并以尖锐的言辞和急智很快完成了那些老资格们赚外快的活儿。这个来自俄亥俄州的中西部人知道自己该如何面对各种状况，他就是一只长着人皮的变色龙，一个未知数，一个难以捉摸的家伙。换做一个世纪前，他就是“狂野西部”的一个赌棍。他有魅力让一个女人把裤子脱掉，也能把你的钱全都赢走，还让你对自己的损失感觉不错。他了解游戏规则，并抱有一种见多识广、深藏不露的人所拥有的玩世不恭的态度，除非你蠢到发表了某些他不赞同的看法。戴夫参军是因为他喜欢这个工作，而不是出于亏欠军队的义务。他是那种每个小队都希望能拥有的人。戴夫的身高不到6英尺，不是那种身材魁梧，令人印象深刻的家伙，但他却很扎实。有些人是美酒、艺术或汽车方面的内行，戴夫则是比萨饼专家。出生后，在可以吃正常食物的前两天，他已经在吃比萨了，他甚至试图用军用口粮或阿富汗当地的食物来做比萨，他的作品曾在部落会议上引起过低声的讨论。

上次驻防开始时，戴夫加入到我们小队中，并经历了一个作战任期。他年轻、聪明，学东西很快，任何事情不需要说两次，他就能掌握，并将其投入使用。2005年的一次巡逻中，他让翻译教给他几句简单的阿富汗语命令——“停车，把路让开！”——然后他站在炮塔上当场实践了这些命令。后来，我们的车辆行驶在坎大哈的街道上时，我听见他朝附近的司机喊出了同样的命令。

作为一名工兵，他是个行家里手，在结构项目上花费了大量时间。他注重细节：使用的何种材料、长度、宽度、温度、密度、湿度、气压、重量等等。狗舍还是桥梁，这无关紧要，戴夫都可以修建。不用花太多时间就能明白他为何对建造如此热衷了，因为他真正迷恋的是破坏。

“如果你不知道如何建造，就无法享受破坏的快感。”他会这样告诉你。

戴夫全身心投入到爆破工作中，彻底而又积极。大规模爆破或彻底摧毁并非他的强项。不，戴夫不会这样做，这对他来说太容易了，毫无技术含量。他的目标通常是进行出色的局部爆破，使爆破目标无法为敌所用。然后，戴夫又可以将目标重新修复，派上其他用途。

戴夫完成车辆的拆除工作后，那些被拆下的装甲板和多余的部件堆放在停车场内。他设法拆掉了数百磅的装甲板，这些东西会使我们陷入沙地，并消耗过多的燃料。现在，我们可以按计划获得再补给了。看见那些甚至是最小的防护板也被扔在地上，我有些不安，但我们别无选择。我们需要的是能让我们投入战斗的车辆和车载武器，而不是那些让我们躲在后面的装甲板。

当晚，我们大睁着双眼，汗水淋漓地躺在小屋里。过了一会儿，比尔开始提问，以便让我们再复习一遍这次的任务。

“格雷格，从沙漠的入口到出口，距离有多远？”

“275到285公里。”

“史蒂夫，到四号公路的第一个转弯有多远？”

沉默了几秒后，史蒂夫说道：“比尔，你是不是忘了？”

屋内爆发出一片笑声。我试图忍住，但却未能做到。紧张的气氛被打破了。比尔继续向大家提问，直到几个队友渐渐进入了梦乡。

比尔和我仍醒着。

“你觉得怎样？”我问道。

比尔叹了口气：“我不喜欢这次行动，一点也不喜欢。可能出错的事情实在太多。国际安全援助部队会在他们的装甲车内遭到袭击，因为他们无法机动。对敌人来说，在一场市内巷战中获得隐蔽和躲藏的地方实在太多了。”

比尔曾在伊拉克打过仗，对城市作战非常了解。

“长官，你看看这个，”他继续说道：“情报说，那片河谷中大概有400来名塔利班武装分子，对吧？情报只是大概，从来不会精确无比。要是有更多的敌人呢？400名武装分子，这个数目可不小，我是说，一大帮人正等着干掉你。我们必须以最佳的状态来应付这一切。另外，要是我们在那片鬼不生蛋的沙漠里遭遇到战斗又该怎么办呢？无遮无掩。我们也许可以用重机枪和榴弹发射器阻挡住塔利班一阵子。但我们无法在夜里赶路。那些阿富汗士兵没有夜视镜。如果在白天赶路，我们会在车里被慢慢烤干，夜幕降临时个个筋疲力尽，锐气尽失。”

他甚至认为我们无法顺利进入拦截阵地。

“我敢跟你赌一箱啤酒，那些加拿大人会陷入麻烦，我们不得不赶过去帮忙。到战斗打响时，小伙子们会累得筋疲力尽，战斗开始后，将会持续一段时间，我的意思是几周。”他说道，“国际安全援助部队不打算派足够的步兵下车，肃清那片巨大的河谷。这个活儿肯定要有人去做，你觉得谁会自告奋勇挺身而上呢？”

我想到一句古老的格言。“有一句泰国谚语是这样说的：怎样才能吃掉一头大象呢？”我问比尔。

“我怎么会知道？”比尔说道，“再说我也不吃那种讨厌的东西。”

“一口一口吃。”我告诉他。我们俩都笑了，随后，我们睡了1个小时左右。

哨兵拍打房门时，整个小屋砰然作响。比尔笔直地站在那里，吼道：“快起来，我们越早开始，结束得也越早。”

然后，他打开了屋顶的电灯，屋里的每个人都被灯光刺得睁不开眼。我摸索着自己的靴子，队友们一个个东倒西歪。我们中的大多数人朝食堂而去，拿点红牛能量饮料或咖啡。我看见博尔达克和杰瑞德在集结区来回踱步，不时交谈着。

几杯咖啡下肚后，队员们开始再次检查他们的装备。我走到阿富汗国民军所住的宿舍去叫醒他们，以便让他们有时间喝点茶，并做好出发的准备。可当我赶到那里时，他们已经起来了，一些茶水壶被放在蓝色、红色和金色的丙烷罐上。

辛沙正等着我的到来。此刻我真希望自己没喝那罐红牛，因为我知道，只有陪他喝光一整壶茶水后事情才算了结。

他把身旁的部下打发走，我们俩坐在廉价的机织垫子上，右手拿着松软的面包。吃东西或是握手，你必须用右手，因为在普遍缺乏卫生纸的这种文化环境中，你能猜到他们的左手用来干嘛的。

“我想在出发前请你对我的士兵们讲讲话，”他说道，“有些人很害怕，我无法说服他们我们会获得胜利。我担心战斗打响后，他们会当逃兵，逃回到自己的村落里。”

“amigo（朋友），没问题。”我说道。

他看上去茫然不知所措。

我笑了起来。“我说话算数。但我们得出发了。”现在我必须回到自己的队伍里，不过，我保证在出发前会跟这些阿富汗士兵们谈谈。

绕过拐角处的建筑时，我听见特种部队的车辆正在热车，阿富汗士兵们的车辆也已到达，加入到车队的行列中。阿富汗国民军几乎从来不遵守时间，也不进行什么准备工作，但这次不同，这次是他们的任务，是他们自己的战斗。

进入红色沙漠的行动将由霍奇的小队打头阵，对这个安排，我觉得很欣慰。我跟他的一些部下打了招呼，他们看上去和我的人很像。来到自己的队伍中，我听说博尔达克想对大家说几句临别的话语。这些话通常都是无病呻吟，但如果能让他高兴，那就让他说吧。我们聚拢过来。

“先生们，今晚你们将在阿富汗政府的支持下，开始反恐战争中最重要的任务之一。”博尔达克说道，“我得说清楚。如果我们失败，坎大哈将在几个月内失陷，所以，不要有压力。”

人群里发出一阵笑声。

“你们都已为此做好了准备。牢记你们是谁，牢记你们从哪里来，牢记我们为何会在这里。上帝与你们同在。”

我记得自己试图彻底领会这番话。我记得自己想到周围这些人是我们国家最伟大的英雄，而我，和他们一同服役。我环顾四周，试图记住那些面孔，因为过不了几天，他们中的一些人可能就不会跟我们在一起了。

博尔达克结束后，我需要单独待一会儿。我告诉比尔让我们小队和阿富汗士兵在我那辆车旁集合，然后，我朝小屋走去。屋里空无一人，我跪下双膝，合拢双手做着祷告。我祈祷部下们能平安无事，祈祷能做出正确的决策，祈祷自己能获得力量。我为自己和部下们的家人祈祷，为美国祈祷，也为胜利而祈祷。这是我一贯的做法，但这次的祷告更为艰难。我有一种不好的预感，有些事情不会照计划顺利进行。

我回到自己的悍马旁，那些阿富汗士兵看上去有些不安。我让大家聚拢过来。

“我的兄弟们，”我说道，“今晚我们就将出发，去执行消灭塔利班的任务。这将是一次艰难而又危险的行动。以前，你们曾和我并肩战斗过。你们知道，我们绝不会置你们于不顾，至死方休！想想看，你们现在感觉如何。做一个自由的人，知道自己去见上帝前已为人民尽了力，宁愿今天就战死沙场，也好过苟活于暴君的脚下，多年后老死在床上。我们是坎大哈之狮！”

我的讲话还没结束，那些阿富汗士兵已激动起来，我希望他们不要端起武器朝空中射击。他们自豪地站在那里。阿里·侯赛因挥舞着他的拳头，他得到了自己想要的东西。人群散开，阿富汗士兵朝他们的车辆走去，准备出发。就连辛沙的身材看起来也高了些。

几十名士兵出现在黑暗中，祝我们好运。每一次握手和击掌都有种一去不复返的气氛。我们不会承认这一点，但这确实是兄弟和朋友间最后的告别。随即，杰瑞德呼叫战术行动中心，要求批准出发。博尔达克沉着的声音从电台中传来：

“鹰爪30，这里是鹰6，准许出发。祝你们成功！”

第七章

鼠线

千里之行始于足下一步，以及牢骚满腹。
——无名氏

离开主干道向前行驶了不到1英里，前方发出一连串红外线闪烁，我们的车队停了下来。出事了？透过夜视镜，我看见几名特种部队士兵跳下车，其他人在车上等待、观望着。满是噪点的图像中，那些头戴钢盔身穿防弹衣的士兵弯着腰，端着武器向前而去。他们用手势进行着联系。这幅景象很酷，甚至在我看来也是如此。终于，几分钟后，他们发出“安全”的信号。他们绕过一个盲弯，发现了一个掩体式阵地，里面架着一挺重机枪。幸运的是，阵地里没有人据守。

到目前为止，我们的旅程平安无事。车队缓缓地驶出坎大哈机场，朝巴基斯坦边境而去，希望能避开塔利班，避开他们的窥探和猜测。车队中，只有三分之一的车辆亮着车灯。只要到达四号公路——这条公路向东直通边境——我们就将分成三个独立的、更小些的战斗群，彼此间保持足够的距离，这样，任何一个看见我们的人都不会怀疑这是一支大股部队。车辆的大灯用胶带进行了伪装，或者干脆禁用，从而使这些车辆从远处看去更像是民用汽车。

沥青公路被证明是这次任务中最后的奢侈。过了一段时间，我们驶入一道干涸的河床，它把我们带入到“印第安国度”中。远处，一辆“叮当”车的灯光从弯道后传来，我们看着它出现，又看着它毫无异样地驶入深邃、崎岖的河谷后消失了。这辆“叮当”车走后，四下里一片荒芜。没有房屋，没有建筑，也没有生命的迹象，有的只是无尽的土路和旷野。

车队驶上山丘，我们的尖兵报告说，先前看见的那辆“叮当”车消失进一片10英尺高的农田里。大麻！看来，我们无意间发现了数百英亩的大麻。这很危险，因为这里是塔利班控制的地区。毒品走私犯对任何一方都没有忠诚度可言，谁破坏他们的生意就恨谁。难怪我们遇到了那个奇怪的机枪巢。通常情况下，我们会把掩体摧毁。辛沙想把那挺机枪拆掉，但我向他解释了“为确保行动的秘密性，任何东西我们都不要动”后，他也就理解了。我们不想引起任何怀疑。我们呼叫战术行动中心，报告了那个机枪掩体的位置。如果有联军部队对这一地区发起进攻，美国空军会确保这个致命的机枪巢得到适当的关注。

在一条山脊线上，我们休息了一会，并让三个战斗群重新会合。我们观察、等待着，以确保攀上一条陡峭、蜿蜒的道路前不会遭遇到敌人。这条道路危险而又狭窄，绝对不适合宽大的重型车辆。这使我想到，戴夫拆掉车上的装甲板可能是最好的应对办法。此刻我们只能祈祷别碾上地雷。在与圣战组织长达10年的对决中，俄国人埋设了1000多万枚地雷。匆匆撤离的时候，他们又留下300万枚地雷。我并不认为这些地雷是一个可能的威胁，因为我们正位于塔利班渗透路线的中途，这些从巴基斯坦而来的路线被我们称作“鼠线”，路上的地雷应该已被清除干净。但在潘杰瓦伊地区，地雷肯定是个值得关注的问题。

当晚剩下的时间里，我们继续前进，一直到天亮。黎明时，阿富汗呈现出她真正的美景——日出。即便在这片被上帝遗忘的地带，看着火红的太阳从黛色的山脉后冉冉升起，那幅景象依然美丽无比。阳光洒落在地平线上，让我想到了光明的力量。一些暴露在外的细菌被晒死了。可惜，我们无法让阳光把那些塔利班分子也晒死，这太糟糕了。

太阳攀升到更高处，照亮了茂密的灌木丛和农作物。焦糖色的带状水流从这片地形的中间穿过。这些溪流大多来自北方更远处山脉中的天然泉水。美军于2001年进入阿富汗，在此之前的5年里，阿富汗一直遭受着严重的旱灾。可我们到达后不久，不仅下起了雨，雨量之大甚至创下了纪录。这可以说是气候的变化，也可以称之为神的干预。反正事实是，我们来到阿富汗，所以下雨了，这成了我们跟阿富汗地方领导人及村落长老会谈时可资利用的筹码——他们相信我们是带着雨水一起来的。这使我们得以与他们建立起关系，并利用这些关系逐渐铲除塔利班势力。这也使坎大哈附近的农业得到部分恢复，这里是整个阿富汗的粮仓。根据大麻地的规模看，情况已得到持续的改善。

整个上午我们都在驱车赶路。当天下午，我们终于在一座山丘上停顿下来，以便让阿富汗国民军的福特“游骑兵”皮卡过热的引擎稍事冷却。这种车辆不是为克服怪石嶙峋的地面而设计的。这里几乎不存在什么道路——有时候只是泥土中的一组车辙印——车轮像醉鬼那样穿过河谷，绕过山脉。另外，阿富汗人驾驶这些车辆就像是租来的车，毫不在乎它们的车况，这就增加了车辆出故障的几率。这些偶尔的停顿使霍奇、杰瑞德和我得以再度确认路线，并调整我们的时间线，但也使我们无法按计划安排完成行程。我们距离沙漠仍有数英里，那里的条件将更加无情。为了把失去的时间补回来，我们考虑把中途休息调整至温度不太高的清晨和傍晚。每辆车上，占据炮塔位置的队员已得到更换，在这个位置上只会受到烘烤的煎熬。我们唯一的担心是，黑暗中在这种道路上行驶，可能会导致某部车辆损坏。

最后，我们在大白天便遭遇了这一担心的事情。最后一次停车休息过后的一两个小时，电台里传来呼叫：阿富汗国民军的一辆汽车坏了。这辆车行驶到一条河床边时，发动机过热抱死了。走到杰瑞德的车旁，我所能做的只是摇了摇头。他看上去非常沮丧。

“这是一场马拉松，而不是短距离冲刺。”我说道。

比尔站在一旁，问杰瑞德是否知道该如何吃掉一头大象。

“我真希望你们这些31队里的哲学家们能闭上嘴。”杰瑞德开玩笑地叫道。

随后，他呼叫坎大哈的战术行动中心，要求派一部车来，再带上燃料和饮水。我们把那辆损坏的汽车上搭载的装备搬运到其他车上。战术行动中心给我们找了辆替换的汽车，但还得安排一架直升机把它运来。特种部队没有自己的直升机，尽管这听起来很奇怪，所以我们不得不从其他单位借用，还得看人家的计划安排和优先级。大多数单位真的不错，只要能做到，都愿意为我们提供帮助。但当我们收到与时间紧密相关的情报时，缺乏直升机的问题就出现了。特种部队拥有可靠的情报网，但坏人不可能在一个地方待太久。当我们需要直升机迅速赶往目标地区时，多半没有可用的直升机。

最后，我们得到消息说，直升机将在2个小时内赶到，于是，我们开始把损坏的车辆拖向两条农渠之间的一片平地，那里被设为临时着陆区，并将车上的弹药、武器和装备卸下。刚拖到中途，熟悉的直升机发动机的隆隆声便已在山谷间回荡起来。那只大鸟提前赶到了。该死！杰瑞德派出一支“着陆”组，用紫色烟雾标识出着陆区，其他的美军士兵和阿富汗士兵都聚在那辆损坏的汽车旁，用力把它推过剩下的农渠。我带着一支卸货组赶到着陆区，准备从飞机上卸下新的车辆。

这架CH-47“支奴干”——一架庞大的双旋翼货运直升机——开始着陆，卷起的大量碎石和尘埃钻入每一道裂缝和孔隙中。直升机的机舱斜板放下时，地勤组长朝我竖起了大拇指。一名阿富汗士兵跑上斜板，一头钻进停在机腹内的汽车的驾驶室内，我爬进车厢，翻过驾驶室，爬到引擎盖上，以便指引他把车开出去。

那名阿富汗士兵转动钥匙，汽车发动机轰鸣起来，随即向下驶去。我扯开嗓子喊道：“AROM SHA！（慢点）”指挥着汽车从机舱慢慢地驶下去。汽车后保险杠离开斜板后，驾驶员踩下刹车，我跳下车，对着驾驶员哇啦哇啦说了一通，这番动作完成得很完美，就像我们事先演练过似的。直升机上的地勤组长站在那里，手里握着缆绳，看上去一脸惊愕。我朝他竖起大拇指，跟着阿富汗士兵驱车离去。

我们的动作得快点。飞行员不喜欢在地面上待太久。我告诉司机，把所有的装备装上车，然后再回来帮机组人员把那辆损坏的汽车推入机舱。经过几次不太顺利的尝试后，我们终于把这辆损坏的汽车对准了斜板。我们浑身是汗，满身泥污，推着车向直升机斜板做最后的冲刺。这时我注意到，汽车上安装的机枪即将撞上直升机的机舱顶。我朝山丘顶上的GMV车组成员打了个手势，一名队员带着车上的工具包飞奔过来。我对固定机枪的大螺栓试了几把扳手，这才找到了合适的尺寸。我用扳手拧动螺栓，但却毫无反应。天哪，我真希望能有一罐WD-40。我爬到驾驶室的顶部，以形成一些杠杆作用，同时推动扳手，直到螺栓开始发生松动。杰瑞德跳到我身后，像“全美汽车竞赛协会”的维修人员那样，拧松了另外几个螺栓。我拆掉机枪，大伙儿随即将这辆车推入“支奴干”的机舱内。

我帮着地勤组长把汽车绑在货物带上，他朝我竖起大拇指，示意我离开他的直升机。我刚刚跑出机舱，这只大鸟的引擎便发出了高亢的音调，随即，庞大的“支奴干”跃入空中。没用15秒钟，它便消失进湛蓝的天空中。

当天剩下的时间都被耽误在更换汽车这起小事件上，杰瑞德决定留在原地，待天亮后再行动，看看塔利班是否对我们产生了什么怀疑。这是个明智的决定，我们需要得到些休息。他还对领头的队伍进行了轮换。明天，将由我的小队打头阵。

有一种说法是，如果没经历过生死一线的险况，你就不算真正地活过。你只能从前线，在面对未知的情况时获得这种经历。你必须留意身后的每一个人。一个不留神就将决定你的生死。从一个简易爆炸装置到一次伏击，你必须能辨别各种危险。如果可以选择，我宁愿自己负伤或阵亡，也不想让任何一个部下遭遇这种事。布莱恩、戴夫和我行进在队伍的最前方，这让我感觉很舒服，第二天我们获得了不错的进展。休息时，我们检查着车辆，为下一步行动做好准备。

通常我在夜里值最后一班岗，因为必须传送我们的进展报告，所以我总是睡得很晚。这个工作通常要花点时间，因为我们不得不与正跟基地通话的其他单位共用卫星带宽。见缝插针总是要费点时间的。当晚，直到午夜过后我才合上双眼睡了一会儿。像往常那样，我在清晨4点醒来，将丙烷气罐接上便携式咖啡机后，我开始对阿富汗国民军的哨兵进行常规检查。等回到沸腾的咖啡机旁，我便叫醒其他队友“准备行动”。这是一个我们从来不敢打破的规则。

法印战争期间，罗伯特·罗杰斯少校为他连里600名精挑细选出的游骑兵写下了二十八条规则。“准备行动”就是从这里面的第15条发展而来：“天色放亮时，叫醒你的队伍；这是野蛮人对其敌人发动袭击的时刻，你应该采用一切手段做好迎战准备。”第75游骑兵团采纳并修改了罗杰斯的规则。在战场上，我们每天毫无例外地在日出前收拾好各自的背包，并在太阳升起的前后各30分钟实施警戒。

没有遭遇敌人的袭击，于是我们上车，沿着狭窄的土路继续前进，这些道路在地图上往来交错。我们驶入一连串深邃的山沟，这里满是高高的杂草和水。透过杂草的空隙，我注意到远处一条山沟的底部有些异样的东西：一根4英尺高的木棍上绑着一块红布。它看上去像是个为步行穿越边境的塔利班分子指示会合地点的路标。塔利班分子经常通过步行实施渗透，以免被发现，然后他们会与一头骡子或是一辆汽车会合，再被带至安全屋。

我让车队停下，用电台通知了杰瑞德。我们把车辆驶离小径，布莱恩和我下了车。我们俩朝着标记物而去，戴夫操纵着车上的重机枪，监视着我们上方的高地，罗恩端着步枪扫视着山沟的底部。我们掠过小径，穿过茂密的杂草，从东面逼近。我能感觉到自己的心脏几乎要从胸膛中跳出。我的手上全是汗，嘴巴发干，几乎无法吞咽。等我们接近草地上狭窄的空地时，我向布莱恩发出停步的手势。我能看见那块小小的红布，它标志着通往会合地的入口。

我举起手指指向自己的双眼，示意布莱恩留意那些高高的杂草，以防有人突然出现。然后，我研究着地面，发现了一些新鲜的脚印——既有靴印，也有凉鞋的印子——间隔约为一个人的步伐。看上去大约有6～7个人的足迹。我示意布莱恩，我要看看里面的情况。我爬到空地处，慢慢地将步枪枪管插入到杂草的叶片间，轻轻把它们拨到一旁。前方，沙质河床的芦苇丛中有一片小小的圆形空地。几个黄色的水壶扔在那里，有一些还是半满的。由于清晨的露水，那片空地湿漉漉的，但我也看到几个干的地方，约有一块垫子或毯子大小，看上去像是有人躺在那里睡过。不远处，一片汽车轮胎大小的圆形地面非常干燥。

布莱恩靠了过来，轻轻拍了拍我，以便让我知道他在这里。我把手放在那片轮胎大小的干地上，很温暖。塔利班武装分子没有把火扑灭就用沙把篝火盖上了。用刀往下挖了几英寸，我发现了焖烧的灰烬。耳机里传出戴夫的嘀咕声，他现在完全看不见我们，更别说为我们提供掩护了。我单膝跪地，把手放在身后，示意我要出来了。布莱恩点点头，朝着汽车而去。就在这时，我的目光越过他的肩膀，发现了一丝动静。我小心翼翼地举起步枪，透过枪上的瞄准镜，我看见了4个人——其中的一个带着武器——站在300米外的一处山脊上。

我开枪了。

子弹击中了他们脚下的岩石，离为首的那名塔利班太低了些。我又瞄准第二名塔利班，这家伙现正撒腿飞奔。我再次开枪射击，试图阻止他逃窜。布莱恩也看见了对方，开枪射击起来。我们跑回自己的汽车，赶紧呼叫杰瑞德。他们已听到枪声，霍奇的小队——第26特遣队——迅速赶了上来。我设置好射击阵地，而第26特遣队则向前追去。阿富汗士兵也赶了过来。

我看着第26特遣队的人绕过低地向前冲去，翻过我先前看见几名塔利班分子的那座山丘。越过山丘没多远，他们遇到一群库奇族人，这些游牧民与塔利班的关系非常密切。库奇族遭遇过几次入侵——英国人两次，俄国人一次，再就是我们——并被视作是一个小小的麻烦。霍奇通过电台报告，那些游牧民声称山上没有塔利班分子，特遣队也未发现任何血迹。先前我的状态过于兴奋，扳机扣得过猛。比尔肯定会为此而狠批我。

就在第26特遣队在山丘上搜索之际，翻译员终于跟库奇族人交谈起来。霍奇用电台告诉我，他们承认，先前那几个家伙确实是塔利班分子，但枪一响他们就逃走了。这里最近肯定是个交叉路口。那些武装分子有枪，但他们没有车。

由于车辆故障，我们已远远落后于计划时间，所以，我们尽可能多地从库奇族人那里收集到情报后，便再次上路了，现在真的有种紧迫感了。就八月末这个时间而言，这条渗透路线上的人相当稠密。夏季的炎热本该让塔利班分子老老实实待在家里，可他们却在向北渗透。这一点很不寻常，所有的指挥官都同意，我们应该变更路线，进入沙漠的安全地。

行进途中，我们保持着无线电静默，继续监视是否有塔利班武装分子的动静，毫无疑问，他们此刻也在监视着我们。行驶了几个小时后，我们到达了通往沙漠和安全地的最后一处障碍——一条流速很快的溪流。这是个典型的伏击地点，对简易爆炸装置来说，也是个出色的隐藏处。但最大的问题是40码宽的泥泞，阿富汗士兵们的“游骑兵”皮卡无法穿越。我们将车队停下，让阿富汗国民军的司机将车辆转换为四驱低速模式。

“别加大油门，”比尔通过翻译告诉头车的驾驶员，“让它从泥泞中滑过去。”

这名阿富汗驾驶员点点头，咧着嘴笑了，随即来了一脚“地板油”。这辆车以四驱高速模式踉跄着扎进泥沼。它冲了过去，但却在泥沼中央留下个大坑。比尔气得朝他大叫起来，可这家伙却兴高采烈地上下挥舞着胳膊，以示胜利。在他看来，自己所要做的就是如何渡过这片泥沼。第二个司机没打招呼就跟了上去，我们根本来不及向他讲解注意事项。他的车一头冲入泥沼，勉勉强强地驶了过去。

我们决定让阿富汗国民军的下一部汽车停下，先派一辆GMV过去。我们知道，强有力的GMV能轻而易举地驶过这种泥泞，如果必要的话，它甚至可以将其他车辆拖过去。可就在第一辆GMV向前移动时，阿富汗国民军的一辆汽车突然从后面冲了上去，它立即被陷住，卡在泥沼中。看来，在这个渡口上耗费的时间会比我们预期的更多。

参加此次行动的车辆共有16辆，全部的9辆GMV以及阿富汗国民军的9辆汽车仍未渡过这条溪流。我的小队趴在汽车上，在河岸处实施警戒。又有几辆GMV驶了过去，随即加入到在远处实施警戒的队伍中。最后一辆GMV试图用绞盘将陷在泥沼中的那辆“游骑兵”拖出来，结果自己也陷了进去。

我们队里的医护兵莱利，坐在汽车的车厢内，搜索着山上的岩石。他随即发现一个戴着黑色头巾，面目肮脏，留着蓬乱的络腮胡的家伙正在窥探，他立即用手里的M240机枪瞄了过去。M240发射的子弹有小指那么大，能穿透四分之三英寸的钢板。

机枪的射击声穿透了汽车发动机声嘶力竭的吼叫，溪流两侧随即传出零星的AK火力。莱利的子弹击中了那名年轻的塔利班分子的头部，他的身子从岩石后滚了出来。巴基斯坦清真寺里的毛拉和训练营里外国武装分子无休止的咆哮，驱使这个年轻人试图偷窥异教徒的动静。结果，好奇要了他的命。

又一个武装分子从附近的一条小沟中跳起身，手里端着武器。还没等他逃离，莱利的子弹也把他射倒了。

我呼叫莱利，要他汇报情况。

“我刚刚击毙了两个躲在岩石后的混蛋。我们这一侧有轻微的交火。”他用无线电回复道。

作为队里的医护兵，莱利为全队和我们的阿富汗士兵提供了照料。你不能因为肚子痛而去找他，除非你想被冠以“娘娘腔”或是其他更糟糕的称谓。但如果你倒在血泊中，你希望跪到自己身边的第一个人非莱利莫属。

至于莱利的个性，这么说吧，具有多面性。和比尔一样，他来自德克萨斯州一个名叫托勒的小镇，那里的牛远比人多得多，他所在的高中毕业班只有32名学生。靠近边境的成长生活使他忙于饲养家畜和套牛，年少时他就很享受身处广袤草原时的巨大的自由感。他的身高只有5英尺10英寸，但他的身材有两个人那么宽，手劲也是全队中最强最重的，显然是得益于年少时与马匹和其他人的较量。令他感觉最为舒适的是穿上牛仔靴、T恤和牛仔裤的时候，如果我批准的话，他会愉快地穿着这身行头参加巡逻任务。我能想象他穿着一件长外套，从一匹转了十六手的夸特马上跳下，逛进一间酒吧，马刺叮当作响，霰弹枪拎在手里。莱利是个自由自在的人，就像他驯养的马匹和他所来自的那个州那样狂野不羁。无论是否在执勤时间，我都愿意忍受他20世纪初式的滑稽动作，原因很简单：忠诚。莱利待在队里，大家就好像身边来了个亲兄弟。对一个问题，他总会做出自以为聪明的回答，并随时准备用争吵来坚持自己的看法。话虽如此，若我们的队伍里发生激烈的争执，但当莱利在场时，外人最好不要错误地跑来打扰我们中的任何一位。

繁重的农活练就了莱利易动用武力的脾性，当我的小队竭力完成我们国家的任务时，我已习惯于利用其这一巨大的优势。向阿富汗人询问问题时，我首先会很客气地问——一次，只有一次。如果我的礼貌被视作软弱可欺，我就会派上莱利。不管用了什么手段，反正他毫不犹豫地做了。通常的结果是，一个满脸赔笑的阿富汗人攥着帽子回到我面前，准备回答我所问的一切。很快，我“只问一次”的说法不胫而走。对莱利来说，这个活儿和特种部队的任务是个完美的组合。尽管在诊所里做事有条不紊，但他在怒火的推动下也是个勇猛的枪战高手。他的情绪外露，宁愿被派到谷堆前，随时准备一脚踹开房门，消灭屋内的敌人。要是你想攻城略地，那就把莱利派到前面。但问题是，他太过宝贵，不能被牺牲掉。他的工作是让其他人都活着。

作为一名高级医护兵，莱利从未忘记自己绝对至关重要的职责。他不仅负责为阿富汗士兵提供医疗救助，还为阿富汗国民军培训医护兵，但最重要的是，他得确保负伤的队友活着，直到他们被撤离战场。这种工作是个沉重的负担，但莱利的承受力很强。在最糟糕的情况下，他的救护能力相当鼓舞人心。有一次，他获知我们的一名阿富汗士兵在交火中负了伤。这个19岁的年轻人，胸部带着巨大的枪伤，被送入小小的分诊室。国际安全援助部队的军医和护士已准备放弃，因为他们无法将胸管插入他的肺部充气，从而让他得以呼吸。莱利赶到了，他丢下自己的急救包，展开抢救工作。他成功地插入胸管，伤员的状况稳定下来，几分钟后，他开始自己呼吸起来。这只是无数例子中的一个，这些事例成了莱利最大限度支持自己傲慢举止的有力武器。

莱利继续向岩石周围和干谷上方开火射击，以压制敌人的火力。河对岸的塔利班武装分子开始还击，认为他们的伏击已经打响。作为回应，我们这里GMV车上所有的机枪和榴弹发射器一同开火。我听见电台里传出杰瑞德的呼叫：“部队与敌接触！”这是当天的第二次交火。

剩下的几辆GMV迅速向前冲过泥沼。杰瑞德的那辆车稍稍停顿了一下，以便让他跳上车，随后，除了我的小队和那辆陷入泥沼的GMV，所有的美国人都已渡过河去。塔利班的火力开始平息下来。

河对岸，两辆汽车退回到泥沼边缘，朝那辆被陷住的GMV抛出牵引绳，轻松地把它拖了出来。杰瑞德跑到辛沙面前，告诉他把那辆陷入泥沼的“游骑兵”上的所有装备都卸下。冒着零星的交火，阿富汗士兵排成一行，将背包和弹药传递到另一辆车上。终于，所有人都到达河对岸后，杰瑞德命令我的小队也渡河。布莱恩笑着，巨大的固特异轮胎将泥巴甩向四面八方，我们呼啸着驶过等待着的其他车辆，再次占据了尖兵的位置。

敌人的伏击未能获得成功。待我们穿过火力杀伤区后，塔利班武装分子们停止了射击，我们的机枪也停息下来，这里已没有更多的目标。头顶上，空军的喷气式战机掩护着我们的前进。杰瑞德呼叫空中力量，请他们炸毁被我们丢在身后的那辆“游骑兵”，以防塔利班把它挖出后加以利用。如果被塔利班武装分子得到一辆阿富汗国民军的制式车辆，他们会围在汽车旁欢呼，以此作为宣传，我们可承担不起这个责任。随着灰蓝色的天空让位于黑暗，我们看见一枚精确制导炸弹击中那辆汽车时发出的闪光。如果此刻有人正在那里试图缴获那辆汽车，肯定被一同炸死了。

尽管损失了一辆汽车，但涉过泥沼后，我们取得了不错的进展。我们随即在红色沙漠边缘的一处山脊线建立起营地，对当天获得的战绩深感满意。

这就是塔利班的目标：坎大哈市。这里是阿富汗5个最重要地区的十字路口，而且，自亚历山大大帝时期起便一直如此。

巡逻开始。

穿越红色沙漠。

阿富汗士兵高兴地看着我们将一部陷入沙中的车辆掘出。

即将到嘴的晚餐：阿富汗国民军士兵正在宰杀一只从当地农民那里买来的羊。

一早起来，杰瑞德正在确定目标院落，我们发现那里架设着通讯天线。

驶出红色沙漠后，杰瑞德发现的目标院落。那里架设着卫星电话所用的大型临时天线。

目标：斯佩万山。

葡萄晾干屋的内部，这些屋子被塔利班当作碉堡使用。这些建筑有上百年的历史，泥墙往往厚达3英尺。

塔利班在这间四壁漆黑的屋内给当地居民留下可怕的信息。注意墙壁上的姓名以及天花板上的凉鞋印。

一场反击战中，我们守卫的斯佩万山。注意沿着南面墙壁处排列开的车辆。塔利班已将“V”形的学校和这座山丘变成了他们的训练营。

近战。敌人距离斯密提和比尔的车辆已不到半个足球场。注意他们开火的建筑处腾起的硝烟。

战斗间歇，在斯佩万山顶拍摄的一张照片。照片展示出山下茂密的植被和景观。

戴夫等待着敌人的下一轮进攻。太阳落山了，他不会等太久。

“长胡子”们打赢了第二个回合：9月3日的伏击后，72000磅炸弹落入敌人的院落中。

向弗雷克雷少将介绍两天来的作战情况。在他视察期间，333特遣队的小伙子们借用了他的护航直升机。

茂密的大麻地几乎密不透风。照片中的这位伙计身高6英尺，你可以据此推算那些植物的高度。

格雷格和肖恩的GMV遭到简易爆炸装置的打击。你可以看见，那里根本没有地方躲避敌人的火力，这使得裘德的行动绝对称得上英勇无畏。

我们正计划进入敌方领土。其他特种作战小队和第 10 山地师的援兵已经赶到。

对目标“撞球”发起进攻前，杰瑞德、辛沙和一个名叫雅各布的翻译在一起商讨作战方案。早些时候，雅各布曾勇敢地保护了 1 名负伤的美军士兵。

2006 年 9 月 11 日，比尔、扎克和裘德从营长那里获得了他们的作战步兵徽章。

2006 年 9 月 11 日，我的 ODA 小队、联合战术空中控制员和嵌入式战术训练员。

鲁斯蒂·布拉德利上尉。

第八章

猫鼠游戏

战争中，只有简单才能获胜。
——陆军元帅保罗·冯·兴登堡

我往自己的双眼上倒了些水，热水的感觉很舒适，它流过我的脖子，再次打湿了我已湿透的T恤。炽热的太阳烘烤了我们一整天，但随着它落入山后，沙漠边缘的炎热让位于凉爽的微风。我大口喝着温热的水，要是能洗把澡，而不是只对着个瓶子喝水的话，感觉会更棒。我用水漱了漱口，将嘴里的泥土和污垢一同吐出。

我们已前进了90公里，通过空运成功地获得了一辆汽车，还经历了两场小规模交火，没有人受伤。忙碌的3天。但最重要的是，塔利班肯定会对我们跑到这里来究竟要干些什么而大惑不解。

“还不错吧。”我对戴夫说道。

“是不错，没什么问题，长官。”他冷淡地说道，“我们现在只需要跨越这个星球上地形最艰难的200公里，潜入敌人的藏身所，建立起拦截阵地，等着国际安全援助部队把那些蒙古部落赶到我们这支微小的部队前。”

“你怎么变得这么玩世不恭？”

刚将重机枪清理完毕的戴夫竖起眉毛盯着我。

“上尉，我已跟你干了2年。”

这一刻，我真希望自己余下的职业生涯能继续从事这一工作。

杰瑞德走了过来，告诉我们抓紧时间休息。天亮前我们就将离开这片山脊。我去把这番话转达给霍奇和他的第26特遣队。

霍奇问道：“鲁斯蒂，你今天怎么会没射中那个塔利班？”

“我想是因为我没喝‘巨力多’[①]的缘故，”我说道。

他笑了起来。

“那你呢？”我回击道，“我很惊讶，以你的年龄，视力居然这么好，我更没想过你能命中300米外的移动目标。”

“是啊，可今天射失的不是我，而是你。”

霍奇说得没错。当时我下意识地开了枪，而没有花点时间调整瞄准镜里的视距线，并将其对准目标。我不会让这种事情再次发生，绝不。

比尔安排轮流站岗时，我过去查看那些阿富汗士兵。经历的战斗令我情绪兴奋，无法入睡。另外，我知道每次停下休息时，阿富汗士兵们都会煮茶。我走到辛沙的汽车旁，丙烷发出的蓝色火焰舔舐着铜水壶黑色的壶底，我能听见壶里的水所发出的沸腾声。

辛沙的精神很好。他的部下似乎跟我一样激动不安，他们在各自的车辆旁忙着沏茶、吸烟或拉屎。我刚一坐下，这些阿富汗士兵便开始取笑我的普什图语，我说的普什图语里带有一股北卡罗来纳州西部的口音。我只能说一点简单的单词和短语，知道这足以在关键时刻表达出自己的意思，但我还是需要一名翻译来完成这种困难的交流。不过，茶很热，也很甜，1个小时后，轮到我站岗了，于是我返回到自己的车旁，换下斯密提。

我钻入悍马的炮塔内，拿起热成像仪朝四下里查看了一番。什么也没有。甚至没有发现一头离群的驴子或骆驼群什么的。微弱的光线下，沙漠光洁、滚动的表面流出了视野。经历了这样漫长的一天后，我享受着这几个小时的宁静。这给了我整理自己思绪的时间，这种思绪很快便飘回到家人那里。我算了算时间，在美国，此刻还是下午。我仿佛看见他们待在厨房里，但我不知道他们的午饭吃的是什么。

午夜刚过，我将队友们唤醒。塔利班最终会找到我们。在夜里出发能让我们获得一个良好的开端，清晨的微风会用沙子覆盖住我们行走过的痕迹。由于阿富汗士兵没有夜视镜，几名特种部队士兵跳上他们的车辆，充当驾驶员。我们随即出发，驶入了空旷的沙漠。会让你的后背疼痛几天的崎岖小径和河床被我们甩在身后。我查看着地图和指南针。尽管我们的装备已陈旧，还有些磨损，仍保持着高速行进。

能回到我那辆“女朋友”中真是令人欣慰，按照军用标准，她已严重过时。阿富汗简直就是汽车杀手。在遍布岩石的地形中，断车轴、爆轮胎、软管破裂实属家常便饭。“女朋友”是第一代GMV，于2003年呱呱坠地，过去3年中，她从未停止过在阿富

---

① “巨力多”指的是一种营养补充剂。

汗崎岖的河谷和土路上的颠簸。她没有任何先进的防弹装置和电子设备，而这些东西在新式车辆上早已普及，可那些新式车辆都被派到了伊拉克。

最传统的作战单位却拥有最新式的悍马车型，安装着车载追踪系统，这东西被称作“21世纪部队旅及旅以下作战指挥系统”，简称FBCB2。该系统能让指挥官获得导航，并通过卫星看见战场上其他的单位。被称作“强制追踪”的这一系统在一幅数字地图上显示出友军单位和车辆所在的位置。使用者点击地图上的图标，不仅能获知对方所在的位置，还能掌握该部队的类型。

布莱恩、罗恩和我不得不用我的笔记本电脑、一台GPS和一些废金属来解决这个问题。布莱恩和罗恩想出个将GPS挂上计算机制图系统的办法，再插上一根天线，这样我们就能确定自己所在的位置。我用一块陈旧的航空铝材和几码长的魔术贴建起这一设备。听上去很粗糙，可确实管用。这就是特种部队与其他单位的区别：我们能即兴创造。但担任了6年的打击矛头后，我们的装备不应该这么简陋。

我看见远处发出了亮光，它们在广漠荒原另一端的地平线处闪烁。我用单筒望远镜仔细看了看，从灯光的数量上看，似乎是几辆卡车或轿车，但我无法判断出准确的数量。我用电台呼叫杰瑞德，并建议建立起一个临检站，看看朝这里驶来的是什么人。

杰瑞德同意了。霍奇听到电台里的指令，立即率队转到右翼，为我们提供掩护。我用电台通知其他车辆，命令队员们在车后部插上红外线荧光棒，这根小小的荧光棒只能通过我们的夜视设备被看见。一旦战斗打响，红外线能让我们分清敌友。

我们停下后，比尔跳下车，在迎面而来的车辆的前方找到一处低矮的沙坑，指挥阿富汗国民军的2辆汽车开了进去。然后他又把自己的车开到右侧，构成一处障碍，并将车灯对向阿富汗士兵的汽车。效仿比尔的做法，布莱恩也把我们的悍马车开到左侧。很短的时间内，一个临检站便迅速建立起来，比尔对此深感满意。我呼叫杰瑞德，向他汇报了我的小队所采取的措施。霍奇的小队也被调了上来，所有人各就各位。然后，我们打开红外线识别灯——这东西就像根荧光棒，只能用夜视设备看见——以确保每个人都知道其他人所处的位置。

计划很简单。霍奇为我们提供掩护。杰瑞德、辛沙和其他人守在附近，如果事情不对劲，他们就准备担当骑兵的角色。我觉得自己就像只蜘蛛，等待着猎物在黑暗中摸索而来，然后落入陷阱中。远处的车灯慢慢靠近，在某个地点，他们停了下来。在空旷的沙漠中，灯光和声音能传得很远，我担心我们已被对方发现。但很快，那些车灯再次朝我们而来。

我们能听见对方发动机的轰鸣。我觉得这种声音对汽车来说未免过大了些。它们不是“叮当”车，也不是破破烂烂的皮卡。我把比尔叫了过来，他也有同样的感觉。

霍奇看不见对方的车辆，只看见4具大灯，但他同意比尔的判断，对方的声音听上去像是坦克或装甲运兵车。

我用电台呼叫杰瑞德，让他联系战术行动中心，看看是否有国际安全援助部队的单位在这片地区活动。“我不知道来的是谁，”我说道，“但这可够我们喝一壶的。”

我听见杰瑞德呼叫战术行动中心的声音，随即我又把比尔叫了过来：“比尔，把反坦克武器拿出来，做好准备。”

他已经这样做了。他命令射手们换上API——穿甲燃烧弹。翻译跑到阿富汗士兵们的车辆旁，传达了同样的命令。比尔还告诉阿富汗士兵们，如果美军射手开火，他们就用RPG打击对方车队最后面的两辆车。最后，他告诉GMV上的后射手“相互掩护”，如果对方的车组人员暴露出来，就扫射他们的炮塔和底盘。

对方的灯光距离我们还有半英里，地面震颤起来，就像发生了一场小型地震。

“注意观察，比尔。”我用电台告诉他，随即跳下车，拉开车厢内固定着AT4火箭筒的魔术贴，将这具武器端在手中。

用弹簧顶住的前后瞄准具被翻转过来，我把距离调整为150米。灯光渐渐靠近，我注意到它们排列成一个交错的军事编队，彼此间的距离相等。塔利班武装分子不会如此行事。朝我们而来的究竟是什么人？迷路的巴基斯坦部队？基地组织？毛拉·奥马尔和他的保镖？不管是谁，他们都将大吃一惊。

“你准备好了？”我又用电台呼叫霍奇。

“早就准备好了。”他说道。

前方的车队稍稍向右拐，绕过一座沙丘，随即朝我们径直驶来。我将AT4握在手中，等着将它顶上肩头。

“天哪！上尉，快看十点钟方向！”布莱恩叫道。

我朝那个方向望去，只觉得一股寒意从后背油然而起。夜视镜的绿光中，数百米外有三四十人朝我们步行而来，他们的肩上都背着背包。

这是怎么回事？我们遇到的是什么人？

“戴夫，继续监视前方。比尔，你负责伏击。我们也许得下车，到左面去。”我用电台下达着命令。

我轻轻地把AT4火箭筒放在车内的地板上，抓起我的M240机枪，把它安装在引擎盖的旋转枪架上。我用肩头抵住枪托，俯身于机枪上，将前准星对准那群步行者的最右侧。

“你控制最右端，我从左边开始，逐渐向中间靠拢。”布莱恩说道。

车队离我们越来越近，发动机的轰鸣波浪般朝我们涌来。我将手指轻轻搭在扳机上，准备打出第一个点射。我慢慢拨开保险，将脸颊贴在左手上，握紧枪托，准备承受预期中的后坐力。

“等等，等等，再等等！”布莱恩说道。

那些步行者离得更近了，我终于看清，原来是一群赶着骆驼的人，他们只是从附近路过而已。我关上M240的保险，重新抓起AT4火箭筒，就在这时，亮着大灯的车队赶到了。

“上尉，我们逮住4辆重型拖车，不是装甲车，如何处置？”比尔说道。

阿富汗士兵冲上前去，打开他们的探照灯，拦住了这些庞大的车辆。几辆一直跟随着车队的摩托车四散奔逃。靠近搜索！要是那些拖车司机胆敢抗拒阿富汗国民军士兵，我们就将用火力招呼他们这4辆车。几名阿富汗士兵小心翼翼地从四面八方围拢上去，以防有人逃走。一名阿富汗班长小心地靠近为首那辆拖车的驾驶室，我听见他命令驾驶员将车辆熄火。显然，那名司机说了些令这个班长很不爽的话，班长把手伸进驾驶室，猛地把司机拽了出来，头冲下摔倒在地。后面的一辆车正准备倒车，一名阿富汗士兵跳上踏板，用他的AK枪管捅向司机的胸膛。

这是几辆大型军用燃料拖车，它们覆盖着装饰物，伪装成常见的阿富汗货车，但我很清楚它们来自何方。于是，我呼叫了杰瑞德。

“长官，我们逮住4辆重型拖车，燃料罐伪装得像是‘叮当’车。它们都是伊朗军用车辆的款式，朝巴基斯坦而去。”我说道，同时注意到车身上涂写着波斯文字。

信息简明扼要。战术行动中心监听着我们的频率，我确信这条信息已让控制全阿富汗军事行动的指挥部里的保密电话响了起来。

阿富汗国民军的士兵们将车内的驾驶员和乘客们拉下车。这些人中，没有一个身穿军装，但这些车辆绝对是军车，这些人很可能是当兵的。阿富汗士兵把这些司机分隔开，让他们蹲在尘土里，开始审问。司机们都坚持着相同的说法：他们在伊朗盗窃燃料，再运至巴基斯坦销赃。绕道雷吉斯坦沙漠边缘是为了躲开阿富汗的税收。但问题是，这里根本就没有什么税收。

“上尉，我们逮到的是些毫无价值的狗屎，”比尔的声音从电台里传来，“不管这帮家伙卸的是什么货，把他们赶回去吧。”

燃料车里没有一滴燃料，明显的军车款式，司机看上去像是军人。这完全不合情理，但我需要更多的证据来证实这种怀疑，而不仅仅是凭直觉。

一名阿富汗国民军的班长走了过来，问是否可以把那些车辆烧毁，再把司机们丢在沙漠里。他们挺不了多久，因为最近的村庄离这里也很远。是否该杀掉俘虏这个问题，是我们曾经历过的严格的“罗宾·赛奇”演习中的规定项目之一，这是特种部队在北卡罗来纳州中部的森林中所进行的最重要的训练演习，演习中许多进退两难的局面，我们后来在阿富汗都遇到了。这是军队中最好的训练演习之一。多亏了“罗宾·赛奇”，我对俘虏的问题没有任何踌躇。

“我们不能随意处死那些没有武器的敌人，”我告诉他，“要是这样做的话，那我们就跟我们正努力击败的那些人没什么区别了。”

这肯定不是他想要得到的回答，但他听从了，因为我是指挥官。在他看来，战争就是个恶性循环，所有的一切都是为了生存。如果给你的敌人留下活路，改天他又会来要你的命。我还没来得及再说几句，电台里传出了杰瑞德的声音。

“31，这里是30。”

我没理会他的第一次呼叫，可他继续呼叫着。如果没有什么要紧的事，杰瑞德是不会来打扰我的。

“30，这里是31，什么事？”

“太棒了！”杰瑞德在电台里说道，从这三个字眼里我得到了某些信息。

我们的行动一直被高空中的一架“捕食者”无人机监视着。坎大哈的某位人士已向杰瑞德透露了此事。可为何有人把这东西弄到这里，而且还瞒着我们呢？我们一直被某些人监视着，不管对方是谁，他们肯定不想让我们知道他们的存在。

我呼叫比尔：“仔细搜查！”

“明白。”他回答道。1分钟后，他走了过来，将一个巴基斯坦军用证件塞到我手里。一名司机把这张证件藏在汽车的仪表板下。我翻过证件，借助车辆尾灯的光线检查着。这是张有效证件。战争爆发前，巴基斯坦三军情报局就跟塔利班有着密切的联系。三军情报局给予他们庇护，并帮助他们偷越边境。这是个确凿的证据。

我呼叫杰瑞德，问他想让我们如何处置这些家伙。难道我们要冒上落后计划时间表一天的风险，拘捕这些家伙，以减缓偷越边境的行为吗？

我们决定只扣下那张军用证件，并对车辆、司机和乘客拍了照。阿富汗士兵几乎把那些车辆翻了个底朝天，但没有发现有暗道通入油罐。我们不得不放他们走了，希望他们能夹紧尾巴赶紧滚。

后来，事情渐渐搞清楚了，他们走私的不是燃油，而是武器弹药。这一定期补给路线暴露后，塔利班的武器来源最终将被切断。

第九章

红色的沙子

要么找到一条路，要么踏出一条路。
——汉尼拔

从沙地里伸出的那座山脉看上去像是颗烂掉的、满是缺口的棕色牙齿。我们越是接近，电台里传出的塔利班对话声就越多。他们的一名指挥官，看着我们卷起的尘云越来越近，开始详细地描述我们车队的情形，最后命令自己的部下隐蔽起来。

杰瑞德派霍奇的小队赶至山脉的南侧，我的小队则被派至北侧。我们的计划是对这片区域实施侦察，并在山对面会合。一路上，我们留意着塔利班武装分子，并记录下一切可能的藏身地、阵地或是被塔利班用作观察哨的地点。但我们并不打算靠得太近，以免被卷入到混战中。

沙漠中的一条小径直通那座山脉，沿途上有十来座院落。辛沙同意派一个班的阿富汗士兵进入其中的一座院子。在我们车辆的掩护下，他们迅速冲了进去。他们发现了一些新鲜的生活痕迹——水壶、车辆、衣服，甚至还有几条狗。但这个院子里缺少一样东西：人。没有跑出来索要糖果的孩子。这里死气沉沉，阴森恐怖。

几分钟后，一名阿富汗士兵跑了出来。他耸耸肩，看上去一脸疑惑。他们的班长走到我车旁，描述了院内的情况。这个院子看起来有人住过，地上铺着睡垫，还有些用过的锅碗，但没有人。辛沙命令部下搜查另一座院落，情况还是一样。

我不想再浪费时间，于是我们让大家上车，向北而去。我们刚刚离开那些院落，塔利班相互联系的声音又出现在电台里。他们的第17号观察哨刚失去我们的踪迹，第18号观察哨立即又发现了我们。我们沿着小径驶入一个较缓的右弯，道路结束于一道20英尺高的沙堤，看上去就像是沙漠一头扎进山脉中，堆积起来的沙土抵住了山底。车辆轰鸣着，我们强行从沙堤和山脉岩壁间通过。我们的车辆就像是巨大的海浪上的船，慢慢地向上攀爬，最后终于到达沙堤的顶部，半开半滑地转移到另一端。

最后一辆汽车刚刚翻过沙堤，电台里塔利班的声音变得高亢起来。“Allah akbar! Allah akbar! 真主至大！”在电台的扬声器里噼啪作响。我的翻译员维克多说，塔利班在崎岖的岩石小径底端布设了一个埋伏。我让车队停下，现在是该重新估算风险的时候了，我们来这里可不是为了陷入激战的。四周的崖壁非常陡峭，我们的机枪无法抬高到足够的高度实施还击，道路也太过狭窄，车队只能像一行鸭子那样排成单路纵队，很容易被一场精心设置的伏击所猎杀。我们转身，再次翻过沙堤，朝南而去。我注意到一些巨大、平坦的岩石面上留有许多撞击过的痕迹。

“布莱恩，往上看。比尔，你看到了吗？”我用电台呼叫着。

“当然看见了，沙漠地面的上方大约100米。”他说道。

“没错，你再往四周看看。”

地上洒落着子弹的黄铜弹壳和RPG的塑料助推筒。我呼叫着杰瑞德。

“长官，我不知道你那里发现了什么，但我们这里刚刚发现塔利班的一个训练营。我们无法继续前进，因为这里出现了敌人大量的通话，地形也过于困难。我们在沿途看见的院落是他们的住房，现在我们又发现了他们的靶场。”

布莱恩踩下油门，我记录下GPS网格坐标的10位数字。没等我再次呼叫，几秒钟后，杰瑞德的回复从电台中传来。

“赶紧离开那里！”

我们的车辆加大油门，迅速返回到车队中。我那辆车刚在杰瑞德的汽车旁停下，我便拿着地图跳了下去。把地图摊放在他的引擎盖上，我向他指明塔利班营地的位置。他手里握着“狗骨头”——这是我们给无线电手台起的绰号，因为它的形状像根狗骨头——把我们的发现报告给坎大哈那边。

在这4天里，我们发现了塔利班一个偏远的训练营，在河流渡口处遭遇到一场伏击，找到了越境分子使用的渗透点，还查获了伊朗与巴基斯坦之间的一条补给路线。向杰瑞德汇报营地的情况时，我看见阿里中尉的眉毛扬了起来。这帮我做出了总结。我们刚好位于塔利班分子进入潘杰瓦伊区的高速公路的中间。

杰瑞德结束了通话，随即示意我们撤离这里。我看着队员们钻进各自的车辆。热浪肆无忌惮地卷过地平线，连体魄最健壮的人也被折腾得萎靡不振。每个人的肩膀和后背都起了痱子——我们的皮肤被汗水浸透，与防弹衣摩擦后造成了发炎。皮肤上的毛孔被盐分、油脂和污物所堵塞。拎着防弹衣——穿上或脱下时都像是被碎玻璃扎入了皮肤——我咬着牙，先将防弹衣套上一个肩膀，然后再把另一条胳膊伸进去。

坐到自己的座位上后，我回过头，看见维克多跳了下去，在后轮胎处摊开他的拜毯，又用瓶装水快速洗了洗自己的双手。

“快点，要出发了。”戴夫在炮塔里喊道。

“祷告是我的义务。你得等等。”维克多说着，脱下了他的战术胸挂。

“我们正准备出发，出发的意思就是动身。到达下一站时，我们会给你时间祷告的。”戴夫厉声说道，他对队里这位新成员懒散的态度越来越不耐烦。

维克多一言不发。他20岁出头，对一个来自占主导地位的普什图部落的阿富汗人来说，他的身材够敦实的。他的下巴上只有些许胡茬，但他还是留着，因为这让他觉得自己有种男子汉的气概。他从我们的汽车旁走开，开始解开靴带。

我们以前的翻译在谢夫小队的行动中阵亡了。维克多和另外几名翻译接受了一家承包公司的审核。获得批准后，他们就被随机分配给各小队。其中出色的人员，就像我过去的那几个翻译员，会成为队里的一分子。其中不太好的，会从一个单位跳到另一个单位。我们这次刚刚到达时，维克多便跳到了我们队里。

此前，维克多并未对一天祷告五次显示出太大的兴趣，所以，很明显，他在要花样。他想休息一下。我怕其他翻译看见他这样后，也会如法炮制。但维克多知道，我们受制于他。要是我们不让他祷告，直接把他丢入汽车后厢，那些阿富汗士兵会怎么看呢？我告诉戴夫放松些，就算用这计划外的休息换取将来的关系吧。

接下来的几分钟里，我看着维克多面对着麦加圣地的天房，时而笔直地站在他那块拜毯后，时而俯下身子，双膝、额头、鼻子和双掌触地，向真主祷告。

大约十分钟后，他结束了这场祷告仪式，又花了点时间重新穿戴上自己的装备，卷起拜毯。我跟着他走到车后厢处，掏出一袋军用口粮。保持密切的关系很重要，但他的做法已处于危害到行动任务的边缘。我们要赶时间。现在是该给他上一堂“非常规作战”课了。

“又怎么了，伙计？”我问道，脸上带着自己所能扮出的最佳笑容。

“我现在要吃点东西。”他说道。

“好的，没问题。”我尽力保持着平静，“要喝点水吗？”

“好的。”他说道，我对他福祉的关心令他感到高兴。

我从车后厢掏出一瓶水，感觉到炮塔里戴夫的目光正盯着我。

“嗨，上尉，咱们得赶紧出发了！”他从牙缝里迸出了这句话。

维克多打开军用口粮，在袋子里翻捡着，嘴里发出了抱怨：“这不是清真食物，上尉，我得换一袋。”说着，他从我手里接过水瓶。

我掏出一把折刀，伴随着一声金属撞击声，我打开刀子，将刀刃插进瓶底。温暖、清澈的水流入维克多的手里，又淌落到沙地上。他不知所措地看着我。

“上尉，你为何要这样做？”他问道。

“从这里走出沙漠至少要一个星期，”我说道，尽力保持着平静的语气，“除非你想从现在开始得不到任何食物和饮水，否则，你就应该上车。”

为了强调这番话，我一巴掌打飞了他手里的口粮袋。我不打算接受队里任何一个人的考验或质疑，永远不。我对那些废话的容忍度为零。“在我还没发火前，你给我赶紧给我上车！”我吼道。

这一整天，我处理的问题够多的了。维克多把手在他的衬衫上擦了擦，挂上弹药袋，一言不发地钻入后车厢。通过这种严厉的方式，他学到了宝贵的一课。从那以后，我们会礼貌地提出第一次要求，但第二次就将带来后果。

“我们出发！”我对着电台说道。

“女朋友”轰鸣着爬上一座30英尺高的沙丘，又从背面驶了下去。从沙丘的顶部望去，我能看见数百座沙丘，看上去就像一股股朝海岸涌去的波浪。GMV轻松地翻过沙丘，但阿富汗国民军的“海拉克斯”却遇到了问题。进入沙漠没几英里，电台里便传出呼叫，一辆“海拉克斯”陷住了。杰瑞德和其他人帮着将车挖了出来。我们告诉那些阿富汗驾驶员，降低胎压可以获得更大的牵引力。我们还告诉他们，换到四驱模式或低速，他们都点头表示明白。可当我们推车时，很明显，他们还是没弄懂这种驱动方式的基本动力特性。

雷吉斯坦沙漠是世界上最严酷的环境之一，大多数情况下，目力所及之处，这片沙漠中满是红沙形成的山脊和小型、孤立的沙丘。沙脊和沙丘的高度能达到50至100英尺，与被风吹拂、沙土覆盖的平原交替出现，由于没有植被，某些地方已变成贫瘠的砾石和黏土带。这里看上去就像是火星。

我们的进展几乎已陷入停顿，简直就像是在交通高峰期开车。沙丘上热浪翻滚。我们大汗淋漓地坐在车内，后背和肩膀上的痱子发出阵阵灼痛。我觉得自己就像是烤箱中被慢慢烘焙的一块饼干。

电台再一次响了起来，又一辆车被陷住。戴夫沮丧地叫了起来，怒冲冲地抓住机枪，猛烈地摇动起来。几秒钟后，他停了下来，从炮塔上俯下身，平静地微笑着。“感觉好多了。”这个来自俄亥俄的家伙居然操着一口漂亮的英国口音。

日落时刻，在攀越一座巨大的沙丘时，我的车也被卡住了，车轮开始下陷。布莱恩切换到四驱低速模式，轻轻踩下刹车，试图让无动力侧的车胎获得抓地力。但我们没能成功。我走下车，耸耸肩，鞠了个躬。阿富汗士兵们哄然大笑。这帮可恶的大块头美国佬终于把一辆车陷进去了，现在，他们可以稍事休息，看着这些美国佬把车挖出来。我把这次陷车看作是一次机会。我们把他们催逼得那么紧，那么久，所以我觉得可以把这次不利变成一种积极因素——这会让我们显得更加人性化。

当晚，我为阿富汗士兵们煮了一壶茶。我在集市上买过些浓郁的红茶，就是为这种场合准备的。我拿起茶壶和几个杯子，朝辛沙的汽车走去。我给他和他的几个部下斟上茶，他们欣然接受，但我能肯定，这番举动令他们感到震惊。阿富汗军官从来不会为他的士兵们煮茶。我认为，这壶茶将确保如果再有阿富汗士兵的车辆被陷住，绝不会再耽误太久时间。我们坐在摊放在沙地上的毯子上，看着太阳渐渐落下，硬邦邦的无酵饼在我们之间传来传去。我喝了两杯茶便去休息了。

我摊开褐绿色的睡袋，脱掉衬衣和靴子。我总是穿着“Teva”牌凉鞋睡觉，因为这既能让我随时投入战斗，又能让我的靴子和双脚保持干燥。游骑兵学校反复告诉我们要照料好自己的双脚，于是我倒了瓶水把脚洗了洗。我又用另一瓶水试图洗去衬衫上的污垢、盐分和汗渍，然后把它挂在我的汽车上。在这样的热度下，要不了几分钟它就会被吹干。最后，我一头倒在妻子给我买的充气枕头上。感谢上帝让她能嫁给我。说着自己的祷告，我渐渐进入了梦乡。

似乎只睡了几秒钟，我感到有人在扯我的脚。该出发了。我收拾起睡袋，匆匆套上早已干透的衬衫，正准备离开时，比尔和斯密提围了过来，看上去一脸严肃。

“我们的食物还够，可水消耗得很快。”比尔看着记录簿上的补给物资清单说道，“每人每天需要一加仑或更多的水。”

“上尉，48小时内我们必须获得再补给，否则，我们就麻烦了。”斯密提说道。

我们找到杰瑞德，把这个情况汇报给他。对着地图研究了一番，并查看了我们进入潘杰瓦伊区的路线后，我们最终决定赶往一片较为平坦的沙漠，货运飞机可以在那里为我们空投下饮水。裘德设置好卫星天线，以便让杰瑞德发出要求补给的信号。

现在轮到霍奇的小队打头阵，我的队伍退回到车队的尾部。清晨的太阳从地平线上升起时，我们已驶上一片相对较为平坦的平原，我估计今天可以前进50英里。然后，我看到了远处硕大的沙丘。最大的沙丘看上去像是个弯腰驼背，正把手伸向地平线的人。

“你看那些沙丘，有没有一种不许我们进入的感觉？”布莱恩问我。

“看上去还真像。”我说道。就在这时，电台里传出了霍奇的声音。

“鹰爪30，这里是鹰爪26，我们得找条路绕开那些沙丘。有些沙丘有六层楼高。”

杰瑞德命令我们停下，设法找找路。

我把装备扔在前座，下车舒展一下双腿。突然，我听见一支AK-47的射击声，这让我一头扑倒在滚烫的沙地上。

“上尉，赶紧回车上来！”戴夫叫道，他也立即隐蔽到炮塔后，抓住点50口径机枪，迅速将枪管指向枪声传来的方向。

我像参加橄榄球争夺那样，尽可能快地让双腿保持飞奔。几秒钟后，电台里传出消息，1名阿富汗士兵受伤。我抓起驾驶座后的急救包，朝我们身后阿富汗士兵们的车辆冲去。那名阿富汗士兵强忍疼痛，紧捂着自己的手。我看见铅笔粗细的血流洒在车内，他的军装和脸上也沾满了血迹，我立即明白过来发生了什么情况。我们曾多次提醒过这些阿富汗士兵，让他们把手放在AK步枪的末端。这种步枪的保险擎很独特，但不太安全，如果在保险打开的状态下，扳机只要受到很小的压力便会击发。

我抓住这名阿富汗士兵的手腕，鲜血从他的胳膊上流下，浸湿了我的手。尽管右手肿得像个汉堡，但他没有喊叫，也没有拼命乱动。子弹使他的手在食指和无名指之间裂开，伤口从手掌顶端延伸至手腕，两根手指松垮垮地挂在白色的肌腱上。我紧紧攥住他的手腕，手指按住他的桡动脉和尺动脉，以减缓血流速度。

史蒂夫赶到了，他扔下急救包，从里面掏出一条压迫绷带。我想让大家从这起糟糕的事故中学到些有用的东西，于是让阿富汗士兵们聚拢到史蒂夫身边，在维克多的帮助下，给他们上了堂如何包扎和治疗伤口的现场课。史蒂夫把伤员撕裂的伤口并拢起来，用了一整卷Kerlix绷带，并对子弹撞击处采用了加压包扎，维克多翻译着每一个步骤。然后便是静脉注射。这堂现场课结束后，我严厉批评了这些阿富汗士兵，他们的散漫造成了如此愚蠢的错误，结果使我们损失了一名宝贵的士兵。

我朝自己的汽车走去，洗了洗手，随即呼叫杰瑞德。那名负伤的阿富汗士兵必须被撤离。杰瑞德立即呼叫上级，而我的小队随即构设起着陆区。我们的兵力本来就不多，毫无必要地损失了一个人，这只会加重我们的担子。要让行动顺利进行，每一个人都是我们所需要的。

史蒂夫和莱利帮助伤员做好撤离准备，这时，电台里传来了呼叫声。

“鹰爪31，这里是野马11。确认着陆区的坐标和状态。”飞行员说道。

“野马11，这里是鹰爪31。坐标不变，状态很好，当心沙土的‘采矿效应’①。”我回复道。

“鹰爪31，收到。正在进入。”飞行员说道。

我看见地平线处出现了一架褐绿色的黑鹰直升机。先是小小的一点，接着就越来越大。有人释放出紫色的烟雾。下降时，直升机的叶片卷起大量沙尘和碎石。我低下头，捂住双眼。我不知道在这片昏天黑地中，那些机组人员怎么能看得见。

---

① “采矿效应”指的是直升机降落时扬起的灰尘和碎石，这会严重影响驾驶员的视线。

救伤直升机停留了足够的时间，以便让戴夫和莱利将负伤的阿富汗士兵送入机舱。然后，它从沙地腾空而起，再次飞入空中，又留下一大团尘云。辛沙走了过来，拍了拍我的肩膀。他脸上的笑容是如此灿烂，以至于两只眼睛都眯成了缝。他没说什么，但我明白他的意思。我们照料了他的部下。他知道我会这样做，而我也没让他失望。

在他离开前，我告诉他紧急空投的事。“我们的食物和水都不多了，所以要注意节省。”我说道，“不能浪费水，不能丢弃食物。没了水和食物，我们就只得忍受饥渴了。”

辛沙完全理解，他答应去告诉部下们。

走回“女朋友”的途中，我遇到了克里斯，这个敦实的机械师来自后勤连，是跟着替换给阿富汗士兵的那辆汽车一同空运过来的。这几天里，他靠着胶带和纯粹的勇气使我们的车辆正常运转。液压管发生泄漏，他就割断应急液压管，再将其接到断裂的管道上。阿富汗士兵的2辆“海拉克斯”散热器里的水烧干了，他就灌上水、尿或是其他液体代用。一辆车的钢板弹簧断裂，另一辆车的转向稳定器破损，为了修理它们，克里斯用上了5000磅拉力的尼龙棘轮带，这东西是用于保护货物的，现在被他用来将零部件扎紧，从而使我们的车辆得以正常行驶。至于我们是否能用这些车辆投入战斗，那就是另外一个问题了。

“上尉，这些车辆再发生过热情况的话，那些带子就会融化，”他说道，“那它们就得被送回停车场了。”

杰瑞德决定等到第二天清晨再上路。我认为这个决定很明智，因为大家都很疲惫，车况和阿富汗士兵搞得我们很沮丧。休息一下会让我们冷静下来。

伴随着第一道曙光，我们再度出发了。我们将利用此刻较低的温度，完成穿越沙漠的最后冲刺。痱子造成的疼痛令人难以忍受，我开始认真考虑，这最后的一程是否该把身上的装备脱掉。我身上的皮疹已变成褥疮。要是褥疮感染的话，我就需要抗生素了，并且不得不动用我们微薄的补给物资。我知道，更严重的伤势可能会更加需要那些医疗用品。我吸了口新鲜的鼻烟，闭上眼，深深地吸了口气，将防弹衣穿上。剧烈的疼痛电流般地涌过我的肩膀和后背。我试图控制住自己的心跳速率，并把眼中的泪水眨掉。疼痛稍稍过去后，我吞下五六颗“泰诺”，然后用电台通知车队出发。

几天来，我一直遭受着戴夫震耳欲聋的电子乐的轰炸。他的iPod连接着炮塔内的两只索尼音箱。在没遭到敌人威胁的情况下，有点音乐是很棒的，可以消除旅途的单调。由于他一整天都被火辣辣的阳光所烘烤，所以我允许他充当DJ的角色。但我再也无法忍受他那些高分贝的电子乐了。

"天哪，戴夫，你的iPod里就没有其他歌曲了吗？"

"我这里面的5000首歌都放遍了，你想听什么？"

我把手伸向后面，从战术背包里掏出个"派力肯"收纳盒，把我那只白色的第一代20G iPod递了上去。它陪我经历了三次派驻任务，并在一次路边炸弹袭击和数次交火中幸存下来。这是一个朋友送给我的礼物。在iPod的背面，他写了这样一句话："结交真正的朋友，靠的是你的识别力。"这只iPod已成了某种幸运符。

戴夫将iPod插入扬声器。

"你想听什么？"

我让他打开乡村音乐列表。第一首歌就妙不可言：杰瑞·里德《East Bound and Down》的音符从扬声器里传了出来。

第十章

笔记本

没有必要的话，不要碰任何东西。
提防舞厅和公园里的漂亮姑娘，她可能是间谍；另外还有自行车、左轮手枪、军装、武器、死马以及倒在路上的人——这不会是什么意外。
——20世纪30年代发行的苏军步兵手册

一个库奇族人牵着20来头骆驼出现在地平线处。待他靠近后，我看清了他那张饱经风霜的面孔和他长长的黑胡须。他身材瘦削，穿着好几层长袍，挎着一把很大的刀，这把尾部弯曲的大刀挂在他的腰带上。

“这家伙看上去像是《奇兵夺宝》里的一个临时演员。”我声音嘶哑地说道。

电台里传出斯密提的声音，他报告说他用望远镜看见一头骆驼驮着几个大包，像是弹药或迫击炮弹。我没发现那个库奇族人手里有武器，但我知道，沙漠会欺骗你的眼睛。天哪，先前我也看见过一群被我误认为是敌人的骆驼。

那个库奇族人看见了我们长长的车队，他停下脚步，丢下自己的包裹，双手高高地举至空中。

“我开始喜欢这个家伙了。”比尔的声音从电台里传来。

斯蒂夫、斯密提和他们的翻译杰瑞走过去，与这个库奇族人交谈。他告诉他们，这群骆驼是他新娘家给的陪嫁。斯蒂夫和斯密提搜查了他，然后要求检查他携带的货物。这个库奇族人没有丝毫的犹豫，他拔出刀，割断骆驼背上的绳子，沉重的织布袋落在沙地上。

斯密提检查袋子，史蒂夫在一旁看着，手里的步枪做好了防备。袋子里装着废金属、迫击炮弹的稳定翼和弹壳，这个库奇族人说这是在一个训练营捡到的，就是我们在山脉附近发现的那个，位于南面，距离这里大约要步行一个星期。

他的说法是可信的，那个营地确实有许多可捡的东西。斯密提塞给他三瓶水，他笑了起来，很高兴能喝我们提供的水，而不是他自己的。在他喝水时，斯密提掏出一个笔记本，开始向他提些问题。我站在自己的汽车旁看着。

“在这附近看见过什么人吗？”他问道，杰瑞做了翻译。

“看见过几辆‘海拉克斯’皮卡。”

“在哪个方向？”

“从南面来，向潘杰瓦伊去。”库奇族人回答着，喝光了最后一瓶水。

好人不会跑到这片沙漠上来兜风。我用我的电脑和GPS查看了一下我们所在的位置。我们差不多已驶出沙漠。我们再次上路，向潘杰瓦伊而去，我看着那个库奇族人把他的货物重新装上骆驼背。在我们前方，GPS上的等高线显示出重叠的迹象，这表明有许多高地需要我们翻越。

几个小时后，我们到达了一座山丘的顶部，随即看见高原上搭设着一小片五颜六色的帐篷群。那是我们先前遇到的那名库奇族人的岳父。我们驱车经过时，他的岳父朝我们打着招呼，并问我们是否看见了他的骆驼。对未来女婿的情况，他似乎并不感兴趣。

“典型的岳父大人。”我对布莱恩说道。

这片高原向着另一串起伏的群山下降。我们越过最后一座山丘，苍翠葱郁的潘杰瓦伊河谷终于出现在面前。我呼叫杰瑞德，让他知道我们已走出沙漠，接近了空投地点。杰瑞德回复说又有一辆汽车被陷住了，于是，布莱恩、戴夫和我将“女朋友”熄火，脱下身上的装备，举起手中的瓶装水，像举着香槟那样庆祝起来。

在我们前方流淌着一片绿色植被所形成的广袤的“海洋”。我能看见分列两侧的阿尔甘达卜河与多里河所构成的这片河谷，错综复杂的数百座村落中，布满了泥土屋、葡萄园、小径和农渠。有那么一刻，我想象着古时候的旅行者在沙漠中跋涉了几个星期后，突然看见这片河谷时会做何感想，但这番联想并未持续下去。很明显，这片战场太过复杂。加拿大人需要更多的兵力——大批部队。这里不是区区几个偏远的村落，这是一座欠发达的城市。

“幸好没派我们去肃清这片地区。”布莱恩说道，他明白我的想法。

杰瑞德的汽车驶到我车旁停下，散热器嘶嘶作响，风扇全速转动着。

“伙计，看上去真是赏心悦目。”他说道。

“我们只希望不要在那里面作战。”我回答道。

维克多从我的车上跳下，拿出几瓶水和他的拜毯。

“维克多，你拿水干嘛？”我问道。

“现在是我祷告的时候。”他说道。

我们已接近空投区，但现有的补给物资所剩不多，我们已经实行了一天的配给制。我不想浪费任何东西，除非空投的食物和饮水拿到手。

“那些水，你拿去喝也行，拿去洗脚也可以，我无所谓，”我对他说道，“但我们分给你的水就那么多了，你看着办吧。”

他想了想，又把两瓶水放回到车内。炮塔上的戴夫俯视着这一幕，不禁笑了起来：“上尉，他学得真够快的。”

“你我都有数。”

杰瑞德召集几名指挥官开了个会，我们一致同意待天黑后再靠近补给地点，这样就不会把那个地点暴露给敌人。下午，我花了点时间彻底检查自己的装备。我有两双袜子和两件T恤。由于生痱子，我的皮肤被擦破了，疼痛不已。我把一件昂贵的安德玛T恤浸上水，擦拭着自己的胸部和双脚。我穿的那双民用靴状态还不错，因为尺寸大半个码，所以帮了大忙。在这样的热度下，我的双脚肿得厉害。军队配发的沙漠靴上，有一块皮革横跨过你的脚面——你的双脚肿胀时，它便会卡入皮肤，影响到你脚趾的血液循环。你不能强行让一名士兵穿上这种靴子，这种装备是那些报价最低的制造商为士兵们大批量生产的货色。这些东西从来就没有过太大的用处。这就是许多特种部队士兵选择民用登山靴的原因，不是为了摆酷，而是因为更实用。

我是在步兵部队中成长起来的，至今还记得游骑兵教官曾说过的至理名言：“姑娘们（注：这是教官对学员们的戏谑称呼），听好了，作为一名步兵，有两样东西你们得照料好，否则在战场上撑不了多久：你们的步枪和你们的双脚。”我换上一双干净袜子，把靴子穿到脚上。它们很紧，真的很紧。

太阳落山时我们出发了，第26特遣队自愿打头阵，向河谷而去。霍奇带领车队拐过一道山脊，进入到河床，这里的温度至少下降了20度，我们很快便被车轮卷起的水雾所淋湿，车底板上也浸满了河水。

沿着一条浅浅的小河，我们的车队向前行驶了大约1英里，随即到达已植入计算机地图中的空投地点。至少这次，该区域的地图基本反映出这片地带的真实情况。我们预先进行的工作初见成效，选择的地点相当完美。一片巨大的沙地可作为空投区，一道山脊线环绕在四周，我们可以在山脊上设防，车辆也能得到隐蔽；而且，从山脊上望去，数英里外的情况一览无遗。比尔构设起火力区，我将其绘制在图板上，后来又添加上辛沙所提供的阿富汗士兵的阵地位置。这张草图基本上是一张阵地布设图，上面还显示出一旦发生交火，我们的机枪所构成的连锁杀伤区。

这片地带得到确保后，我们又为飞行员构设起空投信号。在黑夜里实施空投，比一场交火更加危险。一旦那些货物被抛出机舱，唯一能控制它们的是重量、风力、前抛力和地心引力。稍有不慎，数千磅的水和弹药可能就会砸在我们的头上。

此刻，太阳已经落山，再过几个小时飞机才能到达，我们决定，阿富汗士兵们可以分批去河里洗一洗，每次10个人。第一组下河时，5个人洗澡，另外5个人实施警戒。第一组完毕后，第二组再去。我们也需要洗把澡，几名医护兵——斯蒂夫、莱利和格雷格——谈论着这个问题，他们商讨着可能会发生的情况，检查着手上药品的数量和种类——毕竟河水里满是微生物和细菌。

最后，格雷格朝我们竖起了大拇指。

“去吧，不过你们必须把衣服在阳光下晒干，以杀死残留的细菌。”格雷格说道。莱利补充说，要是我们不得不在天亮前出发，也可以把衣服泡在酒精里，这样就可以把那些小爬虫都干掉。我赞同他们的建议。随即，比尔安排弟兄们下河，每次两个人。

待在附近的杰瑞德获得了一些好消息，也有些坏消息。他告诉我，一切都将按时进行，空军将投下2000多磅的补给物资，包括饮水、燃料、汽车零部件、弹药、医疗用品以及食物。莱利和斯蒂夫还要求来几箱婴儿用湿纸巾、外用酒精和清洁布，专门用于擦拭痱子和褥疮。我看见杰瑞德对着电脑屏幕露出了微笑。坏消息是，国际安全援助部队可能要推迟行动的发起时间。他没说原因。这个问题尚未得到证实，除非获得确认，否则他就要继续按时间表行事。我们必须在他们发起进攻前进入指定位置。

离飞机到达的时间还有30分钟，杰瑞德、霍奇和我分别检查了各自的队伍，随即又走过去查看空投区的标志和信号，这是一连串红外频闪灯排列成的一个事先约定好的形状。比尔确保我们的小队已做好准备，每个人都已戴上夜视镜，背上一个“应急”背包，这个较小的背包里装着食物、弹药和其他一些必要的设备，这是为了防止空投物资正好砸中我们的车辆。

电台里传出飞行员的呼叫声。

“鹰爪30，鹰爪30，这里是大天使51。”

杰瑞德伸手拿过手台。一架MC-130已到达空投区上方。这种特别设计的飞机可以在任何气候下飞行，专门用于这种低能见度的行动。

“大天使51，这里是鹰爪30。请说！”

“鹰爪，我们带了点东西给你们。你们准备好了吗？”

“明白，大天使。”

杰瑞德查看着放在膝盖上的清单。飞机从我们上空飞过，以确认空投地点，他们随即发现了地面上的标志。飞机上的货物将分两次投下。平静、凉爽的空气中充满了紧张的气氛。我的悍马停在空投区边缘的小径上，布莱恩坐在车内，做好了发出信号的准备。我能听见这架飞机靠近时，四具涡轮发动机所发出的沉重的轰鸣，随即看见它的后舱板打开了。

“鹰爪30，这里是大天使。我们看见你们了。准备空投，将有10包货物投下。信息清楚吗？结束！”

此刻，我们都保持着警惕。货物被抛出后，我们必须确认所有的降落伞都已打开。如果有一个降落伞没有打开，那么，一个1吨重的货物托板将直接撞向地面。几分钟后，飞机盘旋在空投区上方。机组人员确认着这一步骤，并要求我们点亮红外线信号。

“鹰爪30，这里是大天使。标记已确认。10秒钟内开始空投。”

“执行，执行，执行！”

头顶上，涡轮发动机的轰鸣声消失了，就和它们出现时同样迅速。我甚至能听见降落伞打开时所发出的沉闷的声响。布莱恩关闭了信号灯。我搜索着上空：1、2、3……8、9、10。10顶降落伞。我立即用电台联系杰瑞德和霍奇。

“收到，我们已确认了10顶降落伞。”我说道。

庞大的方形货物托板向我们正前方飘落，它们摇摆着，发出嘎吱嘎吱的声响，我们听到了它们撞落在地上的声音。杰瑞德汇报，10个货物托板都已着陆。

“比尔，告诉我你那里的状况。”我用电台呼叫着。

“这里一切正常，上尉，阿富汗国民军那里也一样。”

但我还是有些紧张不安。空投行动只完成了一半。那架MC-130再次飞了回来。听见引擎的轰鸣，布莱恩一声不吭地点亮了信号灯。

“鹰爪30，这里是大天使。标记已确认。10秒钟内开始最后一次空投。”

“执行，执行，执行！”

飞机引擎的轰鸣再次让位于降落伞开伞和抖动的声响。1、2、3……8、9。9顶。

“我数的是9顶，只有9顶。”说着，我的胃部抽搐起来。

“该死，我没看见。”戴夫说道。

“我也没看见。”布莱恩和比尔异口同声地说道。

几秒钟后，杰瑞德发现了那个2000磅的货物托板。它被扔出的时间可能晚了些，也许是钩住了某样东西，随即又摆脱了阻碍，干净利索地落向地面。我听见所有的货物托板撞击到地面所发出的声响，这才彻底松了口气。杰瑞德呼叫机组，感谢他们执行了一次完美的空投任务。在我的职业生涯中，曾执行过几十次这种空投再补给，但从未像这次这般出色。几乎每一个货物托板都是垂直着陆，准准地落在河床干燥的一端，就在我们正前方。我站在山脊的边缘，注视着20英尺下一个货物托板的顶部。

“感谢上帝。”我平静地说道。我知道我们得到了他的保护和关照。

“阿门，兄弟。”比尔说道。

现在，我们得抓紧行动。拆除每一个货物托板，将物资分配下去，这些繁忙的工作必须尽快完成。我们知道我们要求投递的物资是什么，但有时候，有些物品不一定被装入了箱内，或者就是在机舱内被打坏或卡住了。比尔和第26特遣队的军士长杰夫决定，先拆卸最重要的物资——弹药和燃料，这样一来，如果我们突然遭遇战斗，不得不撤离这片区域的话，至少能带上燃料和弹药。出发时，我们只带了比基本携弹量稍多些的弹药，每人大约200发子弹，但这次再补给给我们送来足足两个弹药基数。由于我们是一支非常小的部队，一旦发生交火，我们必须尽快占据火力优势，这就要求迅速消耗掉三分之一甚至一半的携弹量。所以，额外的弹药非常受欢迎。

接下来，我们开始卸载燃料。我们拎着20个燃料罐来到货物托板上55加仑的油桶前，用一个手摇曲柄将每个燃料罐灌满。这个活儿把我们所有人带回到当初特种部队的选拔中，那是成为一名绿色贝雷帽的第一步。其中的一个练习是，你必须背着燃料罐，穿过北卡罗来纳州的一片松树林。这个相当累人的任务表面上似乎是淘汰弱者的一种侮辱性做法，但实际上，它在某种程度上挑战的是你在艰难环境下的团队合作精神。

与此同时，机械师克里斯已把空投下的备用零部件归拢起来——千斤顶、钢板弹簧、软管、线材和工具——并已开始修理受损的车辆。我看见他在3号汽车的发动机罩下添加着液压油和机油。

“克里斯，我们还要等多久？”我问道。

他吐了口痰，擦擦嘴，油污弄脏了他的面颊。

“两个小队的所有车辆，也许要一天时间。上尉，我真的说不准。”他说道。

糟糕！但由于国际安全援助部队可能会推延他们的行动，所以我把这个消息告诉杰瑞德时，他对此似乎并不太担心。他想花一天时间对河谷进行侦察，同时让大家休息一下，并等待第36特遣队的消息。布鲁斯的小队带着阿富汗国民军的一个重装连从坎大哈而来，他们走的是一条较短的路线。阿富汗国民军的重装连大约有20人，配备着重机枪、无后坐力炮以及82毫米迫击炮，能提供强大的火力。

我们出发后，布鲁斯他们在坎大哈等待特遣队里的另一半人马归队，大多数人在路上花了一天的时间，然后他们才出发。他们花了3个小时在红色沙漠的边缘与我们会合，这令霍奇恼怒不已。一连在路上颠簸数天，陷车、痱子以及酸痛的肌肉，都使我们饱受了折磨。

拆卸补给物资的4个小时后，我们终于得到了水，这些饮用水被平均分配给美军士兵和阿富汗士兵。经历了缺水的一天后，阿富汗人艰难地学会了节约用水，当我们把几箱饮用水拖到他们的车上时，我希望他们下次能听从我们的劝告。但他们的水壶里已灌满了河水。要是我们美国人当中有谁这样做而不使用净水药片的话，用不了24小时，肯定会被送进医院。

将补给物资收拾完毕后，太阳仍低低地挂在地平线上。我把洗过的衬衫和袜子摊放在汽车上，自己一头歪倒在座位里。3小时后，太阳的烘烤使我醒了过来。我的衬衫和袜子被晒得就像软塌塌的硬纸板。由于山脊为我们提供了一些保护，大多数队友都已将身上的衬衫脱掉，文身和疤痕点缀着他们的躯体。骷髅、部落图案以及爱人的名字刻在我们的二头肌、后背、胸口和大腿上，同时还伴以打架或作战负伤留下的奇形怪状、被拉伸的伤疤。

我的后背和双腿发疼，身子就像被一辆卡车撞过似的。我不禁想到，自己干这行已有点太老了。我舒展着身子，瞥了一眼杰瑞德的汽车。他正跟第26特遣队的空中控制员麦克蹲在一架大型单筒望远镜后，杰瑞德还不时往笔记本上记录着。看见我正在伸懒腰，他挥手让我过去看看。我用“shemagh”（普什图人传统的头巾）擦了擦双眼。透过朦胧的热浪，我可以看见一片褐色的院落，四周筑着泥墙。乡村市场里，一所小屋的屋顶上伸出一根大型天线。十来个人站在屋外，簇拥着两个衣着整齐的老人。我又将目光转移到一个较小的天线列阵上。

“看看，看看我发现了什么。沙漠里的一个小商铺为何要装上一套卫星通信系统呢？”我问道。

杰瑞德笑了：“很高兴你能提出这个问题，因为我正想派你去弄清楚这是怎么回事呢。”

比尔站在车子的另一侧，笑得像只鬣狗。我没来之前，他已向杰瑞德申请执行这一任务。现在，他如愿了。

比尔和我朝着我们的汽车走去，并匆匆商量出一个临时计划。

“我们用4辆悍马来个简单的接敌运动演练。进入村子后，我们设置好拦截阵地，确保并封锁那座主要的院落。我再派一辆车和一些阿富汗士兵守住后撤路线。”比尔说道，“你封锁住拦截阵地，负责指挥和控制。”

“听起来不错。”我说道，“你带上第一突击组，对那座主建筑发起进攻；斯密提带第二组，负责控制后撤路线和屋顶。”

我从车内取出地图，把它摊放在引擎盖上。我又拿出激光测距仪，将GPS接了上去，随即测出那根天线的方位角。我把这个点绘制在地图上，又将这套设备连接上电脑，从而得出了目标区域的一幅卫星照片。这是一张3年前的旧照片，有些场景已发生变化，但总体还不错。我觉得我们也许可以开车直达目标，但需要些导航。

几条干涸的农渠通入村内，但地形还是很严峻。我又走回到那具大型望远镜前，搜寻着进村的最佳路线。我可不想在中途跌入一条农渠，惊动敌人，眼睁睁地看着他们从后门逃之夭夭。我的笔记本里记满了关于这个村子的情况，我翻到空白页，开始绘制草图。我将重点放在入口、制高点和可能的伏击地点上。年轻的时候，我曾是个侦察狙击手，这种工作已干过数百次。那时候我的素描技巧更好些，但现在，向队友们做情况简介，把工作完成，这还是绰绰有余的。

队员们聚拢在地图旁。那座院落离我们有2英里。我们决定先沿着河床前进数百米，然后再全速冲入村内。我们到达前只给村民们留下2分钟的警告时间。进村后，我们将包围村内的市场，并开始搜索工作。第26特遣队担任快速反应部队，一旦我们陷入麻烦，他们就将赶来救我们出去。

回到车上，炮塔内那挺点50口径重机枪已被戴夫清理干净，布莱恩也检查了与第26特遣队、杰瑞德以及坎大哈总部的通讯联络。我穿上防弹衣，将手腕上的GPS连接至车内的电脑，然后我开始清理架设在车门上的M240机枪，又把这挺机枪和我步枪上的瞄准镜检查了一番。我呼叫比尔，告诉他待其他队友做好准备后通知我，然后掏出本袖珍版《圣经》，开始阅读诗篇91，以清理自己的思绪。它帮助我将注意力集中到任务上。“纵有千人倒毙在你的左边，万人横尸于你的右侧，灾祸也绝不会临到你。你只会亲眼看见：邪恶的人遭到报应。”

车辆发动起来时，我不禁想到，总有一天，这一切都将结束。然后，我会做些什么呢？这些不再被谁需要的勇士们会去哪里呢？我想，大概是在行政部门工作，整日围着一张办公桌吧。

一团巨大的尘云跟着我们一路驶下河床。等我们终于现身时，4辆车并排行驶，加大速度直扑村内的市场。我看见那些阿富汗村民或是四散奔逃，或是跑回到院落中。杰瑞德用电台告诉我，他看见几个家伙跑出了村子。我们刚刚肃清河床，塔利班的无线电通讯便骤然加剧，村外的武装分子告诉市场附近的那些家伙，他们将掩护他们逃离。我抓起机枪，等着看他们到底是要逃窜还是打算跟我们干一仗。

“4辆摩托车刚刚向北去了！”杰瑞德用电台告诉我。

“该死！肯定是他们的指挥官。”我对着自己的“Peltor”牌头戴式耳麦说道。我们无法按计划切断敌人的逃脱路线——我们几乎已进入村内，重点在直扑那座目标院落，而不是追赶逃窜的敌人。一些有价值的人或东西可能已经消失，但我希望他们在仓促间遗留下某些东西。到达村郊的一个交叉路口时，布莱恩猛地踩下刹车，这使我一头撞到挡风玻璃上，炮塔上的机枪也撞上了戴夫的胸口。布莱恩多次见过一些车辆朝着目标飞奔而去，结果却碾上了地雷。如果能让我们平安到达，哪怕多耽误几秒钟，我也愿意耐心等待。布莱恩飞快地绕过交叉路口，向右急转，加速驶上一条通向店铺的小路，稳稳地停在它的前门处。我跳下车，沿着建筑物方向提供掩护，戴夫则用他的大口径机枪掩护着我们的后方。随即，比尔和搜查小组带着翻译，在他那辆车后排成一行，逼近了店铺。眼前这一幕真是酷极了。整个队伍协调一致，武器掩护着每一个位置，随即，他们利索地涌入店铺内。几分钟后，里面传出了尖叫和怒吼，但没有枪声。最后，比尔出现在门口，慢慢地走了出来。

“上尉，我们已封锁了这座建筑，周围也已得到确保，”他说道，“我们还没开始搜索，但屋顶已肃清。一分钟内我们将把里面的人带出来。”

我问他里面有没有“PUC”（被监禁人员）。我鄙视这个词，因为这是对囚犯一种政治上正确，但却含糊其辞的说法。说到这个词就让我生气。店铺里的人被押了出来，他们的身份一目了然。10个人中有6个穿着深军绿色的衣服，戴着黑色头巾。这些悬挂在塔利班这棵大树上最底端的果实，通常是战场上承受我们怒火的替死鬼，他们被留在后面，以掩护那些更有特权的家伙搭乘摩托车或“海拉克斯”皮卡逃离。比尔让他们排成一行，跪在店铺前。他们中的一些人还是孩子。

一位老人拄着拐杖走了出来，他戴着厚厚的眼镜和灰色的头巾，直视着我的眼睛。我向他打了个招呼，称呼他为长者，并请他坐下。他笑了起来。我知道他不是武装分子，也不是我们的敌人。这里没有目光的交锋，他没有皱眉、垂头、怒骂，相反，他看着我，伸手抚摸我那灰白色的长胡须，他的手在颤抖。

“你，我曾见过你。”他说道。

我扶着他慢慢地坐在店铺门口的长凳上。他笑得越来越厉害，越来越大声。我可没心思玩幽默，于是问我们的翻译，他到底在笑什么。

这位老者原来是店铺的老板，他用苍老的手指指着我，一边笑一边说道：“我知道你是谁，灰色的胡子。你是个‘长胡子’，Amerkaianu Mushakas Kawatuna（美国特种部队）。”

然后他又用弯曲的手指指了指跪在店铺前的那些人。

“尽管你们来到这里，但这些塔利班的小伙子没有像野兽那样逃走。”他笑着，语气中带着仇恨，低声说道：“‘灰胡子’，这里的活儿够你们忙的。好多塔利班带着他们的阿拉伯朋友回来了。”

我携带着全套装备，包括武器和战术背包，整个重量达300磅，但此刻，你用一根羽毛就能把我撞倒。我尊敬地朝这位老者点点头，掏出了我的笔记本。比尔从店铺大门的角落处探出头说，他、莱利、斯密提和其他人将马上开始搜查工作。我点点头，重新将注意力集中到笔记本上。我想记录下每一个字。这位老人告诉我的情况，包括敌人目前的状况，以及当地居民的态度，这些内容比2个星期的情报更具价值。

炎热的天气让每个人都筋疲力尽，显然，那些塔利班分子也一个个口干舌燥。我走到自己的汽车旁，拿出一瓶水，递给那位老者。一名阿富汗国民军士兵在他身边蹲下，擦了擦他额头的汗水。阿富汗人非常尊敬他们的长辈。我对这名老者表现出的尊重令他们心生感激。

那些“PUC”已被一个个分隔开，这样一来，他们就无法串供，阿富汗士兵们非常高兴地开始了审讯工作。他们的重点首先放在那些十来岁大的孩子身上。他们年纪轻轻，但接受过训练，通常都能提供些有用的情报。如果阿富汗士兵能确定某个家伙是塔利班成员，他会被拉到一旁，接受GSR（射击残留物）和爆炸品测试。只要开过枪，射手就会被溅上一种爆炸所产生的看不见的化学残留物，这是火药、底火和润滑剂不完全燃烧所造成的副产品。如果一个人的手上、胳膊上或衣服上沾有这种化学残留物，哪怕是很少的数量，我们所使用的设备也能将其识别出来。6名塔利班分子中，有一个家伙阴沉着脸，他手上的化学残留物最多。

“嗨，上尉，到这里来一下。”店铺里的比尔朝我喊道。

中奖了！我暗自思忖。除非是发现了令他们感兴趣的东西，否则，我那些伙计是不会喊我的。莱利和斯密提已经在里面。店铺里乱糟糟地堆放着药品、注射用抗生素和绷带。另一侧摆放着衣服、糖果和一些小玩意儿。莱利一直在天线基座旁的后墙处绕来绕去。他的靴子无意间踏过一片地面。通常情况下，乡间的土铺地面早已被数十年的热量和毒辣的阳光烤硬了，但这片地面却大不相同，它是软的。有人动过这片地面！往下挖了大约6英尺后，莱利发现了一个包裹着塑料袋的笔记本，我刚走进店铺，斯密提便把它递给了我。这是个绿色的小本子，大约3英尺长，里面的文字必须从右往左读。上面记录的都是些名字和电话号码。真的中大奖了！

现场没有发现隶属于那套卫星通信系统的电话机。我断定是那些仓促逃窜的家伙带走了它。屋顶的天线连接着一根隐蔽的电线和充电器。莱利将天线从底座上一把扯下，把它扔下屋顶，他对执行这个任务深感高兴。

静脉注射针、输液袋、凝血剂、压力绷带、吗啡、止血带、注射器以及缝合线被装在箱子里，整齐地堆放在店铺的后面。我走到外面，问那位老者这些医疗物品是谁的，他告诉我那些东西属于哈菲兹·马吉德的部下。哈菲兹·马吉德是阿富汗境内五位塔利班最高指挥官中的一个。如果这些东西属于他的部下，那他离这里也不会太远。我不知道那些逃走的人中有没有他本人，但这可能性很大。塔利班高级指挥官绝不会在没有基地组织保镖陪同的情况下外出，但他们的到访并不是什么秘密，事先都会大张旗鼓地通报。他们通常希望让整片地区知道，他们正面对着异教徒的入侵。

接下来的几个小时，我们继续审问那几个塔利班分子。阿富汗国民军的一名班长站在那里，微笑着看着我。

“上尉，要把他们带走吗？”这位班长问我。

我明白他的意思。如果我说“是的”，这帮塔利班就会被带入沙漠，踏上一条无归路，再也不会回来了。但拒绝阿富汗士兵们的要求又令我深感不快，因为我知道，放了这些人，以后肯定还得跟他们交火，但我们和他们之间必须有所区别。

“不行。”我果断地说道。

阿富汗士兵们完全理解我的决定，但他们每次都会这样问，希望我有可能会说出“同意”这两个字来。

我走到脸色最阴沉的那个塔利班身边，掏出身上的刀子，割断了捆着他的塑料弹性手铐。我吩咐他不要动，然后抓起他的右臂，用一支“三福”牌记号笔在他的手腕上画了一幅美国国旗。

我笑着，用其他人都能听到的清晰语调说道：“Nanawateh tismedel（让他走）。”根据一条最基本的普什图瓦里部落准则，我刚刚放了他一条生路。不管喜欢与否，他现在欠我一条命。

他有义务服从我的命令。

“我有个消息要告诉你的头头。给他看这个。”我指指他手腕上的美国国旗，通过翻译告诉他，“告诉他，我们正在找他！”

他猛地把手抽走，朝我怒目而视。我向他眨眨眼，起身钻进车内。我们离开这座院落，做好了遭遇到一场伏击的充分准备。我看见阿富汗士兵的班长朝那个刚刚捡了条命的塔利班挥着手。

就在我们返回杰瑞德所在的位置时，我通过电台获知，塔利班分子为我们离开院子的途中为何没有遭到伏击而发生了激烈的争执。显然，一个怒火中烧的塔利班士兵很想对我们发起袭击，但却被他的指挥官告知不得这样做。

山脊顶，杰瑞德带着他的翻译焦急地等待着我们缴获的笔记本。我们驱车赶到后，我把笔记本递交给他。现在，令人痛苦的行政工作即将开始。我希望山脊上已经有人按照我们的时间表安排了行动后报告。我开始回想自己所能记得的一切，比尔和队友们清理着各自的装备和武器。

一个身影出现在我的车门旁，是杰瑞德。他满脸笑容，“你知道这是什么吗？”他举着莱利和斯密提发现的那个笔记本问道。

“我知道，”我回答道，“那上面有塔利班指挥官的名单和电话号码。这东西不是出于意外留在那里的，它被埋藏在地下。”

我仔细地研究着笔记本上的名单，立即确认了至少有4个名字是我上次派驻阿富汗期间曾追捕过的家伙。这次，我们或许不必在整个阿富汗境内搜捕他们了。

第十一章

天使和死神之声

艰难的任务我们会立即着手执行；不可能完成的任务只需多费点时间。
——美国空军的座右铭

拂晓时，我们那些载得满满当当的车辆沿山脊而下，驶过多里河，进入河谷地带。从现在开始，我们小队的任务是继续向西，收集尽可能详细的情报，并保持对敌人的监视。这个计划的目的是将对方的注意力吸引到我们这里，从而使他们忽略北部地区——国际安全援助部队的主力将在那里发起进攻。当天早上出发前，我们小队和其他战友演练了如果有车辆陷入河床湿软的泥泞中该怎么办的项目。我们会尽量避开河床，但如果在紧急情况下不得不驶入其中的话，我们就必须知道该怎么做。这里已靠近潘杰瓦伊。我们可能无法将陷入泥泞的车辆拖出，特别是在发生交火的情况下。

清晨驱车赶路的感觉非常棒，很快我们便靠近了一个所在，这里看上去就像是一根被泥土覆盖的巨大的手指，直指河床。山脊构成了一处完美的伏击地点。山脊的底部非常狭窄，其空间只能允许车辆勉强通过，每次一辆车。山脊上遍布着许多小径，不仅提供了很好的掩护，还能让人轻而易举地逃入空旷的沙漠中。戴夫用他的右脚碰了碰我。我转身向他望去，他已伏身在炮塔内。突然，三声沉闷的步枪射击声盖过了我们车辆引擎的轰鸣。霍奇用电台报告说，一个骑摩托车的家伙绕过山脊，正朝附近的村落逃窜。

"我已提醒过你。"戴夫在我身后说道。

霍奇的悍马向前冲去，卷起大团尘埃。其他车辆也跟了上去，就像是一队粗壮的装甲版沙漠越野车。肃清了山脊线后，他们加大速度穿过空旷的沙漠，追逐着塔利班的探子。我的小队冲上山，在山脊顶部用机枪和榴弹发射器为他们提供掩护。

我笑了，想象着正在发生的事情：对面村庄一座戒备森严的泥墙院落中，一名大吃一惊的塔利班指挥官被惊慌失措的卫兵突然从熟睡中叫醒。他和他的随从们几个月来一直住在这片地区，掠夺着当地居民的食物和住处，并以他们狂热的意识形态恐吓村民。此刻，他的探子夹着尾巴，惊叫着冲入村内时，他会探身到围墙上，随即便能看见5辆美军军车和几十名阿富汗士兵已向他扑来。塔利班的无线电通讯证实了我的这一直觉。

霍奇的小队没能追上塔利班的探子，那辆摩托车消失进山谷的迷宫中，于是，霍奇和杰瑞德在电台里说，他们正在返回。但塔利班分子享受了几个月的虚假安全感已经结束。“长胡子”们重返这片地区的传言刚刚成为事实。

我扫视着村庄和周边地带，似乎有种似曾相识感，只是无法弄明白其原因。看着那条蜿蜒的河流，我忽然想起，2002年间我曾来过这片河谷，那时我还是第82空降师的一名中尉。当时，我们奉命护送一支拆弹小组去销毁苏军遗留下的数吨弹药。

苏联人匆匆撤离阿富汗时，在坎大哈机场遗留下大批弹药、爆炸物和炸弹。塔利班将这些炸弹装上卡车，倾倒在多里河附近的一连串大型河谷中。我所说的炸弹，指的是那些威力最大的炸弹——各种尺寸，各种型号，各种形状的凝固汽油弹、杀伤性集束炸弹以及重达1000或2000磅的重型炸弹。

于是，拆弹小组被派去引爆这些炸弹。火球持续了25秒，慢慢演变成一团悬挂在空中的蘑菇云，冲击波席卷过整片河谷，阿富汗人四散奔逃，寻找着遮蔽地。那是美军历史上规模最大的一次控制引爆，其威力之大，甚至连位于科罗拉多州的北美防空司令部也能侦测到。

此刻，遍布于河谷中的塔利班通讯信号活跃起来。他们的指挥官弄不清我们要干什么。我们现在只完成了部分任务——吸引了他们的注意力。一名塔利班指挥官在电台中说，他们已经有好几年没看见美军巡逻队了。国际安全援助部队并没有太多的攻击性，他们只是控制着主干道，很少对塔利班发动进攻。而美军巡逻队则意味着麻烦。

杰瑞德决定让对方继续猜测。我们向西而行，先深入通往村庄的地区，然后转身向南，以一个之字形机动朝多里河而去。此刻，朦胧的热浪像泼在沙地上的水，模糊了远处的景象。

“谁会愿意居住在这种地方呢？”我们停车时，布莱恩问道。

“他们一直生活在这里。”说着，我摘下了自己的钢盔。

一连几天在沙漠里横冲直撞，再加上在沙丘底部的颠簸，这一切令我们疲惫不已。我们的后背发紧、发疼，双腿和胃部抽搐着。我轻轻按摩着肿胀的双腿，太阳镜下的双眼沾着沙子。透过望远镜，我几乎看不到什么。我的头隐隐作痛。在我休假期间，有一次，在一间餐厅里，一名大学生问我阿富汗是什么样子。“要描述那里平均120华氏度的高温，唯一的办法是将一个专业发廊的吹风机靠近你的脸，开足热风，一连保持几天。”我告诉她，“这样做的同时，还得喝下温热的洗澡水，以保持体内的水分，另外，钻进和爬出浴缸时必须拿着台收音机，以免被打死。”

我的头疼很快就变成一场来势汹汹的偏头痛。我不想暴露出自己的软弱。很多次，我们跟传统部队一同执行任务时，他们携带着全套装备，尽管那些装备并不是必需的。结果，他们因中暑而倒下。我很快便学会在什么时刻、在什么地方该做什么事。如果你并不需要全套的装备，那就把它放下。阿富汗这个地方不仅会让你的战斗力下降，甚至会要了你的命。

*应该更聪明而不是更辛苦地行事。这就是你被选中的原因，还记得吗？*我这样告诉自己。

电台里传来比尔的声音。他不喜欢这片区域。

“长官，这个地点没办法建立起一个安全防御阵地。我们将在高地上找个地方，也许能把阵地设在那里。”他说道。

事实证明，比尔找到的位置非常完美，沙漠位于我们的身后，整片河谷呈现在我们面前。我扫视着位于下方的河岸，以及蜂巢般的村庄和泥土院落。这里的农田浓密、翠绿，已到了丰收时节，我却没有发现任何车辆，也没看见任何一个准备下田的农民。有点不对劲，这片河谷本该是一处生机勃勃的所在。

突然，我那位通常都很自以为是的翻译员维克多，慌慌张张地朝我跑了过来。

“鲁斯蒂上尉，你必须听听这个。”维克多上气不接下气地说道，“塔利班正监视着我们，他们有许多许多人。”

我试着让他冷静下来，说清楚他到底听到些什么。在阿富汗的数学中，“许多”这个词通常意味着20到30，也可能多一些或少一些。阿富汗的数学很简单：你得把他们告诉你的数字打两次对折，剩下的10%才是真实的数据。阿富汗人的数字总是被夸大。

我仔细聆听着电台里传出的通话声，塔利班的指挥官一个接一个地出现了。我数了数，总共14个，他们的声音听上去自信而又从容，有些人甚至发出了笑声，背景处还播放着音乐。一股寒意油然而起。怎么会有这么多武装分子逼近到坎大哈城周边却未被发现？我试图记录下他们的代号，但却无法跟上他们的速度。事后我们才知道，正前方的村子是塔利班设在潘杰瓦伊区南部的指挥部。

“塔利班分子说，他们在帕什穆尔痛击过美国人。塔利班指挥官们还说，他们现在要再来一次。”维克多说道。

这些塔利班指挥官谈论的是谢夫的小队，我的脑海中回想起他的警告——没有一个营的兵力不要进入这片地区。我们离开坎大哈机场时，情报部门估计，河谷中大约有三四百名武装分子。我们发现的那个笔记本，记录着16个塔利班指挥官的名字。如果每个塔利班指挥官统领50名或更多些的武装分子，那我们的情报就错了，大错特错。美国老式的数学告诉我，在我前方有800多名武装分子，这个数字还不包括河北面的敌人。那里的面积比这里大两倍，武装分子很可能也多两倍。敌人的总数加在一起将超过2000人。

这个数字令我深感不安。我随即想起“蟒蛇”行动以及托拉博拉之战。那两场战役与我们现在所面临的情况不同的是，前者发生在山脉中，而即将到来的战斗则是在一座城市的中部。我盘算着我们的优势。一次次重返阿富汗的同一地区使我们这些特种部队获得了非常明显的优势：我们了解这里的居民，知道当地的领导者，也熟悉这里的地形和敌人。电台里的那些人，至少有4个曾被我追捕过，他们的名字就写在那本缴获来的笔记本上。更重要的一点也许是，他们也知道我们。先前他们从那座院子里迅速逃离就证明了这一点。希望我们能不辜负自己的声誉。

我把所听到的内容汇报给杰瑞德时，他深感震惊。

“你确定吗？”他问道。

“我被派驻到这里已有三次，当然能确定。”

“好吧，我知道了。国际安全援助部队绝不会相信这一点，但我打算立即把这一情况上报。”杰瑞德说道。

“确保我们的战术行动中心把这个情况通报给国际安全援助部队的地面指挥官。”

现在，我们完成了任务中最重要的组成部分——情报收集。而且，我们收集到的不是二手情报或来自告密者的道听途说，而是敌人真实的实时情报。获得比这更为准确的情报的可能性微乎其微。

发送完报告后，杰瑞德沿山脊传下话去，我们很可能面临着一场进攻。塔利班分子们知道，他们无法在炎热的白天作战，相反，他们会等到夜里，待气温凉爽后再发起攻击。

我们安排了狙击手，确保所有的机枪和榴弹发射器有充足的弹药，并挖掘了阵地。最后的阳光渐渐消退，整个天空被涂抹成橙色，我撕开一袋鼓鼓囊囊的意大利面条。刚吃了几口，维克多跑了过来，他甚至比先前更为激动。

“鲁斯蒂上尉，塔利班打算发起进攻了！他们先是相互交谈，说的是奇怪的语言，然后就停止了谈话。所有人都不说话了。”

“你说他们用奇怪的语言交谈，然后又不说话了，这是什么意思？”

“他们在祷告，例如‘很高兴为真主而殉教’。Allah akbar，Allah akbar！这很糟糕。”

“没错，伙计，确实很糟糕。”说着，我朝比尔走去。

祈祷文通常在战斗或庆祝时出现。在人肉炸弹的视频中，你经常能听到他们说出或喊出这样的话：Allah akbar（真主至大）！

黄昏变为凝重的黑夜时，无线电依然保持着沉寂。除了等待，我们做不了其他什么事。我用望远镜查看河谷，希望对方能出现。战斗肯定很艰难，但没什么比等待更能煎熬我的神经了。与敌人交火比在自己的脑海中思前想后要轻松得多。你无法准备好一切，但你会尽力，这一点刺激着你的头脑。

杰瑞德车上的机枪手凯西率先发现了移动的车辆。先是4辆皮卡，沿着主干道高速向北。几秒钟后，另一支车队出发了，然后便是一支接一支的车队。我们总共数出57辆车，它们都在同一时间行动起来。这些车辆中，也许有一些是疑兵计，因为它们可以停下来，关闭大灯，然后再次开灯上路。他们正在部署兵力，并把一些重要人物送至战场附近。

杰瑞德呼叫战术行动中心，要求派一架AC-130空中炮艇来提供支援，结果却被告知，至少在1个小时内无法提供这一空中支援。他们现在能立即派出的唯一支援是一架B-1轰炸机，这种20世纪80年代的飞机是为对抗苏联的战争武器而制造的。这种飞镖状的飞机装有长长的机翼，目前巡弋在阿富汗和伊拉克上空，为地面部队提供精确制导炸弹的支援。我错过了使用庞大、笨重的B-52轰炸机的时代。对付诸如建筑物这种更大的目标，轰炸机是一种很棒的武器，但在20000英尺的高度，它很难命中移动中的皮卡。

B-1轰炸机很快便赶到了，它在高空盘旋了几分钟，联合战术空中控制员正指引它寻找目标。等B-1确认了敌人的一支车队后，它的燃料却不够了，于是这架轰炸机不得不离开，到附近跑道型航线上飞行着的加油机处加油。AC-130空中炮艇到达前，我们还要等待30分钟。

报告开始传来，塔利班武装分子已在我们的左右两侧进入河床。比尔和杰夫开始把阿富汗士兵派入一个防御阵地，并在夜视仪的帮助下，用激光确定了火力扇区。塔利班分子移动时，我们小心防范着。这就像一场拳击赛最初的几个回合，双方都不想逼近到对方面前。

我集中注意力，将塔利班的调遣情况记录在地图上，并试着估算他们的下一步举动。但我们没有空中支援，而且，敌人这次布设的进攻看上去相当复杂，与袭击谢夫小队的那次行动非常相似，我开始紧张起来。就在这时，空中传来AC-130涡轮螺旋桨发动机的轰鸣声，我长长地松了口气。

粗壮的“幽灵”空中炮艇来到我们上方，机身上布满了火炮。我们看不到飞机上搭载的105毫米大炮，这是世界上口径最大的机载火炮；我们也看不到机腹处伸出的40

毫米火炮，但它们确实存在。雷达吊舱和位于火炮周围的红外线摄像机使机组人员无论在白天还是黑夜，都能实施高精度的火力打击。杰瑞德和麦克站在一旁，我听见麦克用电台叫通机组人员，开始介绍地面状况。他描述了我们的阵地，并试图让机组人员的注意力集中到塔利班的几支车队和阵地上。

“鹰爪30，这里是死神21，收到！”一位女性用丝绸般柔滑的声音在电台中作了答复。

杰瑞德捅捅我的肋骨。我早就听说，“死神21”拥有最性感的嗓音。在我听来，她的声音就像仙妮亚·唐恩（Shania Twain）。当晚剩下的时间里，我的脑中浮现出那位深具魅力的乡村女歌星坐在操纵台后的情形，我们看见和感觉到的一切，我怀疑她对此丝毫不感兴趣。我朝麦克望去，这才看见戴夫、布莱恩、斯密提、比尔和莱利都聚在汽车旁。

“噢……耶！”有人说道。

我希望我们能让这帮塔利班分子知道，一位深具魅力的美国女飞行员马上要来揍他们的屁股了。

塔利班们听到了飞机的引擎声，充斥着各种命令的电波顿时爆发开来。

“死亡飞机！”一名塔利班指挥官用刺耳的声音叫道。他们下令让自己的部下进入阵地并隐蔽起来。这些指挥官似乎急于发起进攻，他们继续吼叫着，向各自的部队下达了几分钟的命令。

“布设西瓜。”声音刺耳的那名塔利班指挥官说道。西瓜是他们称呼地雷的暗语。

“死神21”发现塔利班的几辆汽车向河边驶去，于是，这架AC–130倾斜着朝他们扑去。待她到达那里后，只发现一座院落，没有其他动静。声音刺耳的那名塔利班指挥官也停止了吼叫。

没有任何动静。

麦克让“死神21”飞离几分钟，希望能诱使塔利班分子发起进攻。飞机引擎的嗡嗡声消退了，只留下一片寂静和紧张。我们耐心等待着。

依然毫无动静。

“死神21”飞了回来，麦克帮着她在农渠上方来来回回，搜寻着隐蔽起来的武装分子。

还是一无所获。

“如今这年头，要获得些出色的帮助可够难的，”我对杰瑞德说道。我们俩都笑了起来。

终于，“死神21”报告说，他们的射手看见8个家伙正在我们阵地南侧穿过一片茂密的灌木丛。麦克命令他们密切监视，一旦发现对方携带有武器，立即开火。

我能想象出，AC-130狭窄的机舱内，炮手们挤在他们的黑白屏幕前，搜寻着对方的武器。不幸的是，他们没有发现对方有武器，但这并不意味着对方真的没有武器。

不远处，我们看见两辆刚刚驶离道路的汽车。AC-130捕获到两个热信号，但这两个家伙爬上车，迅速离开。还是没有发现武器，而汽车并不构成威胁。对方的无线电通讯并不足以让我们发起的打击合法化。

我想开火。我曾见过塔利班分子躲在妇女和儿童身后，这种做法很容易让人对他们心生鄙夷。他们的意识形态毫不重视他们自己的人民，除非是为了他们的事业而牺牲。这种做法极不人道，令人作呕。每天我都能看见自己的部下和其他人为避免平民的伤亡而甘冒巨大的风险，甚至到了容许敌人逃走的地步。

塔利班的车辆加速驶离后，麦克将"幽灵"机的注意力引到我们阵地北面的河床上。他们又发现了10名塔利班分子正疲惫地离开，这群人的行进速度相当慢。霍奇朝他们所在的方向发射了一颗白色照明弹，那帮家伙立刻飞快地逃走了。

接下来的几个小时里，我们一直等待着敌人的进攻，但却毫无动静。我们未开一枪便赢得了胜利，但塔利班的行动却告诉我们，他们正在调集多股力量，协调着一次大规模行动，这是我三次派驻阿富汗战场从未见过的情形。

最后，"死神21"飞离，赶赴另一个目标。麦克代表大家向他们告别。我们都不想让她离开，她那舒缓的女声勾起了我们每个人心中的挚爱。尽管我们孤军深入，远离一切地面支援，但在电台的另一端，我们依然拥有美利坚合众国的一切力量。

折腾了一整晚后，我终于能在清晨5点时打了会儿盹。戴夫用一把硬毛刷清理着点50口径重机枪上的灰尘和污垢，唰唰声惊醒了我。看来，我又在驾驶室的副座上过了一夜，无线电手台放在我的胸前，战术胸挂的重量缓缓地挤压着我的胸骨。我努力睁开双眼，正好看见贴在座位前蕾切尔・亨特和达纳・德拉尼重叠起来的照片。

此刻是早上8点，我那些伙计已让我多睡了2个小时，我注意到他们的这一善意。此时的气温已经很热，温度达到了三位数（华氏度）。阿富汗士兵们用防水帆布遮挡着他们的阵地，这似乎没什么必要，因为我们并不打算继续留在这里。比尔站在他的汽车旁，我问他阿富汗士兵们为何要挖掘掩体。

"比尔，那些帆布是怎么回事？我们什么时候出发？"

"你去问少校吧。"他说道，显然不想插手此事。

越过他们的车辆，杰瑞德和麦克正用望远镜查看着河谷中村落构成的迷宫。杰瑞德的头上裹着一条阿富汗人传统的头巾，穿着军裤。和我们其他人一样，他宁愿脱掉些衣服也不想遭受炎热之苦。

“今天发现了什么要我去查清楚的吗？”我问杰瑞德。

“没有，那里没有丝毫动静。”他说道。

考虑到昨晚夭折的进攻，那些村落里肯定存在着某些有趣的东西。我走到望远镜后查看情况，但任何一个方向都没有任何动静。路上没有驴车，没有丰田“海拉克斯”，也没有农民在郁郁葱葱的农田里劳作，这些农田环绕着一些泥土院落。

维克多和其他翻译正在烈日下打瞌睡，我把他们叫到杰瑞德的车旁。“你们在电台里听到了什么吗？”我问他们。

“上尉，我们什么也没听见，一切都很平静。”

国际安全援助部队已落后于计划。杰瑞德决定在这里再待一夜。只要用一天艰难的行程，我们就能进入拦截阵地。军队的训练教会了我许多东西，但其中最棒的是让我对简单的事物心生感激：水、干净的衣服和舒适的鞋子。今天是个好日子，我低下头以表达自己的感激之情。

比尔在阵地周围走动着，以确保阿富汗士兵们知道我们计划在明天早上5点左右出发。我们制定了一个详尽的撤出计划，这需要每个人都全神贯注。塔利班知道我们所在的位置，但我们不想让他们跟着我们赶到拦截阵地。

第二天拂晓前，在预定的时间，驾驶员们发动了各自的车辆，毫无差别的轰鸣声汇成一片，这使得汽车的数量难以分辨。阿富汗士兵们钻进车后厢的毛毯里；特种部队的战士们戴着夜视镜，驾驶着汽车。我们慢慢驶下山，进入河床。车内没人说话，电台里也一片寂静。

我从观后镜里看见，我们留在身后的小火堆仍在熊熊燃烧。火堆点燃了大捆的硬毛刷、木柴和被我们丢弃的箱子，从河对岸看去，像是山脊上仍有士兵在据守。塔利班分子们可能会选择一个较容易的目标，而不是对一支全副武装的车队实施攻击。我不知道这种疑兵之计能否奏效，但我们确实没有遭到伏击。

墨蓝色的天空在我们身后变成了橙色，车队在遍布岩石的河床上行进得很快。接近山脉时，我们看见一支庞大的车队，“叮当”车、落满灰尘的汽车、骡车、大巴车、面包车以及大车涌出山谷——这是从潘杰瓦伊逃出来的大批平民，那些没有交通工具的人就步行。整个车队远远看上去就像一条黑色的蚂蚁线。眼前这一幕就像是世界末日，每个人都带着他的全部家当，背在背上或放在车里，向坎大哈而去。

前一天，我们获悉坎大哈省省长阿萨杜拉·哈立德用一连串的广播信息通知潘杰瓦伊区的居民：北约的大规模作战行动即将展开，所有居民都应该离开该地区。眼前的景象相当惊人。这些老百姓在塔利班的统治下生活了好几个月，他们希望能摆脱那种糟糕的日子，哪怕是丢下农田里的作物以及无人看守的房屋和农场。

霍奇带领车队来到难民队伍的最右侧，以免陷入这个移动着的泥潭中。进入山口后，我看见我们的车辆一辆辆驶离队伍，进入到各自的拦截阵地中。很高兴能看见我们的行动再次按照计划时间顺利进行。

沿着一座花生形的山丘，霍奇的小队占据了我们防区的北端，这座山叫作希巴里山。我的小队分为两个战斗群，占据了山丘间通往南面的两条狭窄的通道。布鲁斯的小队则控制住山丘间的鞍状山口。我们布置了观察哨，并在日落前架设起机枪阵地，以掩护山口。我们正式完成了行动这一阶段的最后任务。现在所要做的是堵住塔利班的去路并将情报汇报给上级。

“我真高兴这场冒失的行动终于结束了。”布莱恩说道。

“还有些漫长而又无聊的日子呢，做好准备吧。”我说道，希望并祈祷在我脑中盘旋的那些不好的预感仅仅是毫无根据的担心罢了。

第十二章

“爸爸，朝灌木丛射击！”

军人如果在作战时盲目遵从规则，他们必定失败。
——尤利西斯·S·格兰特

一大早就有人在拽我的脚。原来是裘德，轮到我站岗了，所以他唤醒了我。自从他被调去担任杰瑞德座车的驾驶员后，这一路上我就没见过他几次。现在看到他重新归队，这令我感到高兴。

“外面没什么情况，上尉。”他对我说道。

“我今天得喝杯咖啡，否则会出岔子的。”我说道。

他耸了耸肩，将夜视镜递给我。还没等我爬出汽车，他已钻进了自己的睡袋，抓紧时间睡上几个小时。我推开车门，从一个金属箱里掏出一包咖啡粉和过滤器。

此刻是凌晨4点，太阳刚刚出现在地平线处。趁着煮咖啡的空隙，我过去检查阿富汗士兵的情况。塔兹盘腿坐着，胸前扎着我上次驻防阿富汗时买给他的美制AK–47弹匣袋，耳朵上戴着小小的班组电台耳机。他笑着朝我竖起大拇指。

“Dodee wharlee, Turan？”他问道。这句话的意思是：上尉，要吃点东西吗？

“Walee na zma, malgaree.”我说道。干嘛不呢，我的朋友。

我身后的睡袋中传出一阵咳嗽和咆哮声。

“公鸡打鸣了？”辛沙还没完全坐起身，便已往嘴里塞了根香烟。他在我腿上拍了一把，几乎把它从我身下敲断。

“Sahar pakair, Komandan!”早上好，指挥官！我用普什图语说道。

此刻，我们仍能看见逃离潘杰瓦伊的老百姓组成的长龙所持的火把在山谷间闪烁。塔兹和辛沙明显为那些难民和他们国家的前景被再次撕裂而感到不安。

用不了几个小时，“美杜莎”行动就将拉开帷幕，我们的话题很快便转到加拿大人的进攻上。辛沙确信自己知道这场战斗会如何收场。

“跟俄国人一样，”他说道，“他们发起进攻，而塔利班则会实施防御，消耗对方，直到他们进行不下去为止。”

“但这次，你支持的却是进攻方。”我故意逗他。

此刻，沙漠上方湛蓝的天空已被金光灿烂的阳光所笼罩。面包和茶水把我的肚子塞得满满当当。*希望今天能比昨天更好*，我这样想着。

昨天夜里，在塔利班武装分子的鼻子下，一支加拿大特遣队渗透至马苏姆山（Masum Ghar），位于我们阵地北面5公里处。当天早上，我们通过电台首次听到了他们的消息。马苏姆山位于作战地区的最北端，从山上望去，加拿大人的目标一览无遗。加拿大人计划实施数天的轰炸，部分目标由他们的特遣队指定，然后便跨过阿尔甘达卜河，发起地面进攻。

第一架暗灰色的A–10攻击机引擎全开，从沙漠上空高速掠过。它直直地爬升了数千英尺，倾斜着向左急转，机身拉平后，箭一般地发起俯冲，机载武器喷吐出火舌。像扑食中的大鸟那样，轰炸机一架接一架地俯冲而下，对塔利班的阵地狂轰滥炸。

我站在“女朋友”的引擎盖上，用望远镜查看着这场空中打击，我的肾上腺素激涌。我感觉自己就像是一位斯巴达舰长，正看着波斯海军冲上希腊的海岸。

“啊……”我吼叫着，布莱恩钻出睡袋，手里握着手枪。

“在哪里，在哪里？”他喊道。

“真够酷的，加拿大人正在粉碎河对岸的一些硬核桃。”我笑着说道。

轰炸的目的是“软化”敌人，或者说是针对河谷中的目标，以摧毁敌人的通讯、指挥所、防御阵地和后勤网点。我来过阿富汗几次，从未见过如此猛烈的火力。一连串防空火力划着弧线蹿入空中，试图痛击那些飞机。上仰射击的子弹从河谷中喷射而出，仿佛整个武器库都爆发开来。我们的对手不是一帮山民组成的乌合之众，而是一群顽强的战士。

然后，有消息传来，在未对目标进行侦察的情况下，指挥链上的某位将军已下令发起进攻。这位将军没有遵循作战计划，而是根据“塔利班已被打垮”的“情报”更改了计划，提前发动了进攻。不进行侦察就谈不上实施一场有准备之战。不过，这种情况并不令我震惊。某些特定的将领，无论他离前线有多远，所掌握的情况总是比身处前线的士兵更为详尽，我对此从不感到惊讶。

杰瑞德和我研究着地图和新的时间表。布莱恩和戴夫监听着电台，并将友军和敌军的位置通报给全战斗群，以便让每个人都掌握这一情况。轰炸刚刚开始，我们便听到一声不寻常的声响。我看看杰瑞德。

“这是什么声音？”我问道。

马苏姆山南面，安迪·卢西尔少校指挥的加拿大侦察连中，一名士兵指指天空。安迪立即朝他所指的方向望去：英军的一架四引擎“猎迷”飞机起火了，身后拖着浓浓的黑烟。几秒钟后，这架飞机消失在一个巨大的火球中。没有等待命令，安迪和他的部下朝坠机现场冲去。和我们一样，加拿大人知道潜规则，安迪不想，也不会让塔利班分子先赶到那里。

爆炸的冲击波在地面上剧烈回荡，在我们的阵地上都能感觉到。我们抓起武器，跌跌撞撞地冲到车辆后的小山脊上。“天哪！”看着远处燃烧着的飞机残骸，戴夫喃喃地说道。我们不禁为机组人员和他们的家人祈祷起来。

就在我们观望之际，电台里宣布了我们已经获知的情况：“第31特遣队的所有单位请注意，这是网内呼叫。我们有1架联军飞机坠落，机型为英国的‘猎迷’。有谁发现了吗？”

安迪的队伍难以穿过村庄并绕过该地区纵横交错的农渠。最后，1架美军“阿帕奇”直升机引导着加拿大人来到可怕的坠机现场。整片烧焦的地面上，飞机零部件洒得到处都是，遭受到如此严重的撞击，这架飞机已没什么可以回收的了。14名机组成员悉数身亡。

当晚执勤时，我聆听着联军的卫星通信，以此来打发时间。我守在炮塔里，电台贴在耳边，这时，我听到一条信息说，塔利班领导人毛拉·奥马尔和阿富汗南部的塔利班指挥官毛拉·达杜拉·朗可能就在潘杰瓦伊。如果他们在那里，我们非常希望他们能被消灭掉。换岗下来后，我找到斯密提，和他一起花了几个小时分析我们所得到的确切情报，并研究了我们在河谷中可能会遭遇到的情况。斯密提认为，如果这里有塔利班的高级指挥官和外国武装分子，他们的抵抗将会特别顽强。

就目前而言，除了待在原地，做好支援加拿大人的准备外，我们也做不了其他的什么。

第二天早上，我们的电台响了起来。加拿大人的地面主攻已经打响。接下来的几个小时里，我们专注聆听着。情况迅速恶化，没多久，C连便在目标“橄榄球”附近陷入重围，不得不为自身的生存而战。

“橄榄球”是一座白色的小校舍，位于潘杰瓦伊区中央。大量的农渠，交叉的林木线，茂密的大麻地，这里的植物比人还高，使得那座校舍成为塔利班实施防御的绝佳阵地。我们能看见1英里外发生的激战，情况非常糟糕。

几乎是刚刚过河，加拿大皇家步兵团的C连便遭到致命的火力打击，并遭受了严重的伤亡。弗雷泽将军获得的关于塔利班“不堪一击”、“已被打垮”的情报显然是错误的。几分钟内，数辆加拿大军车被摧毁，4名士兵阵亡。

从拦截阵地起，我们在地图上跟踪着这场战斗。此次的作战构思是将敌人挤入“绞肉机”中。“战斗跟踪”是让我们跟上所发生的情况以及消磨时间的唯一方式。另外，这也能让我们了解战场上各个部队的位置。就在这时，翻译员维克多朝我跑了过来，他的眼中噙满泪水。他递过手中的电台，我则试图弄明白自己所听到的究竟是怎么回事。塔利班士兵们尖叫着。枪声如此清晰，我猜测是某个家伙把武器靠在了电台旁。他说武装分子们用枪逼迫那些未能逃走的老百姓进入院落的天井和街道，以他们为人肉盾牌，抵御联军的空袭。飞机在空中盘旋，但没有发动攻击。战斗陷入了困境。

作为旁观者，我们只能看着、听着那些战友为自己的生存而战。聆听了几个小时惊慌失措的无线电通讯后，我将目光扫过潘杰瓦伊。建筑物和加拿大军车燃烧所产生的几十股浓浓的烟柱爬入湛蓝的天空。二次爆炸震颤着地面。每当战斗声变得激烈起来，斯密提便会朝我扬起浓浓的粗眉，仿佛在说：“我早就告诉过你会是这样。”他先前预料过的激烈抵抗，现在变成了事实。

太阳慢慢地落山了，我想着那些加拿大士兵，他们遭到压制，在酷热中被困在车内，大批敌人包围了他们，联军提供的空中掩护微乎其微。

我们聆听着，加拿大步兵再次向前推进。这次，安迪的部队将向北发起一次佯攻，以吸引敌人的火力，C连将强行渡河。大炮和25毫米口径火炮的轰击标志着这一推进的开始。塔利班则用机枪和无后坐力炮还击，我们不时听见RPG击中加拿大军车装甲板时发出的金属重击声。尽管装备精良，但加拿大军队并未能取得进展。地形和敌人一样，都成了阻止他们前进的不利因素。

安迪的佯攻失败了，我们从电台里听到，一架A-10被叫来对敌人的阵地发起打击，结果却错误地扫射了加拿大军队，一名士兵阵亡，40多人负伤。加拿大人进行了重组，并将伤员撤离，整个进攻停顿下来。

杰瑞德、辛沙和我站在地图旁。必须重新组织进攻，但得快。“这不一定是个错误的决定，当然，除非他们耽搁得太久。”我对杰瑞德说道。

关键的几个小时过去了。

“情况不太妙。”我说道。

杰瑞德对此表示赞同。辛沙猛吸着他的第N根香烟，仿佛是他自己的部队陷入了苦战。“如果他们等待得太久，塔利班会进入比先前更加靠近加拿大人的位置。”他焦急地说道，“这样一来，动用空中支援将困难得多。这场战斗会变得非常非常糟糕。”

我所接受过的所有训练，其目的都是要教会我们凡事多想两三步，并站在叛乱分子的角度思考问题。我掏出笔记本，开始设想相关的场景。如果被困的是我，我该怎么办？我应该向哪里突击？我们怎样才能到达那里并获得援助？

然后我看见了斯佩万山。这并不是一座真正的山脉，准确地说，是一座被村庄环绕的山丘。制订计划时，这座山丘并未引起我们的注意，但现在，随着战斗在我们眼前展开，可以明确的一点不仅仅是这一地形的关键性，根据塔利班的无线电通讯，他们的看法同样如此。我知道，只要能冲上山顶，我们就可以呼叫致命的空中打击，支援加拿大军队向西推进。我仔细组织着自己的用词，在地图上向杰瑞德指出斯佩万山的位置。

“长官，这一地形特征可能是整个行动成败的关键。”我说道。

接下来的几分钟里，我谈了谈自己的想法。C连对“橄榄球”的进攻已被击退，敌人的数量和力量远远超出了任何人的预料，而且他们彻底投入进这场战斗中。加拿大人不得不停止前进，以便撤离伤员，而且，他们使用空中掩护的能力相当有限。

我们刚刚失去了主动权。

“看看他们对付机械化特遣队所进行的防御，”我强调道，“比任何人的计划都更为详尽。双方无论是谁，如果不控制这座山丘，作战能力将受到严重的限制。”

我提出三个方案。第一个方案是在拦截阵地和山丘之间分配我们的力量。第二个方案是把我们的队伍带上斯佩万山顶，利用高度优势控制河谷的整个南部。最后一个选择是留在原地碰运气。

渐渐地，斯佩万山成了困扰着我的一个重要地点。越是讨论，我就越发确定，我们必须控制它。

“如果敌人夺取并控制住这座山丘，加拿大部队将在敌人面前暴露无遗，他们向南推进时，侧翼和后方就无法得到确保。”我说道，“这一点毫无疑问：给塔利班提出建议的无论是谁，都是个经验丰富的家伙，可能是外国人——巴基斯坦人，或者更糟糕的是——车臣人。”

杰瑞德再次研究地图，并同意呼叫博尔达克，把这个情况通报给他，但有个条件。“要是你能说服另一个小队跟你一起去，那你就行动吧。”他说道。

杰瑞德朝他的悍马走去，拿出一部卫星电话。20分钟后，他向我竖起大拇指。太好了。我动身去邀请另一个小队。

我先找到布鲁斯，因为我觉得要他做出决定，所需要的时间最长。他是个新人，让他将这一行动的建议转达给他的小队，可能需要更多的争论。我对此完全理解。没人愿意带着一个似乎很愚蠢的构想去告诉自己的部下，这看起来很糟糕。我把自己对杰瑞德说的那番话对他又说了一遍，他同意去跟自己的部下们谈谈。

我的第二个谈话对象是霍奇。他和我的想法一样，我的话还没说完，他和队里的小队军士杰夫便已上了车。我怀疑，为了能让我们投入行动，他们什么事都愿意干。

"霍奇他们愿意跟我去。"我朝着杰瑞德走去。

"嗯，我很高兴听到这个消息，因为博尔达克认为，在目前的情况下，这是个非常好的点子，我们都得去。"杰瑞德说道，"他马上向国际安全援助部队汇报，要求他们批准这一行动。赶快给我拟个计划。一接到命令，我们就冲上斯佩万山。"

我朝霍奇瞟了一眼，他笑着看着我。"哦，不，伙计，这是你的主意，计划由你来做。我们只是跟着你，确保你能活着支付该你出的啤酒钱。"他说道。

比尔把他的车开了过来，脸上的笑容清楚地表明，他已获得了戴夫和布莱恩的赞同。

"上尉，出什么事了？"他问道，"你知道我不会让你抛下我单独制定计划的。"

"比尔，这对你来说也许稍稍有点复杂。"我表情严肃地说道。

比尔对战术的了解比我更为精通。又开了几句必不可少的玩笑后，我们花了几个小时研究地图、卫星照片和检查表。在卫星照片上，斯佩万山并不引人注目。这个灰色的土丘约有60英尺高，看上去就像是世界上最大的土堆。四周环绕着一道巨大的护堤，大约有20英尺高。看上去，土丘的顶部有一个硕大的圆形游泳池——实际上，可能是一个废弃的储水设施。一条环形道路从其底部盘旋而上，直达山顶。土丘的底部有一座U型建筑，看起来相当新；另一座较小的建筑伫立在不远处。通往这座山丘的道路只有两条：一条在南面，我们将从这个方向而来；另一条则在北面。从航拍照片上看，这个地方像把汤勺，山丘和建筑位于勺子的凹部，通过勺子的手柄进入。这片地带被院落、葡萄晾干屋以及墙壁所包围。

我们制定的计划看上去很简单，现在，几个小队都将参加此次行动。两个小队将进入汤勺的凹部，另一个小队在手柄处担任预备队。我的小队负责打头阵，杰瑞德担任地面部队指挥官（GFC）。我们搜索前进时，他的悍马将跟着我，充当指挥和控制单位。作为最后一支驶向斯佩万山的队伍，布鲁斯的小队将跟在我们身后，并根据敌人的火力向左或向右机动。如果我们被困在山内，霍奇的小队将在入口处提供火力支援和兵力援助。如果事情变得不可收拾，霍奇他们将拔掉敌人与我们之间的楔子，以便让我们全身而退。辛沙的阿富汗士兵分成几个排，配属到我们的几个特遣队中。

进攻发起后，我的小队将清理出上山的道路，并在第一道巨大的护堤处设置阵地，为肃清山脚下几座建筑的布鲁斯小队提供掩护。霍奇的小队将设立起周边防御阵地。一旦到达山顶，我们就将消灭朝河对岸加拿大特遣队射出致命火力的塔利班阵地。

我们向几个小队和阿富汗士兵们简要介绍了行动计划，检查了各自的装备，等待着博尔达克下达最后的行动命令。在战场上待了十来天后，我终于发现自己无事可做，随即意识到，到达阿富汗后自己还没跟家人联系过。打个电话回家也许能缓解我的紧张感。

我把电话贴到耳边，这部黑色的卫星电话有些发烫。另一端，妻子熟悉的声音中止了刺耳的电话铃声。简短的问候过后，她说了说家里的情况，又把我们的孩子带到电话前。

“爸爸，你在干嘛呢？”

“哦，爸爸在追坏蛋。”我说道。

“爸爸，你要当心。我做了个梦，我梦见坏蛋们躲在灌木丛里朝你开枪，他们想伤害你。”

“好吧，宝贝儿，你想让我怎么做？”我问道，并将所有的支持和关爱倾注到自己的嗓音里。

“爸爸，朝灌木丛射击。他们就躲在里面。朝灌木丛射击，朝各个方向射击。”

第十三章

弹药耗尽

没什么比中弹后却安然无恙更让人兴奋的事情了。
——温斯顿·丘吉尔

从远处看去，潘杰瓦伊河谷的西端像是一片伊甸园。无尽的沙海渐渐让位于郁郁葱葱的植被，绿色的植物簇拥着散布在整片田地和农渠中的泥土小屋和院落。犬牙交错的山脉环绕着这片河谷，仿佛是为了保护它免遭外部世界的打扰。

但将目光向东扫过河流时，我所看见的美景消失了。战斗造成的痕迹和残骸绵延数英里。我能看见炮火的闪烁以及火箭弹爆炸时产生的亮光。建筑物和车辆在各个地方闷烧着。在敌人的火力打击下，加拿大特遣队继续“会合和重组”的信息充斥着电台。胜利正从联军的手中溜走。

除了夺取斯佩万山，我们别无选择。如果不控制那座山丘，加拿大人将被挡住而无法前进。若输掉这场决定性的战斗，对坎大哈居民、联军以及阿富汗南部的所有人来说都将是灾难性的。

大家上车时，吹来的风比平时更热了。我检查着悍马车内的电台，又看了看贴满挡风玻璃下部每一处可用空间的即时贴。在我座位四周，整齐地摆放着弹链、烟幕弹、医疗用品、饮水和信号弹。都准备好了，我抓起手台呼叫坎大哈。

“鹰10，这里是鹰爪31，我们出发了！”

我们的几辆悍马挤入一个完美的V形编队。道路带着我们从山脊线上的阵地驶下，沿途的松树掩盖了我们的行踪。我们正在逼近雷盖（Regay），山谷中的这个小村庄位于我们和斯佩万山之间。一连数天，我们一直看见有山谷上下的村民们在逃难，但进入村庄时所见到的景象还是令我们感到震惊。

村民们挤满了破旧的大车、拖拉机、驴子和骆驼——总之是一切能动的东西，从我们身旁匆匆而过。雷盖是这些难民逃入坎大哈城的行程中最后一处获得水源的地方。数百名老百姓挤在水井旁，每人手上都抓着个亮黄或灰绿色的水壶。没人跟我们进行目光交流，他们知道我们是谁，也知道谁在等着我们。

一个男人驾驶着一辆褪了色的白色丰田“花冠”，正在驶离雷盖村，看见福特“游骑兵”上的阿富汗士兵，他挥手示意，但并未停车，而是指着山上说道：“地雷。”说罢便驱车驶离。我们通过电台也获知了这一警告。“情况越来越妙了！”布莱恩说道。

空阔的沙漠渐渐消失在“女朋友”的后视镜中，村庄和院落的战术噩梦像一头野兽的嘴巴那样敞开着。我低头看看地图。经过雷盖村后，我们就将直扑斯佩万山。

霍奇的小队经过雷盖村时，我们的队形从宽大的V形转换为单路纵队，以便穿过破损的建筑、农渠、大麻地、玉米地以及葡萄园所构成的无休止的迷宫。历史悠久的“ashpsh khana”（葡萄晾干屋）散布在田地里，这些晾干屋有3–4层楼高，是狙击手完美的据点。我看着那些小屋，又看看电子地图沾满灰尘的显示屏。我们正在靠近极限点，这是在地图上虚拟的一个决定点。

车辆冲下土路，驶向第一座院落时，我的心悬了起来。这里的植物太多，藏身处也太多。此刻适逢收获季节，对任何行动的开展来说都不是个好时机。敌人可以隐藏在任何地方，他们的射手能潜伏在10英尺外的农田里而不被我们发觉，除非等到他们开枪为止。作为我们的司机和高级通讯军士，布莱恩总是把他的霰弹枪架在敞开的车窗上，随时防备有武装分子突然冒出。这种情况通常发生在院落的墙壁后或是农田里。

电台终于响了起来。我们的地面部队指挥官杰瑞德想知道距离目标还有多远。“鹰爪30，这里是鹰爪31，200米，稍等！”我回答道。

就在通话之际，我发现了一丝动静，一个身影半蹲半站在一座硕大的葡萄晾干屋厚厚的墙顶上。我抓过望远镜朝他看去。直觉告诉我，他不该在那里。他那黑色的塔利班头巾和深棕色的衣服与棕褐色的泥墙形成了鲜明的对比。我脖子后的汗毛竖了起来。RPG！我祈祷着不要让我看见火箭弹向我们车辆扑来时所发出的闪烁。

“正面接触。敌人在11点钟方向，200米外葡萄屋的顶部。干掉那个混蛋！”我对戴夫叫道，他正操纵着安装在车顶上的点50口径重机枪。这种二战时期的重机枪型号为M2，也被称作“老干妈”，尽管是60年前的产物，但配上现代化的瞄准镜，在今天仍是一种致命的武器。

我的话刚刚出口，戴夫已确认了目标。“收到！”他冷冷地说道，随即瞄准那名塔利班分子所在的位置。他扣动扳机打了个长点射，子弹射穿了葡萄屋。4英尺长的火舌从M2的枪管中喷射而出，显示出强大的威力。我们继续靠近，戴夫不停地射击着。

我的心怦怦直跳，额头上的汗水流入眼中——我知道我们正向伏击圈驶去。我将耳机从护目镜旁拉下，将情况通报给杰瑞德："鹰爪30，这里是鹰爪31。11点钟方向与敌接触，他们就在葡萄晾干屋里。"

敌人的探子现在是否报告了我们的位置，这已无关紧要。机枪的射击声已明确宣布了我们的到来。我真希望自己能洗把脸清醒一下，哪怕是一块口香糖也能缓解我的紧张，但第一发火箭弹的尾焰彻底打消了我这个念头。

冰雹般的火箭弹和机枪子弹朝我们的车辆射来，我看着这场战斗喷发出的第一批子弹撞上我的挡风玻璃。随后便是密集的火力和无数的目标。从山顶和院落周围，他们可以看见我们的到来。我们知道的，那些塔利班分子也知道：斯佩万山非常重要，且已经被他们占据。

"第31特遣队的所有人员，留意各自的防区，保持密集队形。"我用电台呼叫车队，"炮塔内的机枪手注意隐蔽。"

敌狙击手专门以我们的机枪手为目标，如果重武器被打哑，我们的车辆就将失去还击能力。我再次将注意力集中到塔利班的那个探子身上。他有多少人？他们有些什么武器？显然，我们需要更强大的火力。我们有M4卡宾枪、M240机枪、点50口径重机枪、一支狙击步枪和一具被称作"古斯"的卡尔·古斯塔夫84毫米无后坐力炮，但在目前这种情况下，最管用的是"米尼岗"[①]，而且我希望至少有3挺。

"鹰10，这里是鹰爪31。我们与敌发生接触，我方阵地东北方100米处有20到40名敌人，我们遭到来自多座院落的RPG、PKM[②]以及轻武器火力的射击，"我听见杰瑞德用电台呼叫着坎大哈机场的指挥部，"急需近距离空中支援。"

没用几秒，电台里传出清晰而又响亮的回复："鹰爪30，这里是鹰10，收到，明白你们已与敌接触。稍等。"我们的等待只持续了几分钟，但却像是一段漫长的时间。战术行动中心电台和电话前的几十个人正忙着寻找我们所需要的援助。他们必须与加拿大人进行协调，因为后者控制着提供给此次行动的所有飞机。

"鹰爪30，这里是鹰10。我们派了架应急飞机赶往你们的目标区域，预计到达时间（ETA）为20分钟。"

*20分钟？等飞机赶到，这场战斗也许都结束了。*塔利班不缺兵力，也不缺弹药。我把架在车门窗上的M240机枪抵上肩头，开始向山脚下院落周围枪口的闪烁和移动的人影开火射击。

---

① 米尼岗指的是一种六管7.62毫米机枪，每分钟的射速为2000～6000发，威力极大。
② "PKM"指的是苏制PK通用机枪，这种7.62毫米机枪在世界各地的保有量极大。

右侧的交火非常激烈，塔利班武装分子似乎继续在从右至左实施机动。但此刻，我们的重武器射手开始按照自己曾接受过的“对话”训练开火了：一挺机枪对着敌人的阵地打出一个短点射，然后另一挺机枪同样行事，两挺机枪轮流开火，直到目标被消灭为止。这一技术可以让我们以最大的火力和最少的耗弹量消灭敌人。

作为回击，塔利班武装分子的RPG在我们上方接二连三地炸开，弹片雨点般地落在我们身上。这种齐射的目的是压制我们的机枪手，并击伤位于车后的士兵。

“我们遭到来自6点钟方向的火力打击。我再说一次，我们遭到来自6点钟方向的火力打击。”就在我试着摆脱RPG爆炸造成的影响时，小队中士比尔在电台中吼道。

“将3号和4号车开到我的左侧，构成‘L’形。”我朝他喊道。

整个战斗就像是一场大型国际象棋赛。将车辆摆成“L”形后，我们成功地将塔利班武装分子阻挡在左侧和后方，并为车队的其他车辆继续向前创造了空间。

布莱恩喊着“Set”——这道口令的意思是他的车打算移动了——迅速调整车辆，将车头对准一座院落。现在，我们与敌人之间只隔着一台发动机。我刚刚换上一个新弹匣，戴夫也叫着为自己的点50机枪重新装弹。就在他把一条新弹链塞入机枪时，一发RPG在悍马前保险杠处炸开，掀起一股灰尘和碎片构成的巨大的冲击波。我的牙齿一阵剧痛，嘴巴里一股爆炸造成的强烈的金属味。

可恶，我们需要更强大的火力！“CAS（近距离空中支援）在哪里？”我朝着罗恩叫道，他是我的联合战术空中控制员，是小队里最重要的人物之一。他的工作是呼叫空中打击并让我们获得所需要的近距离空中支援。子弹在四周嗖嗖作响，我回头向车后看了看。罗恩正朝我们后方的武装分子们开枪射击。这一幕令人喜忧参半，喜的是罗恩没有负伤，忧的是他并未呼叫空中支援来打击包围我们的塔利班武装分子。

这时，戴夫、布莱恩和我都看清了敌方火力的来向，随即朝正前方一座院落旁的林木线开火。我们刚刚扣动扳机，院落里便迅速展开还击——那是一座清真寺。我们遭到来自一座清真寺的火力袭击！根据日内瓦公约，如果敌人从某个圣地对你发起攻击，并将该圣地用作军事用途，你就有权对它发起打击。

戴夫扫射着清真寺内敌人的机枪阵地。我让他为我提供火力掩护，以便从车内取出AT4和LAWS。AT4是一种一次性的轻型反坦克火箭筒，LAWS则是用于摧毁小型车辆和阵地的轻型反装甲武器系统。这两种武器都能打击装甲目标，但用来对付建筑物同样有效。

我先朝位于正前方的建筑物发射了LAWS，以获得方位和距离。扔一颗网球也许能获得同样的效果。我还没来得及发射AT4，便听见子弹从身旁掠过所发出的声响，我立即蹲伏到悍马车后。趁着射击的间隔，我跳起身，贴近自己的汽车，瞄准了我们前方的那座院落。射击过程就是一种第二天性：竖起前后瞄准具，预测距离为300米，设置。拔掉保险销，检查后焰区，打开保险，发射！轰！一声巨响。灰尘和碎片从建筑的入口和各扇窗户飞出。我刚钻回车内，比尔便出现在车门旁。

“伙计，你这里情况如何？”尽管身边弹如雨下，比尔还是用他慢吞吞的德克萨斯口音问道。我曾有幸跟几个德克萨斯人一同服役过，他们都是天生的战士。真是一方水土养一方人。

“我得进行弹药统计，电台里实在太混乱了。”他说道。作为小队军士，比尔得确保让每支枪都有充足的弹药。于是，他过去查看我们的弹药储备，很快又返了回来。“上尉，有个坏消息要告诉你。点50口径的子弹已是‘琥珀色’的了。”他说道。“琥珀色”的意思是我们的弹药已经消耗了一半。[①]

我告诉他需要威力更大些的武器，但比尔已抢先一步。嵌入式战术训练员肖恩取出了“古斯”。这是种84毫米口径的无后坐力炮，被称作“古斯”是为了向其原制造商——卡尔·古斯塔夫城市步枪工厂致敬，它能将一枚橄榄球大小的高速高爆弹射入建筑物内。“我们打算先试试AT4。”比尔说道。

听起来不错，但我告诉比尔，下次想跟我说话时一定要使用电台。他太宝贵了，决不能这样毫无遮蔽地跑来跑去。“我需要你生龙活虎地活着。”我告诉他。

就在他消失之际，我听见直升机旋翼所发出的甜美的“咻咻”声。AH-64“阿帕奇”赶到了。

“好了，混蛋们，好戏要上演了！”戴夫大声吼叫着。

我转身向罗恩望去，他竖起两根手指。两架喷气式战斗机也已赶到这里。罗恩开始协调并确认目标。

由于“美杜莎”行动的重点是加拿大特遣队的渡河行动，所以我们不得不从他们那里获得阿帕奇直升机的使用权。此刻，加拿大部队并未遭受到攻击，于是，他们将直升机调拨给我们使用。加拿大特遣队还想把我们所需要的喷气式战斗机以及美国的A-10对地攻击机留在手上备用，但最终做了让步，把它们也派了过来。就在罗恩协调着空中的A-10之际，杰瑞德已为我们上方嗡嗡作响的“阿帕奇”确认了目标，这些直升机隶属于国际安全援助部队中的荷兰军队。在他的指引下，这些“阿帕奇”飞至位于我们前方那些重兵防御的院落上空，将院内的武装分子逐出。但这些荷兰飞行员非常紧张，生怕开火范围距离我们太近。他们可不想遭到误伤友军的指责。

---

① 除此之外，“绿色”表示弹药齐备；“红色”表示弹匣打空，需要换弹匣；“黑色”表示弹匣打空，同时也没有备用子弹。本章的标题就是“BLACK ON AMMO”（直译为：弹药呈黑色）。

“如果你无法对我们告诉给你的目标发起打击，我们就不能用你们了！”杰瑞德恼火地吼道，“敌人距离我方位置200米，我们现在急需火力支援！”

“阿帕奇”发射了2枚2.75英寸火箭弹，从上方钻入我们面前的一座葡萄晾干屋，这座房子的整个正面坍塌下来。尖锐的爆炸声表明这一射击非常棒。火箭弹爆炸的烟雾消散后，四五个塔利班分子跌跌撞撞地冲出屋子，一脸茫然和困惑，还没等他们明白过来，在我右侧的阿富汗士兵便把他们射倒在地。

就在我俯身拿起另一箱子弹之际，一道红色的光芒从悍马的引擎盖上掠过。一发火箭弹在布莱恩的车窗外炸开，弹片雨点般地洒落在车身上。愣了片刻，我们的注意力又被拽回到电台里杰瑞德的声音上，他仍在试图集中我们的火力优势冲上山去。就在这时，位于坎大哈机场的战术行动中心发来了信息：“鹰爪30，这里是鹰10。你们的情况是这样：敌人的数量不是几十个，而是几百个，甚至可能上千。到处都是他们的人。收到了吗？结束。”

我朝布莱恩瞟了一眼。“简直是在开玩笑！”

击中车辆的子弹劈啪作响，这引起了我的注意，我再次集中注意力，用手里的机枪射击着目标。阿帕奇直升机在空中扫射着隐蔽在山丘周围的塔利班武装分子。我听见直升机上硕大的30毫米链炮撕裂了我们前方的房屋和农渠。通常情况下，一旦我们的“阿帕奇”现身，塔利班武装分子就会作鸟兽散，但这次他们死死地守着自己的阵地，并挖掘了战壕。经过最后一轮打击后，“阿帕奇”倾斜着飞离，旋翼发出的声响渐渐消失在远处，他们朝坎大哈机场飞去，重新补充燃料和弹药。

如果说这些武装分子不害怕直升机的话，那么随着“阿帕奇”的离去，他们更加胆大了。我听见罗恩正用电台呼叫支援，试图获得更多的直升机。我车内的弹药消耗得很快，几乎已经见底。我估计其他车上的状况也差不多。

我转身回到自己的机枪后，这时，高级医护兵莱利拎着两具AT-4轻型反坦克火箭筒来到我的车门旁。

“你想让我朝哪里射击？”他问道。

我把一座最为活跃的房屋指给他看。莱利沿着我那辆悍马的后部爬行着，布莱恩、戴夫和我用手中的武器为他提供火力掩护。塔利班的机枪手发现了他，就在他爬出我们的火力掩护范围外之际，塔利班机枪的短点射已落在他身边。莱利躲避着在四周激起尘土的子弹，射出了第一发火箭弹。这枚火箭弹没有击中房屋的大门，而是在厚厚的泥墙上炸开。莱利返回到汽车旁，取过第二具AT-4。然后，他冲至开阔地里先前待过的同一地方，将火箭筒抵上肩头，扣动了扳机。又一股尘云在他周围蔓延开来。84毫米火箭弹准确地击中了几秒钟前塔利班机枪手所在的位置。就在这时，我们的车辆四周发出十来声爆炸。我转身问布莱恩，我们从哪里搞来这么多AT–4，我以为是其他战友也在向敌人开火射击。可是，我看见的却是布莱恩眼中流露出的惧意。

“是RPG！”布莱恩叫道。爆炸声来自敌人袭来的火箭弹！

此刻的场面就像是7月4日美国国庆节的烟火表演，但四周飞舞的是锋利的弹片。扎克守在自己那辆悍马的炮塔内，一发火箭弹在他身边凌空爆炸，他缩了缩身子，但弹片已切入他的胳膊。他蹲进MK–19[①]榴弹发射器四周的装甲护盾下，迅速检查了伤口。他发现自己的胳膊还在，手也能动，于是又朝着塔利班的阵地猛轰起来。MK–19榴弹发射器能将网球大小的榴弹发射到数百米外。电台里传出了呼叫声：“扎克中弹了！”莱利飞奔回自己的悍马，抓起急救包，又以百米冲刺的速度朝扎克冲去。他爬上炮塔，完全不顾自己已彻底暴露在塔利班的火力下，开始为扎克包扎伤口，而扎克则继续开火射击。扎克的伤势并无生命危险。莱利为他包扎好伤口，从容地爬下炮塔，又朝另外三辆悍马跑去，依次检查其他战友的状况。

莱利离开没多久，一发榴弹卡在了扎克MK–19榴弹发射器的炮筒内。这具榴弹发射器成功地挡住了塔利班，但扎克却发现对方正从我们的侧翼越过一道农渠和林木线。此刻火力减缓得真不是时候。扎克爬出炮塔，绕到前面，俯身于MK–19上，背对着敌人，将一根钢制清洁棒插入炮筒，把卡住的榴弹顶了出去，奇迹般毫发无损地修复了这具榴弹发射器。他随即钻入炮塔，朝侧面的塔利班武装分子猛烈开火。

罗恩在车厢内朝我喊叫着。又是坏消息：A–10无法继续为我们提供援助了，它得飞回去加油。“该死，我们连口气都喘不过来。”我回答道，然后用手台发出了警告：“一旦我们失去空中支援，那帮野蛮人会更加卖力地对我们发起攻击。我们必须做好准备。”

霍奇和他的小队分散在一条宽广的防线上，在通往山头的狭窄入口处守卫着我们的后方。遭遇战打响后，我的小队向前冲去，此刻，爆炸和激战产生的浓烟为霍奇标识出我们所在的位置。

“扔一颗烟幕弹，标识出你们的位置。”霍奇用电台喊道。

“不行。”我回应道。烟幕弹也会给敌人的RPG射手指明射击方向。

霍奇觉得他至少可以试着压制移动中的敌人，以免他们增援其他武装分子，从而增加我们的压力。就在他向前移动试图看清我们所在的位置时，一发火箭弹差一点击中他的悍马。火箭弹的尾焰引起了全队人的注意。约有20来名塔利班分子隐蔽在一条深深的农渠中。他们探起身，开火射击，然后伏到农渠中重新装弹。霍奇的悍马猛地

① MK–19榴弹发射器口径为40毫米，有效射程1500米，最大射程2200米。

停下，对着敌人开火了。

霍奇的第二辆车是小队军士杰夫的座车，车上也装着一挺自动榴弹发射器。杰夫的车迅速驶到霍奇的车旁，射手伏身于方方正正的绿色榴弹发射器后，打开保险，向塔利班分子所在的那条农渠的顶部射出几十颗榴弹，从左至右横扫着敌人的阵地。

霍奇小队里的其他人也并排冲了上去，朝敌人所在的农渠猛烈扫射，困住了那些武装分子。子弹射入人群，几具躯体被撕成碎片，一发RPG直直地射入空中。

2名武装分子向农渠外冲去。他们穿着宽松的外衣和裤子，胸前扎着AK-47的弹匣袋。刚跑到开阔地，便被一挺由2名阿富汗士兵操纵的PKM机枪射倒在地。

霍奇的榴弹发射器手继续轰击着农渠，再也没有人从那里面跑出来。

我呼叫杰瑞德，要求他把布鲁斯的小队派给我。我们确实需要将车辆在“汤勺”的凹部围成一个圆圈，从而最大限度地强化我们的火力。杰瑞德说他们已在一座院落的入口处下车，正在肃清院内的塔利班分子，无法赶过来。一种可怕的必然性是：除非能得到机枪火力的掩护，你无法派任何士兵们步行过来。我不禁暗自祈祷，不要有人被包围或遭到压制。

后来我才知道所发生的情况：我们遭遇到伏击时，藏身于布鲁斯小队左右两侧院落内的武装分子也开火了，一时间，猛烈的交叉火力向布鲁斯他们袭去。这些院落厚厚的墙壁提供了极好的保护，就连小队里的点50口径重机枪和40毫米榴弹发射器也无法射穿那些墙壁。

布鲁斯决定派一个小型火力组去肃清敌人。工兵军士本和医护兵J.D带着6名阿富汗士兵，从车辆的隐蔽处冲向第一座院落，他们贴在院子厚厚的棕色墙壁处，将手榴弹扔过墙去，落在靠近入口处的一个地方。随即，他们冲入院落，射出的红色和绿色曳光弹在院内四下横飞。

在院子后部，本他们发现4名塔利班分子正打算穿过一扇小门逃走。3个人已跑了出去，第四个家伙正朝那扇小门飞奔而去，同时用AK步枪抵在胯部不停地射击着。他撞上那扇门，又被弹了回来。就在他为这扇门没有打开而深感惊讶之际，本和其他阿富汗士兵开火了，他一头倒在地上。

阿富汗国民军的班长咧着嘴朝本笑着，并竖起了大拇指。以冷幽默著称的本也笑着回应。这群士兵随即冲入其他院落，类似的场面又重复上演了两次。每经历一次，阿富汗士兵和美国士兵之间的友谊纽带就更加牢固。

第三个院子很大，是座三层楼的葡萄晾干屋，在其右侧有一道深深的干渠，渠内长满了植物。阿富汗士兵们将几枚手榴弹投入渠内，随即冲过干渠，确保了建筑物外部的安全。他们朝院内偷偷望去，发现里面摆放着几十个硕大的弹药箱和RPG火箭弹。就在这支联合小组准备冲入院内时，一名阿富汗士兵在院外大喊起来。原来，一枚苏制107毫米火箭弹悬挂在门上，一根与头部位置齐平的绊发线将引爆这个诡雷。

透过枪声，我聆听着本他们汇报给布鲁斯的情况。待在原地挨枪子儿，傻等布鲁斯他们结束对院落的清理工作，这一切我可受够了。我冲过开阔地，朝杰瑞德的悍马跑去。“第36特遣队究竟在哪里？”我们的交谈和解释必须提高嗓门，以盖过点50重机枪的射击声以及周围的爆炸声。

“敌人的伏击把我们的部队切断了。布鲁斯的小队无法赶到我们所在的位置，他的人正在压迫敌人后退，这样我们就能把所有的车辆集中到一起。”杰瑞德告诉我，“‘捕食者’说，我们在这里面对的是数百名武装分子。”

“好吧，我们现在需要那些家伙回到这里来，”我吼道，“如果他们被困在那里，我们要付出沉重的代价才能把他们救出来。你能命令他们回来吗？这样我们就能摆脱这个烂摊子。”

凯西的喊声打断了我们的谈话，杰瑞德车上的这位机枪手大声喊着：“弹药！”杰瑞德和我一起爬入车后厢，将子弹箱里的弹链递给他，从而让他那挺机枪能继续开火射击。机枪和榴弹发射器是我们生存的保证。

比尔也跑到杰瑞德的车旁。“上尉，有个坏消息。”他大声喊道，“我们的每挺机枪还剩下两箱子弹，另外还有四发火箭弹。我们的弹药已是‘黑色’。”

黑色弹药意味着我们的子弹即将耗尽。我俯下身，按下电台上的通话键。

“布鲁斯，立即让你的人与敌脱离接触，马上离开那里！我们的弹药即将耗尽，如果他们继续待在那里，我们无法为你们提供支援。”

布鲁斯立即呼叫本，告诉他赶紧回到车辆处。几个小队的弹药都已短缺，本必须撤出，但他不能将自己已发现的致命隐患留下。他单膝跪地，从自己的战术背包里掏出一个绿色的小包，里面装着两块C-4炸药。将这个小型炸药包准备完毕后，他们打算离开。

本用电台呼叫布鲁斯：“长官，我们肃清了位于你正西面的第三座院落。这里隐藏着一颗巨大的诡雷。院内有大量的弹药和RPG火箭弹。我已下令，爆炸倒计时将在2分钟内开始。”

本命令那名阿富汗班长带领部下撤回到第一座院落。每一个士兵从他身边经过时，他都会拍拍他的肩膀，以确保每个人都被统计在内。2分钟的时间并不长，本和阿富汗士兵们的动作得快些。

本设置好他的秒表和计时器，看了看导火索、定时引信和雷管，确保它们已被正确设置，然后将手指小心地伸向绿色的雷管，拉动了它。小小的塑料容器被打开，一股浓浓的灰色烟雾冒了出来。本冷静地将C-4推至一大堆火箭弹旁的一处空地，随即转身离开。

冷静的时刻已告一段落。“点火了！点火了！”本一边飞奔出那座葡萄晾干屋，一边用电台发出警告。炸药已被点燃。

“鹰爪36，这里是36B，起爆时间为30秒！”

比尔和我刚一听到本的呼叫，立即飞奔回各自的悍马。比尔对后两辆车发出了警告，前两辆车则由我来提醒。

“注意，30秒钟内将发生爆炸！”

布莱恩猛地关上车门，戴夫迅速隐蔽进炮塔内。罗恩趴到戴夫的脚下。我钻进驾驶室侧座，尽可能地伏低身子。我们距离爆炸点只有一个足球场之遥。两块炸药引爆那些弹药将会……轰！先是闪光，然后我们听见了巨响，一股热浪席卷而来，车辆晃动着。没被系紧的一切都飞入空中。大块大块的泥墙、土砖块、火箭弹和迫击炮弹雨点般地从空中落下。

“各车辆汇报状况，”我抓起电台叫道。

“二号车正常。”“三号车正常。”“四号车正常。”

这起爆炸给所有的一切覆盖上一层薄薄的尘土。我抬头看看蹲在炮塔内的戴夫。他突然笑了起来。很快，布莱恩和罗恩也跟着笑了起来。

“你们笑什么？”我问道。

“上尉，你看上去就像是一块220磅的糖饼干。”戴夫笑着说道。

不用多想就能明白我此刻的模样肯定相当滑稽可笑，半个身子挤在地板与座位之间，身上满是尘土，还抓着电台大声吼叫。我忍不住也笑了起来。“今天不会再出什么事了吧？”我讽刺地说道。

“今天还没结束呢。”罗恩说道。

“出来了。”本在电台里喊道。还没等他多说些什么，第一个阿富汗士兵钻过院落外墙上的大洞出现了。他们和本向自己的车辆跑去，车上的机枪手为他们提供着掩护。

此刻，霍奇小队仍没看见我们。布鲁斯小队中的医护兵J.D知道我们陷入了火力杀伤区，于是带着一名阿富汗士兵去找霍奇小队。沿着道路奔跑了一阵，又绕过一片大麻地后，他终于看到了霍奇的小队。

霍奇他们也遭受到火力打击。两辆车的防弹玻璃受到子弹的重击，出现了带状裂纹。这里除了他们的车辆，毫无其他遮蔽处，霍奇知道自己的小队无法长时间坚守在这里。但他们此刻已欲罢不能。如果他们放弃这一后防阵地，其他小队可能就再也回不来了。我们的整体状况迅速恶化。

现在没时间废话，必须做出一个准确的态势评估。我们正遭到来自四面八方的精确火力打击。我们的弹药也已不足。我们无法继续前进夺下斯佩万山。如果留在原地，机枪火力一旦终止，我们最终将被数百名塔利班武装分子吞没。我抓过电台，呼叫杰瑞德。

“30，这里是31。建议与敌脱离接触，这样我们就能合兵一处，进行重组并呼叫紧急补给。”

杰瑞德立即呼叫布鲁斯小队，以确保他们已做好准备。他们此刻的情况也不太妙，塔利班分子开始用穿甲子弹朝他们射击，这种子弹能轻而易举地射穿我们车上薄薄的装甲。

“干吧！”杰瑞德回复道。

“31特遣队的所有人注意，脱离接触。我再说一遍，与敌脱离接触！按顺序依次撤离，注意提供掩护火力！”我下达了命令。

布莱恩喊出了“Set”，每个人都抓紧扶手。我们的悍马颠簸着向后退去，大量铜弹壳从车顶和引擎盖滑落到地上。小队里的其他车辆如法炮制，我们沿着路面上的车辙印行进，以防碾上地雷和简易爆炸装置。退出山丘的入口处时，身处火力杀伤区的那种窒息感消失了。行驶了数公里后，我们再次进入沙漠，我看见电子地图上多彩的色块渐渐褪色、变平。

这是与塔利班交手的第一个回合。

第十四章

72000磅

战争是我们的敌人所选择的治疗法，那我说，我们就给他们想要的一切。
——威廉·T·谢尔曼将军

杰瑞德的悍马在我的车旁猛地刹住，继而卷起一团浓重、呛人的灰尘。我拿起地图，径直朝他的车走去。他也下了车，手里握着一部手台，示意我抓紧时间。

“鲁斯蒂，我们上方终于有了一架‘捕食者’和一架B-1轰炸机。听听这个。”他说道。

B-1轰炸机的凝迹出现在我们上空。拥有一架B-1的支援，我们内心获得的安慰感再怎么强调都不为过。将杰瑞德的耳机贴到自己耳边，我听见“捕食者”操作员的声音从数千英里外清晰地传来。他可能正坐在拉斯维加斯城外一间装有空调的控制室中，将无人机上的摄像机对准了几辆装着机枪、挤满塔利班武装分子的车辆。操作员介绍说，他们正在山丘附近呈“L”形的一排院落里进进出出，还有些武装分子在一旁搬运着弹药箱。

“鹰爪30，这仅仅是一座院落里的情况。收到吗？”无人机操作员说道，“在你们正前方，总共有7个院子，里面都有敌人做着类似的举动。”

我们在远处能清楚地看见斯佩万山。我们离它只有1英里远。敌人的马蜂窝离那里有半英里的距离。

我一边盘算，一边低头看看自己的战术背心：只剩下3个弹匣了，这点子弹撑不了多久。我呼叫罗恩，让他设法建立起网络连接，以便获得视频。麦克站在杰瑞德身旁，正与B-1机组交谈，杰瑞德则对“捕食者”操作员说道：“这里是鹰爪30。我们需要知道对方的兵力和车辆类型。”

对方的回答令我们冷静下来。“我们数到100名携带武器的敌人后就不再继续数了。第一座院子里至少有8辆‘海拉克斯’。”无人机操作员报告道。

就在这时，罗恩获得了视频。我们从小小的屏幕上看见，几十个黑色的身影来来往往，非常匆忙。杰瑞德俯下身，仔细辨认着。我们都知道他在找什么——平民。几秒钟后，他按下了战术背心上的通话键。

“麦克，你能控制那架轰炸机吗？如果能的话，让他们瞄准目标。”

我把敌人的位置标在地图上。我知道，无论我们投下多少炸弹，总有些人能幸免。必须给他们来个毁灭性打击，否则，要不了几个小时，他们就会来对付我们。我抓住杰瑞德：“长官，我们必须利用这次打击将敌人彻底打残。炸弹落下后，我们再给他们来一顿迫击炮齐射，以加强轰炸效果。”

霍奇点头表示赞同：“没错，就该这么做！”

“轰炸过后2分钟，我们再对目标来一次彻底的炮击。那些在轰炸中生还下来，逃出残垣断壁的家伙就会得到关照了。”

杰瑞德毫不犹豫地批准了这一计划。我们抓紧时间布置迫击炮和炮弹。霍奇的小队摆放好第一门迫击炮，阿富汗士兵和另外两个小队如法炮制。没多久，我们便将6门迫击炮排列在车辆间。枪械军士们计算着射击诸元，我们其他人则帮着将炮弹箱搬至迫击炮旁。

杰瑞德让我们汇报状况。我们告诉他已做好准备。他转向麦克，麦克刚刚跟轰炸机确定了空袭计划，随即指挥它飞至目标上空。

“飞行员正在确认坐标方格，并将数据输入。他还需要1分钟时间来确定一切都准确无误。这将是一次猛烈的轰炸，每座建筑里的军火都将变成一颗超级大炸弹。”麦克说道。

杰瑞德转头朝视频望去，最后一次查看是否有平民在那里。终于，他向麦克竖起了大拇指。

“飞机已获准开火！大家寻找隐蔽！我可不是在开玩笑！”麦克叫着，朝车后跑去。

我们赶紧挤入各自的车中，这一幕看上去就像是大学生联谊会表演的杂技。

“炸弹下来了！”我听见麦克喊叫着。

B-1轰炸机在空中只是个小黑点。当它飞近后，我看见这架箭头状的飞机先是向下俯冲，随即拉平机身，然后又急剧攀升，一连串的小灰点从机腹部投出。72000磅炸弹朝地面落下，消失进一片闪烁中，紧接着而来的便是一阵低沉的隆隆声，仿佛是地面自身爆发开来。巨大的冲击波裹挟着泥土和碎片，蹿入空中数百英尺。

“我们的人没事吧？”我朝比尔喊道，和我一样，他也蹲伏在自己的车内。

“没问题！”他说道。

我俯下身子，在手表上设置了2分钟的倒计时。在我们的迫击炮开火前，我想给塔利班幸存者一点时间，以跑出他们所在的房屋。硝烟尚未散尽，我便问罗恩是否能看见目标。他看着“捕食者”传输过来的图像，报告说有两座房屋未被炸毁，几十个踉踉跄跄的塔利班分子在残垣断壁间游荡。再等等会有更多的幸存者出现。

还有30秒，霍奇让美军和阿富汗士兵做好准备，他们手里捧着炮弹，在迫击炮旁摆好了姿势。

“所有迫击炮准备。听我的命令……预备……放！”霍奇喊出了命令。

伴随着炮管喷出的大股火舌，迫击炮发出了“嗵”、“嗵”、“嗵”的发射声。霍奇像乐队指挥那样，协调着迫击炮的齐射，以确保炮弹的发射保持一个稳定的节拍。那些在废墟里摸索的武装分子还没从空袭中缓过神来，可能根本还没来得及听到10磅重的迫击炮弹所发出的呼啸便被炸翻在地。罗恩看着“捕食者”传输的图像，我们的炮弹击中了剩下的2座房屋和另外5座房屋的废墟。随着一轮轮迫击炮的齐射，敌人纷纷倒地，被彻底打垮。

第二回合的胜利属于我们这些绿色贝雷帽。

我们把剩下的炮弹搬回车内，迅速给迫击炮擦油清理，忙完后，每个人都已筋疲力尽。我朝比尔的悍马走去，我们俩查看了小队里的其他战友以及阿富汗士兵。我必须亲眼看见自己的部下都安然无恙。然后，我们去看望扎克。金属弹片仍卡在他的胳膊里，但并未伤及主动脉。我们向莱利询问具体情况。

“情况不算太糟，上尉，但必须把他胳膊里的弹片取出，并加以治疗，以免感染。”莱利说道。

我看看比尔，他点了点头。

“哪有那么严重？只是蹭破点皮而已！”扎克说道。

我知道，让扎克老老实实坐上救护直升机唯一的办法是答应让他尽快归队。不管是否喜欢，他都得在一个无菌环境中疗伤。

“比尔，能不能先让医护兵照料他，然后让运补给来的飞机把他送走？”

比尔点点头。

“别担心，扎克，明天你就能回来。”莱利说道，尽管我们都知道这显然不太可能。

我花了点时间查看我那“女朋友”。这辆车本身就在述说着整场战斗。铜弹壳覆盖着车内的地板，填塞了每一个角落和缝隙。这层弹壳上扔着几十个空弹匣、子弹箱和水瓶。挡风玻璃和大灯已被子弹击碎。前部和后部的天线也被RPG的爆炸所切断。炮塔上，环绕在戴夫那挺机枪四周的装甲板弹痕累累。引擎盖和车身两侧，电话簿大小的凯夫拉装甲片已被熏黑、击碎，小指大小的弹孔随处可见。其他车辆的状况也差不多。我掏出一支“三福”牌黑色记号笔，将2年前写在“女朋友”引擎盖上的“蠢货，没打中我”这句话又描了一遍，这次，我画了更多的箭头指向那些弹孔。将记号笔揣入口袋后，我再次向斯佩万山望去。今天这场战斗，是我职业生涯中第一次主动与敌人脱离接触。

一场灾难被避免了，我们开始进行紧急再补给。我还有2枚手榴弹，64发M-4卡宾枪子弹和一颗用于发送信号的红色烟幕弹。布莱恩、戴夫和罗恩的弹药更少些。我们现在急需弹药、饮水、备用零部件和替换设备。

比尔仔细询问每一部车辆的情况，包括阿富汗士兵的汽车，以了解我们究竟需要多少弹药和装备：莱利、史蒂夫和格雷格清点着医疗用品；戴夫和扎克检查着武器和夜视设备；布莱恩和裘德查看着电台；戴夫将剩下的子弹、火箭弹和炸药分配给大家，以应付可能发生的战斗。

我去探望阿富汗士兵时，辛沙的驾驶员已煮好了茶。他们的情绪都很高涨。这位驾驶员叼着烟，伸出手，透过缭绕的烟雾问候了我。

“鲁斯蒂，der sha，der sha，太棒了，太棒了！”辛沙笑着，给了我一个铁钳般的拥抱。“我的朋友，塔利班本以为今天能获胜。他们现在恼羞成怒，正用电台呼叫他们的指挥官和士兵呢，但他们再也听不到那些人的回话了。这很好，不是吗？”显然，我们的轰炸和炮击不仅消灭了他们的士兵，还包括一些指挥官。

有2名负伤的阿富汗士兵需要救治。我用手台呼叫格雷格、莱利和史蒂夫，他们几个匆匆赶来，开始为伤员提供救助。一名阿富汗士兵的胳膊被子弹穿过，另一个则被弹片击中大腿。他们俩的伤势都没有生命危险。

运送弹药补给的直升机正在赶来，于是，我们带着这2名阿富汗伤兵和扎克一同赶到着陆区等候。很快，我们远远地听见了直升机旋翼发出的令人放心的回响，援助马上就到。布鲁斯投出一颗紫色烟幕弹，标识出我们的位置，并让“支奴干”直升机降落。不远处，一架“阿帕奇”武装直升机像只鹰那样盘旋着。

这架笨重的绿色货运直升机，配备着两副巨大的水平旋翼，气势汹汹地靠了过来。它慢慢进入指定区域，离地面只有20英尺高，机轮差一点就要碰到一辆悍马的车顶。机轮轻轻触地时，两台莱康明引擎发出一声尖锐的呼啸。狂风和砂石像龙卷风那样在我们四周旋转，这种感觉就像是用粗砂纸摩擦你的身体。尘埃散尽后，“支奴干”后部的斜板放了下来。机组勤务长穿着飞行服，戴着配有黑色面罩的头盔，看上去就像《星球大战》里的黑武士。引擎旋转着，“支奴干”慢慢地向前移动。机舱内的货物已解开挂钩，沿着舱板上的滚轴向斜板滑去。

我走到扎克身边，跟他握了握手。比尔也伸出手去。

“回头见！”我对他说道。

扎克点点头，朝起降斜板走去。他很不高兴。2名惊慌的阿富汗士兵跟在后面。比尔和我带着他们走入机舱，坐到红银色相间的折叠座椅上，又帮他们在这头震动、轰鸣着的野兽中扣好安全带。他们俩目不转睛地盯着令人敬畏的勤务长，然后又转头去看比尔。比尔露出让人放心的微笑，伸手拍了拍他们的肩膀。这两人勉勉强强地笑着，坐好身子，仍不敢确定接下来会发生些什么。

引擎的轰鸣越来越响，我们俩赶紧跑回自己的悍马。这架“支奴干”微微一跃，机头向前探去，隆隆地升入空中。这只大鸟随即向左急转，加快速度消失在群山后。救护直升机每次飞离都让我有一种如释重负感，因为我知道，伤员们正向安全处飞去。我脱下被汗水浸透的战术背心，靠在悍马的后轮处，用刀子在水瓶盖上戳了几个洞，然后将瓶里的水挤到自己的脸上。我的头发出阵阵悸痛。

这已是家常便饭了。

我在车轮上方发现一个干净利索的弹孔，于是把手指伸了进去，心里暗自奇怪：子弹怎么没有穿透过去并击中罗恩的大腿呢？这颗子弹也许在某人的背包里，要么就是卡在凯夫拉装甲片里了。这是个奇迹，也是今天许多奇迹中的一个。

我向山谷望去，那里将是我们的费卢杰①——但我们没有数个营的海军陆战队员，也没有可供我们支配的坦克、装甲车、大炮或空中支援；但风险完全一样。如果我们失败，坎大哈城很快将被塔利班武装分子夺取，战争形势将发生逆转。坎大哈是终极大奖，是阿富汗南部乃至整个塔利班运动的心脏和灵魂。这是他们的发源地，是他们的老巢。现在，在这里击败他们，对他们将是个沉重的打击。对任何一方来说，哪怕后退半步都将是一场失败。

我从袖袋里掏出个塑料袋，里面放着个十字架和一面小小的美国国旗。

我展开这面布质国旗，试图抚平旗上的皱褶。

这个十字架和国旗属于我的一位好友，查理·罗宾逊上尉。2005年，在阿富汗南部，他被一个简易爆炸装置炸死，阵亡时，这两样东西就放在他的口袋里。葬礼上，这面国旗被攥在他妻子的手中。她把它交给我，并要我答应，我会抓住一切机会让敌人为他们的行动以及她丈夫的牺牲付出高昂的代价。这是一个我仍在履行的承诺。但此刻，我攥着这枚十字架，暗自感谢主对我和我部下们的关照。

就在我叠好这面国旗，把它重新放回袖袋中时，戴夫从“女朋友”的车门处探出

① 费卢杰是伊拉克西部的一座城市，那里的居民大多是萨达姆的坚定拥护者。2004年底，以美国海军陆战队为主导的联军对该城发起大规模清剿，展开了一场激烈的城市巷战。

头来。“嗨，上尉，你觉得我们在这里能收到外送的比萨吗？”

“戴夫，我不认为‘达美乐’[1]会满足我们的要求。”

当天剩下的时间里，我们忙着卸货。又有两架“支奴干”飞来。日落时，我们清理了车辆，将弹药装上车。没人想谈论第二天的行动，我们都知道，明天我们将重新返回那座山丘。

当晚，除了零星的枪声外，一切都很平静。午夜时刻，杰瑞德把几位指挥官召集到自己的车旁。我们围在引擎盖四周，少校打开一盏绿色的小灯，照亮了摊开的地图。

“先生们，我想你们早有准备了吧。明天我们将回去，重新夺取那座山丘。行动时间尚未确定，因为明天早上还有几架运送补给的飞机要过来。我们将执行原定的计划，但有些小小的变化：布鲁斯，你的小队这次担任预备队；霍奇，你的小队担任突击组，跟着我；鲁斯蒂，你的小队待在最前方，为霍奇他们提供支援火力，我会跟在你的小队身后进去。”

一切都在意料中。至少现在我们可以通知各自的小队，并做好相应的准备了。所有人都在为第三个回合摩拳擦掌。我们北面的加拿大人也在为进攻做着准备，这一晚，塔利班指挥官一直在呼叫周边的省份，特别是西面的赫尔曼德省以及巴基斯坦，以获得援兵和补给。他们决心要挽救冬季来临前攻克坎大哈城的计划。

我朝自己的悍马走去，凭着直觉感到，第二天的情况会很严峻。然后我看见比尔靠在电台旁睡着了，于是我决定，让他和其他弟兄们多睡一会。这是他们该得的。拂晓时我再把行动计划告诉他们。

霍奇把我换下后，我抓紧时间睡了几个小时。很快，直升机旋翼独特的声响把我惊醒，我坐起身，刚好看见一架又长又瘦的“阿帕奇”从我这辆悍马的正前方飞来。这架“阿帕奇”上喷涂着美军标记，正在斯佩万山与一架在我们着陆区降落的“支奴干”直升机之间飞行着。

“阿帕奇”上的30毫米多管机炮与射手的双眼同步，来回搜索着目标。塔利班的机枪手决定向这架直升机开火，几十发红色曳光弹蹿入空中。我听见驾驶员大声喊叫着；“阿帕奇”倾斜着飞离，随即开火还击。这一举动激发起“支奴干”机组人员的斗志，卸货速度明显比平日快了许多。在那些货物托板后不远处，一个满脸胡须、全

---

① “达美乐”是全球著名的比萨外送连锁店，口号是“30分钟内送达，超时则免费”。

副武装的人走下起降斜板，手里拎着个背包，朝我们的车辆走来。

扎克。

从远处望去，他胳膊上的绷带清晰可见，但他对自己的伤口毫不在意。我喊着比尔。

“你猜谁回来了？”

“我敢打赌，肯定是我们的扎克！”他说道。

扎克拎着个小袋子，里面装满了“哥本哈根”和“佳得乐”冲剂。正宗货！

“伙计们，看看我搞到了什么！”扎克说道，享受着自己这趟坎大哈之旅为全队人带来好处的事实。

“伙计，很高兴你回来了。”握着他的手，我笑着问道，“逃出医院遇到麻烦了吗？”

“反正博尔达克中校也管不过来。”

比尔和我身后的其他人都过来欢迎他的归队，但这场欢庆被杰瑞德打断了，他用电台通知我们，最后一架补给直升机将在2个小时内到达，然后我们就将向斯佩万山进发。

接下来的几个小时，我们忙着将物资搬上车，吃罢午饭后才忙完。最后一架补给直升机仍未露面，时间对我们不太有利。如果这架直升机不能尽快赶到，我们就不得不在夜间发起进攻。我跟霍奇和布鲁斯谈起推迟行动的可能性，因为阿富汗士兵没有夜视设备。

杰瑞德不想听这个，他承受着夺取这座山丘，为加拿大人提供支援的压力。我们同样如此，但我们不愿执行这一行动只是因为时间太紧了。我们一致同意，等补给直升机到来后再做决定。

时间慢慢流逝着。各个小队反复检查着自己和阿富汗士兵们的装备。几乎每个人都多次查看自己的手表。下午2点左右，直升机终于出现在山头上。

2个小时后，霍奇、布鲁斯和我来到杰瑞德身旁。我们一致认为，时间已太晚，来不及发起进攻了——白天的时间肯定不够。杰瑞德看着我们走了过去。

“你们三个别再说了！再补给工作完成后，我们立即发起进攻。”杰瑞德吼道。

“长官，你先听我说，”我说道，“太阳落山后，如果我们用一支本土部队对敌人经过强化的阵地发起进攻，这将变成一场噩梦。发生误伤的可能性非常大。阿富汗国民军没有夜视设备，他们无法在夜间行动。只要面前有个风吹草动，他们就会开枪。在这种情况下，指挥和控制他们已经很困难，更别说控制他们的火力区或开火率了。”

杰瑞德考虑着我的意见，霍奇和布鲁斯表达了同样的看法。但杰瑞德已不想再听我们啰唆。

"听着，营长想让我们夺下那座山丘，你们就要对它发起进攻，明白吗？"

"长官，我们明白，我们会做到的，但今晚肯定不行。"我坚持着，"我们必须确保成功的条件。我们没有近距离空中支援。现在冲上去毫无战术意义。过去我曾跟阿富汗士兵们在夜里干过几十次。这是个错误的战术决定。更何况，根据先前那场伏击来看，塔利班分子们使用了穿甲弹，他们还有很出色的外国顾问。我们可以在清晨发起进攻，这样就有一整天的时间来使用近距离空中支援。我们不是海军陆战队，我们不会在没有成功条件的情况下发起正面进攻。这个成功条件指的就是近距离空中支援。我们的兵力太少。至少用电台呼叫一下，问问这场夜间进攻是不是一次绝对必要的行动。如果是，那我们就去；如果不是，那就请求将行动推迟到明天早上。如果没有绝对的必要，我们不能明知会让一些弟兄送命，还带着他们发起这样的进攻。"

"好吧，你说出了自己的看法，我来联系上级，向他解释这里的状况。不过，如果他说上，那我们就得上，不能讨价还价。"杰瑞德将钢盔猛地丢在悍马的引擎盖上，抓起他的卫星电话，走到一旁的沙漠中呼叫博尔达克中校。

更为冷静的头脑占据了上风。我很幸运，杰瑞德明白不服从命令与坦率之间的区别。值得赞扬的是，杰瑞德与博尔达克中校讨论了我们的看法，博尔达克并不担心让自己的战地指挥官自行做出最终判断。几分钟后，杰瑞德走了回来。

"清晨5点，我们将发起进攻。做好准备！"

第十五章

别好对讲机

阿富汗的每个人都该知道，我们来了，带着地狱而来！
——前国家安全顾问罗伯特·麦克法兰
（在2001年10月28日的《面向全国》节目中）

第二天早上，咆哮、吼叫和嘶嘶声将我们惊醒。一群野狗在附近互相撕咬，就在我和斯密提的悍马所构成的防御圈外。

第一声咆哮响起时，布莱恩便翻下引擎盖，手里的步枪做好了射击准备。我们都睡在车辆的引擎盖上，以避开骆驼蜘蛛[①]和毒蛇。看上去，那群野狗在为一根大木棒争斗。但布莱恩和我走近后才发现，那根“木棒”是一条胳膊，可能来自昨天战斗中阵亡的一名塔利班武装分子。

这群野狗是阿富汗猎狼犬与獒杂交的产物，这些獒犬当初是俄国人带来的，擅长格斗和护卫。这种野狗的体型比大多数罗特维尔犬更高大，与斗牛犬的脾气一样，容易被激怒。我可不想靠它们太近。以前我曾见过它们咬伤阿富汗士兵，所以现在不想心存侥幸。

“趁那个家伙还没冲过来，开枪干掉它。”我一边对布莱恩说道，一边紧盯着为首的那只野狗，这只巨大的灰色野兽身上的毛又脏又乱，眼中带着疯狂的神情。

布莱恩一言不发地将步枪抵上肩头，扣动了扳机。子弹穿透了那只野狗的躯体，但似乎并未对它造成影响，反而使它将注意力集中到我们这里。布莱恩再次举起步枪，又开了一枪。第二颗子弹钻入野狗的胸膛，它踉跄后退，号叫着，倒在地上死去了。其他野狗纷纷散开。但它们不会离开太久，刚刚的这场猎杀是一个难以抵御的诱

① 成年的骆驼蜘蛛有两只手掌大小，相当恐怖，但并没有切实的证据表明这种蜘蛛对人有什么伤害。沙漠中，这种蜘蛛常常会出现在骆驼的腐尸旁，故此得名。

惑，我知道过一会儿它们就会回来，并把那只死狗撕成碎片。

太阳从山上探出头来，我开始收拾自己的睡袋和装备。我意识到那群野狗浪费了我近1个小时的睡眠时间，这使我的情绪变得糟糕起来。我们戴着夜视镜进行着准备工作，并确保阿富汗士兵们也了解此次行动的计划。终于，杰瑞德用电台下达了启动引擎的命令。一如既往，11辆汽车同时发动起来，就像是一场“纳斯卡”汽车大赛即将开始。

戴夫将他那挺勃朗宁重机枪上的拉机柄拉动两次，以确保刚装上去的点50口径子弹干净利落地进入枪膛。布莱恩摆弄着自己的装备，他的步枪靠在车窗处，灌满了水的水瓶放在座位旁。我把M240机枪架上支架，转身检查自己的步枪、几箱新弹匣、新送来的火箭弹以及水瓶是否已安放妥当。这只是一种形式，但触摸这些东西使我的情绪得到了舒缓。我往嘴里塞了块肉桂味口香糖，又从口袋里取出一罐“哥本哈根”。Dagga tse dagga da，该怎样就怎样。

我们做好了准备。

“鹰爪31各辆车，做好准备的话就告诉我一声。”另外3辆车通过电台做出了回复，然后我通知杰瑞德，我们已做好准备。

“鹰10，这里是鹰爪30，请求批准开始行动。”杰瑞德呼叫着战术行动中心。

在脑海中，我可以想象出坎大哈机场的博尔达克正坐在一排显示器前，等待着行动的开始。“捕食者”无人机在头顶上嗡嗡作响，这使他得以鸟瞰整个行动。现代战争中的指挥官可以在一个绝对安全的地方观看一场战斗的实况直播，但我们知道，博尔达克更愿意跟我们一起投入行动，而不是观看屏幕上的作战图像。但此刻，“捕食者”已让他最大限度地靠近了现场。

“鹰爪30，这里是鹰10，批准行动。”

我抓起电台上的手持式话筒，把它别在头上方的遮阳板上。

“伙计们，把你们的对讲机像这样别好，免得被打坏。”

布莱恩点点头。不需要多说些什么了。我再次按下通话键：“鹰爪30各部请注意，一号车出发！”

阳光穿过山谷。对阿富汗士兵们来说，光亮是件好事，因为他们没有夜视设备；但对我们来说这却是一件坏事，因为现在塔利班可以看见我们的行动。我们的车辆慢慢驶过一堆堆的空弹壳，这标志着两天前戴夫小组发现敌人伏击圈的位置就在这里。第一次进攻时发现了塔利班探子的那座葡萄晾干屋进入到我们的视线。真希望我们上山时，那些塔利班分子还在睡觉或祷告。

但我们没有这么好的运气。当地清真寺内通常用于宣布晨祷开始的扬声器系统现在正号召人们拿起武器。

“正面接触！”戴夫喊道，一头钻入炮塔，此刻，子弹已开始在我们车辆周围呼啸。

“鹰爪30，这里是鹰爪31。正面接触，与敌接触中！”

比尔没心思在一旁闲逛。他让我们停下，抓起自己车内的“古斯”无后坐力炮冲了过来，随即单膝跪地，做好了发射准备。我听见有人在车后喊道：“后焰区安全！”然后又有人叫道：“哦，该死！”随即，一发高爆火箭弹以每秒1000英尺的速度从我的车门旁蹿过，撞入前方的泥土院落。

尘埃尚未散尽，比尔已叫了起来：“上！上！上！”此刻，我们至少在心理上抓住了主动权。要是那些塔利班分子今天想一决雌雄，上天作证，他们会得到他们想要的一切。

我们驶过开阔地上纵横交错的几十条浅沟，朝山脚下的护堤迅速逼近。敌人的火力零零星星，我们成功地冲过2天前被迫停下的地段。难道我们真的将塔利班打了个措手不及？也许他们误以为我们不会再回来了。有时候，闪电会两次击中同一个地方。不管怎样，这都是个好兆头。

我们驶离通往护堤的道路，如果敌人打算埋设地雷或简易爆炸装置，通常会埋在道路上。到达护堤底部后，我跳下车，隐蔽在一座20英尺高的土堆后。我向阿富汗士兵的一个机枪组打着手势，并用普什图语大声下达着命令。我在语言学校苦学7个月的成果终于派上了用场。子弹在四周激起阵阵泥土，携带着苏制PKM机枪的一名阿富汗士兵大声咒骂起来。敌人的火力渐渐加强，塔利班终于清醒过来。

获得一道清晰的射界前，我们必须清理出一条新的小径。在我的电脑里，两年前的卫星照片看不到现成的道路。我爬到土堆上，随即看见右侧有一个院落和一座建筑。斯佩万山就伫立在我们前方。

这座苍灰色的山丘约有60英尺高，笼罩着我们在地图上看见的那座小小的“U”形建筑。山脚下6座较小的建筑都已坍塌，另外还扔着几辆古老、生锈的苏制卡车和一个水箱。我朝主建筑的各扇窗户瞟了一眼，看是否有什么动静。

我从土堆顶上爬下，往后退了一码，下达了发起攻击的命令。20来名特种部队和阿富汗国民军士兵离开各自的车辆，向护堤的安全处冲来。一名阿富汗士兵在我身边卧倒，架起他的机枪，扣动了扳机，而此刻，比尔召集起阿富汗国民军中其他的机枪手，冲到护堤后，与我所在的位置形成一条横线。

“你——朝北面的第一座建筑射击；你——为机枪手提供弹药；你——掩护机枪手的右侧。”我用普什图语吼道。无疑，我的语法和发音并不完美，但此刻没人在乎这个。

敌人马上实施还击，猛烈的火力如雨点般地朝我们落下。“嗖嗖”作响的曳光弹靠得如此之近，我甚至能伸手抓住它们。子弹在我头部附近的泥土中炸开。我翻过身子，想看清子弹从何处而来。敌人的子弹从护堤的右侧、前方和后方射来。我朝悍马冲去，抓起自己的M240机枪。我斜靠在座椅上，向布莱恩喊叫着，让他开车向前："把车开到侧面，驶上护堤的顶部，好让戴夫开火。不管怎样，离开这条道路！"

布莱恩将悍马开到侧面，爬上护堤的顶部，戴夫的点50重机枪开火了，他用这挺硕大的机枪来回扫射，压制着塔利班武装分子。子弹射穿了建筑物的墙壁，屋内已没有可供敌人躲藏的里屋。我跳出悍马，沿着护堤底部朝一群隐蔽着的阿富汗士兵冲去。我从一名阿富汗士兵手中抓过一挺PKM机枪，向山上爬去，停在事先已看好的位置，随即撑开机枪的两脚架。我打了个10发的点射，向跟在身后的那名阿富汗机枪手表明该朝哪里射击，并示意他射出弧线。他的脸上闪过一丝笑意，点点头，接过机枪忙碌起来。

我想回到自己的悍马和武器那里。我沿着护堤的背面飞奔，又脏又咸的汗水从我的脸上滚落。这段路无遮无掩，子弹在我四周落下，激起阵阵泥土。呼啸的子弹离我和我们每个人都很近。我得抢在让某颗该死的子弹走大运前尽快趴低身子。

就在我钻进悍马时，霍奇在我们的机枪防线后安排着他的突击小组。

"霍奇，我是鲁斯蒂。护堤的远端有一处小小的洼地，你们可以隐蔽在那里。"我用电台呼叫着。呼叫程序和常规通话在战斗过程中耗费的时间太长。你只要说需要说的话就行了。

我们朝敌人的阵地开火时，突击小组可以在隐蔽处集结，但他们还必须冲过护堤，投身于扑面而来的火力中，然后肃清一所学校，这所学校建在通往山顶途中一片小小的平台上，我们不能任由敌人将其占据。学校的门口清晰地写着"这所学校由联合国儿童基金会捐赠给阿富汗人民"。

"上！上！上！"霍奇叫道。

两侧机枪火力的咆哮声迅速淹没了他的命令。眼前的场景看上去就像是强攻奥马哈海滩之战的一个微缩版。20名特种部队和阿富汗士兵被笼罩在由他们卷起的尘埃中，朝着山丘全速冲去。从我所在的位置望去，这场进攻似乎是以慢动作在展开。我看见子弹穿过尘埃，劈啪作响地击中附近的地面。

有2名阿富汗士兵脚下一绊，摔倒在一团尘埃中。其中的一名爬起身，继续向前冲去，第二名士兵则没有。另有1名阿富汗士兵跳过离洼地的最后几英尺，鲜血从一条腿上喷涌而出，他受了股动脉伤，几乎没听见他发出的叫声；阿富汗国民军的1名医护兵爬过去为他实施急救。另一小群士兵朝白色的校舍冲去。

他们贴着墙壁，武器对准了敞开的大门和窗户。我们继续用火力压制着学校内的各个房间。在夺取斯佩万山前，他们必须将塔利班武装分子逐出学校，一次一个房间。我们不知道学校里有多少房间或多少塔利班分子。

"鲁斯蒂，停止射击，或者把你的火力转移到左面。"霍奇用无线电通知我。

“向左转移！”布莱恩和戴夫立即调整了火力。在我的右侧，比尔带着阿富汗国民军中的机枪手也开始转移火力，朝山上的塔利班分子开火射击。

学校里没有一个武装分子——驻守在那里的敌人肯定是看见突击队上来后便转身逃离，他们选择了改日再战。

在霍奇的带领下，他的小队从侧面的出口冲出，开始向斯佩万山上杀去。看着41岁的霍奇带着他的部下和阿富汗士兵们攀上山丘，不禁令我对此留下了深刻的印象。

“鹰爪30，这里是鹰爪31。我们的空中支援在哪里？”我用电台呼叫着杰瑞德。

“我不知道。”杰瑞德回答道，战斗打响前，我们俩都听见战术行动中心用电台通知我们，说很快将有战斗机和“阿帕奇”赶来支援我们。此刻，霍奇的队伍已经散开，正沿山坡而上，他们弯着腰，手里的武器做好射击准备。他们肃清了一些小小的洞穴，避开盘旋而上的道路，提防着地雷。果然，半山腰发出一声沉闷的爆炸，一名阿富汗士兵蜷曲着身子，发出痛苦的惨叫，他的脚踝被炸得血肉模糊。尽管仍存在地雷的威胁，但霍奇小队里的一名医护兵还是朝着他跑了过去。我手下的医护兵斯蒂夫，跳入一辆阿富汗士兵的汽车，朝他们那里驶去。

“地雷！”霍奇在电台里大声叫道。他们的攻击停顿下来。地雷往往就有这种效果。攻击小组挤在山坡一侧小小的沟渠中，试图朝上方塔利班的阵地还击。其他人则探测着地雷。我用电台呼叫比尔。

“与第26特遣队会合，赶紧冲上山去！”

比尔示意塔兹和他的班跟上他，随即向山上冲去——我知道，如果有什么人能将塔利班驱离山头，那就是比尔和塔兹。比尔带着塔兹和他的班向上冲去，霍奇的小队为他们提供火力掩护。很快，每个人都冲出了沟渠。确切地说，是霍奇的小队拖着阿富汗士兵向山上扑去，他们朝上方的敌人开火射击。就在他们接近山头时，我看见几颗手榴弹从岩石边缘扔了出来。爆炸声伴随着自动步枪的射击声，接着又是几声爆炸。我感觉到一种彻底的无助感。

一名矮小的阿富汗士兵像只山羊那样朝山上冲去。是塔兹。他来到山顶，将AK步枪抵在肩头开火射击，熟练得就像是他的终生职业。他跪在山顶，旁边一名特种部队士兵背负着沉重的装备，正努力寻找着落脚处。塔兹间歇地扣动着扳机，以控制自己的耗弹量，直到那名特种部队士兵稳住了身子。他们俩相互掩护，并肩向前方的掩体而去。

几分钟后，电台里传出霍奇的呼叫。

“我们已控制住山丘，但我不知道能坚持多久。在我们下方，大批敌人正在调动。收到吗？”

我们拿下了斯佩万山，现在，我们得守住它。

第十六章

永远的朋友

美国士兵在战场上不是为某些总统在电视上所讲的那些而战，
也不是为自己的妈妈、苹果派或美国国旗而战。他们是为了彼此而战。
——哈尔·摩尔上校（第7骑兵团，越南）

呼啸的子弹不停从头上掠过，伴随着机枪打鼓般的还击声，这使得静心思考不大可能。偶尔，这种均匀的噪声会被一发RPG的尖啸或无后坐力炮射穿葡萄晾干屋时的爆炸声撕裂。

枪声中，我试着对我们的处境做出评估。我们已对敌人据守的阵地发起了两次攻击，并将其守住。我们现在控制着一些重要的战术位置，而塔利班分子则试图将其夺回。

霍奇小队占领了山头上塔利班分子先前的阵地，但敌人从山脚下近50座院落及其周围的农渠、墙壁、田地和葡萄晾干屋中对我们发起打击。

比尔和斯蒂夫用止血带和压力绷带稳定住那名阿富汗伤兵的伤势。他们把他被炸断的脚放入一个黑色塑料袋中，希望坎大哈的外科医生能帮他重新接上，当然，前提是我们能及时得到一架救护直升机。他们把这名伤员送至护堤附近的伤员收容点（CCP）。

我看着一辆小型阿富汗军车带着伤员驶离，就在这时，布莱恩注意到校舍那里有动静。我们得知道霍奇留下多少阿富汗士兵守卫那座学校，就在我跟他通话时，我们的交谈被打断了。

“上尉，上尉，塔利班又朝学校去了。”阿里用普什图语在电台中呼叫着，然后我看见几个穿戴着黑色上衣、黑色头巾的身影在学校后方晃动。

“我留了6名阿富汗士兵。”霍奇在电台里告诉我，但半分钟后，他又改变了说法。“鲁斯蒂，那6名阿富汗士兵也在这里。学校里一个人也没有。”

混蛋！塔利班重新回到学校里。我们能看见他们在窗户间穿梭，并爬到校舍后一座墓地上方的山上，想看看我们是否还在那里。要是塔利班控制住那里，我们这支小小的队伍就会被切断。

霍奇、比尔和斯佩万山顶上的其他人正在为自己的生存而战。杰瑞德、凯西和裘德在伤员收容点守卫着越来越多的伤员，医护兵们正在全力施救。再次肃清学校的任务落在我们身上。已赶到这里的“捕食者”无人机发来信号，提醒我们突击队的后方出现危险的动向，而此刻，我向我的机枪组下达了命令，让他们带上各自的武器和弹药准备出发。

“鹰爪30各部注意：鹰爪31的阿尔法（指挥官）正赶去肃清校舍。”布莱恩用电台说道。

由于我们是火力支援组，所以只有机枪——就清理房间来说，这并非最佳武器，但我们不得不凑合着用了。计划保持不变——要小聪明毫无意义。另外，匆匆做出计划是每个人的第二天性。肌肉记忆已不需要过多的思考。

“戴夫，布莱恩，”动身前我吼道，“那些混蛋从学校侧面出现的话，就把他们干掉，我不想下次还要对付这些王八蛋！霍奇，学校里有敌人。我们正过去清理他们。别朝那里开枪！”

我往枪里插入一个新的弹匣，查看了一下枪膛，转身面对班里的6名阿富汗士兵，用普什图语问道：“你们将跟着我一同行动，都准备好了吗？”他们异口同声地答道：“Wa sahib（是的，长官）！”我深深地吸了口气，大声叫道：“Hamla（进攻）！”我们向护堤上方全速冲去。

我那辆悍马射出的亮红色曳光弹钻入学校内，而此刻，塔利班分子五颜六色的曳光弹也出现在我们面前。一百米外，一组院落中的塔利班分子发现了我们，他们的机枪开火了，疯狂地试图击中我们。

“ZA！ZA！ZA！（上！上！上！）”——我激励着部下们冲过最后20码距离。我们冲到校舍右侧的入口处，子弹将我们身边的混凝土墙壁打得簌簌落灰。我赶紧让2名阿富汗机枪手把他们的武器架好。一挺机枪对准刚刚朝我们射击的院落开火，另一挺掩护我们的后方，防止某些塔利班分子表现出异常的“勇敢”。

我掏出一枚手榴弹，给身后的4名阿富汗士兵看了看，然后握住保险握片，拔掉了保险销。在我身边的一名阿富汗士兵转身朝着门口开火，为我清理出通道。我迈步而出，向一条长长的走廊望去，走廊两侧各有4间房间，我用尽全力将手榴弹沿着走廊投掷出去。我缩回到墙壁后，又把站在门口的那名阿富汗士兵拉了回来。整座建筑震颤着，灰尘和剃刀般锋利的弹片四散飞溅。

这时，我听见护堤处从我那辆悍马附近发出的射击声，意识到肯定是敌人打算逃离校舍。我朝身边那名阿富汗士兵指了指，示意他再次对走廊开火。他把机枪抵在髋部，对准走廊扣动了扳机。PKM的枪管喷吐出篮球大小的火舌，伴随着铜弹壳落在水泥地上的叮当声。

我能感觉到混凝土碎片溅上了我的脖子和装备；从那组院落里射来的子弹近得令人很不舒服。我考虑着眼前的选择：我们可以待在外面挨枪子儿，也可以进去挨枪子儿。我选择了进去。不管怎样，我可以在屋内发挥自己对抗敌人的技能。

我看了看正吞噬着长长的弹链的PKM机枪，伸手抓住机枪手的衣领，把他向前推去。“继续朝走廊射击，我来向房间里开火，”我做出了部署，“其他人跟在我身后。”

我们5个朝屋内冲去，留下1名机枪手担任掩护。PKM射手打头阵，我是第二个。第三和第四个阿富汗士兵端着AK，最后一个是另一名PKM机枪手。我们射出的子弹在走廊上反弹，发出了黄色和红色的火花。机枪震耳欲聋的吼叫造成了相当大的破坏。我们沿着走廊前进时，对我所下达的口头命令，几名阿富汗士兵摇着头吼道：“Tse（什么）？”我这才意识到，他们现在什么也听不清。没多久，我自己的耳朵也半聋了，尽管我戴着“Peltor”牌耳机。

我们移动到门口处，我准备好另一枚手榴弹。我把手榴弹给几名阿富汗士兵看了看，又对机枪手指指门口。他打了个短点射，随即“咔”的一声，伴随着这一要命的声响，射击停顿下来。枪栓进入枪膛，却没有子弹被顶入——子弹被打光了。

我抓住他的肩膀，一把把他拉到我身后，猛地将手榴弹投入房中，退后两步，将步枪抵上肩头，朝入口开火射击，直到手榴弹发生了爆炸。尘土和硝烟涌入过道，我们几乎什么也看不清。我听见布莱恩和戴夫的声音从电台里传来，他们看见了学校里出现的火光和烟雾。我向他们通报了我们此刻所在的位置，并要求戴夫停止射击。他看见了爆炸，从他那一侧也没发现什么人出现。

“布莱恩，把我的悍马开到突破点，压制那里的敌人。”

我拉过走在最后面的那名机枪手，让他来到队伍前面，我们慢慢地向前移动，注意与这名机枪手保持联系。我能听见玻璃和瓦砾在我们脚下发出“嘎吱嘎吱”的声响，以及子弹偶尔穿过窗户的尖啸声。我们转过一个拐角，又穿过一个硕大、空阔的门厅。

就在我们进入第二条满是灰尘的走廊时，阳光洒入这座建筑中。我听见“女朋友”引擎的轰鸣以及戴夫大声下达命令的吼叫，我那辆悍马从学校旁飞驰而过。几秒钟后，戴夫那挺重机枪节奏平稳的射击声响了起来。

我告诉阿富汗士兵停止射击，然后查看了一下最后几间教室，这才发现塔利班武装分子已逃之夭夭。教室内至少有四堆闷烧着的火堆，还扔着许多毛毯、挖掘工具、食物、椅子和盒子。我用手台通知外面，校内已被肃清，然后喊道："五名友军马上要出来！"我们稍稍等了片刻。我可不想迈出去后被自己人的子弹击中。我先伸出一条胳膊，然后将钢盔探出，朝外面看了看。

护堤那里，一名阿富汗士兵朝我挥手示意。我转过身，看着身后的几名阿富汗士兵笑了起来。

"Deersha kar kawi（干得好）！"一名阿富汗士兵也笑了，另外几个点着头，表示赞同。我命令斯密提把他的悍马开到学校与山丘之间，随即看见他的车越过护堤向我这里驶来。现在，我们这里得到了真正的火力加强。接着，我开始呼叫杰瑞德。

"近距离空中支援有消息吗？"

"还没有，我正在加紧联系。"他说道。

"收到。我打算把队里的其他人以及阿富汗士兵调到学校，加强这里的力量。收到吗？"

比尔带着他那些阿富汗士兵半滑半跑地从山上的沟渠冲下。来到山底后，我让他守住山的另一端以及那所学校，我来负责肃清护堤与山丘之间的那些建筑。"这帮小丑打算重新夺回斯佩万山。让阿富汗士兵们做好防御，他们胆敢来的话，就让他们付出高昂的代价。"

比尔转身离开，我大声喊着斯密提，把他叫了过来。我告诉他，护堤与山丘之间的那些建筑还没被肃清。

"上尉，你没事吧？"他问道，"你的脸色看上去有些发灰。"

"有那么糟吗？"

"呃，老实说，这很难说，因为你的脸色从未好看过。"说着，他笑了起来。此刻，我们已攀过学校后的矮墙，从山侧经过。

这次，我对彻底肃清每一间房间更有信心了，斯密提是个主要因素。我看着他以一种奇妙的平衡朝第一座建筑而去，这使他和他端着的步枪几乎浑然一体。他逼近那座低矮平房的入口，我跟着向前靠近，为他提供掩护。斯密提单膝跪地，往屋里扔了颗手榴弹。轰！趁着硝烟和碎片四散飞溅之际，我们冲入屋内，掩护着各自的区域，就像我们曾多次训练过的那样。没用多少时间，我们便肃清了3座建筑。就在我们走出最后一座建筑时，比尔的声音从电台里传来，他要求得到更多的火力支援。我们的整个阵地——斯佩万山及其周边——遭到敌人猛烈火力的打击。我的2辆悍马正向山丘附近的敌阵地开火射击。斯密提回话说我们正赶过去。

斯密提和一发RPG几乎是同时到达他那辆悍马。火箭弹从他头上掠过，击中了山丘，这使他一头撞在车门上。扎克和克里斯操纵着各自的武器，尽可能猛烈地还击着，将火箭弹射来的那堵墙壁夷为平地。

建筑物被肃清后，我命令肖恩的那辆悍马赶去增援比尔位于山丘和学校之间的阵地。格雷格听到了我的命令，他向裘德竖起大拇指，随即和肖恩朝山上驶去。

裘德在杰瑞德那辆车旁伏低了身子，他们一直承受着敌人的火力打击。炮塔里的凯西试图压制住塔利班分子，那些家伙射来的火箭弹在他头顶上方炸开，滚烫的弹片洒落在他的车上。杰瑞德隐蔽在悍马的另一侧，继续呼叫空中支援。

格雷格和肖恩靠近了护堤，他们操纵着车辆，小心地沿着其他车辆留下的车辙印向前行进。

一道剧烈的闪光！我所能做的只是情不自禁地喊了声："天哪！"

炸弹在右后轮下炸开，油箱和车后部40加仑的柴油桶发生了爆炸。火焰蹿出30英尺高。那辆悍马的车身腾空而起，车上的装备和弹药洒向各处。炮塔里的格雷格飞入半空，在空中转动着，血肉模糊地越过前保险杠。在他四周布满了火焰和爆炸的火箭弹、子弹及燃料。

爆炸的冲击波将杰瑞德掀翻在地，炮塔内的凯西喘不过气来，从车上摔了下来。火焰升高时，杰瑞德那辆悍马旁的裘德避开了爆炸，他看见一团巨大的尘云笼罩了身边的一切。他几乎无法看清楚车辆，但却瞥见格雷格从火焰和悍马冒出的浓浓黑烟中飞出。

一个巨大的火球从烟雾中蹿出，抛出一根又长又重的迫击炮炮管和一只靴子。炮管"砰"的一声落在杰瑞德身旁。"我已经死了。"他大概这样想到。看见那只靴子，他慌忙翻寻止血带，并查看自己的两条腿是否还在。他的两条腿安然无恙。

爆炸冲击波过去后，杰瑞德坐起身，刚好看见裘德飞奔着冲过一片开阔地，冒着敌人的机枪火力冲入那辆悍马四周的火焰中，格雷格倒在那里，一动不动。裘德抓住格雷格，把他从火焰和硝烟中拖出。

我呼叫杰瑞德，但他已经倒下，我断定，简易爆炸装置也击中了他那辆悍马。我大声命令布莱恩和戴夫守住学校，随即以百米冲刺的速度穿过战场，冲过密集的轻武器火力，一边跑一边用手台呼叫着杰瑞德。

没有回复。

看见火球迸出，一个身影飞入空中时，莱利刚刚为一名负伤的阿富汗士兵包扎完毕。他一把抓过自己的急救包，向那辆燃烧着的悍马跑去，他看见裘德把一个人从车辆的残骸里拖了出来。

我一头扎进进攻期间被我们用作掩护的那片洼地，差点把脖子扭断。我用手台向最靠近的车辆拼命呼叫，让他们提供些压制性火力。跑到那辆燃烧着的悍马旁花了一分钟时间，因为我不得不从一条沟渠赶至另一条沟渠。还有最后几米时，附近的一辆军车终于为我提供了火力掩护。

我筋疲力尽地爬过最后那道护堤。灰尘呛得我连连咳嗽，这时，一个不折不扣的杀戮现场展现在我面前。装备、“卡尔·古斯塔夫”的火箭弹、水瓶以及汽车零部件散落在已被烧熔的车架四周。我看见裘德在曾是前保险杠的地方将格雷格毫无生气的身子拖出了火焰。

格雷格的军装冒着火。裘德试图扑灭他身上的火焰，结果自己的手腕和手套也被烧着，但他没有停手。

悍马周围的火焰非常可怕，车上的弹药正以疯狂的速度发生殉爆。2万多发7.62毫米和1万多发5.56毫米子弹、大量的火箭弹、迫击炮弹、无后坐力炮弹和手榴弹不受控制地燃烧、爆炸着。整辆车迅速变成一片熊熊燃烧的火海。裘德知道，他们必须离开那里，于是他拖着格雷格，朝一条壕沟而去。

我从护堤上翻滚而下，赶至裘德和格雷格身边。我伸手抓住格雷格身上防弹衣剩下的部分，用尽全力与裘德拖着他向一条浅浅的农渠走去，这条农渠位于一片大麻地的边缘，距离我们的车辆约有10米。靠近农渠时，我们才发现它只有18英寸深，但此刻别无选择，我们只得把格雷格拖了进去。

“这就算不错了，裘德！”我叫道。

裘德试着将格雷格身上的急救包取出，但他身上的一切不是被烧毁就是被烧化。裘德掏出自己的急救包，开始为格雷格疗伤。他笨拙地摆弄着急救包，抬头看看我，又向那片大麻地点点头，“上尉，我从没抽过那玩意儿。可现在，我将死在这片该死的大麻地里。”

“今天还不行，伙计！”我所能想到的只有这句话。

那辆悍马里的弹药继续发生着殉爆，滚烫的弹片朝我们飞溅而来。我脱掉格雷格的防弹衣，把它竖立在他身边作为保护，裘德开始从上到下检查格雷格的伤势，并大声喊出他所发现的伤口。比尔从山上跑了过来，跪在我们身旁。

“比尔，去找莱利，让他赶紧到这里来。”我厉声说道，“随便哪个医护兵都行，再从其他车上拿个外伤急救包来。然后设法把所有的防御阵地连接起来。”

比尔像颗子弹那样飞奔而去。我们开始实施急救。一块重达1磅半的锯齿状弹片在格雷格的屁股上撕开个大洞，切碎了他的肠子和腹部。我们疯狂地忙碌着，把他的内脏重新塞入腹壁，并试图让它们不受到细菌的感染。

一开始，我们估计他的一条腿肯定是被炸飞了，因为我们没看见它。但我们最终发现，他那条断腿剩下的部分被折在他的身子下。最令我惊讶的是，格雷格没有休克，他的意识清醒得足以让他告诉我们该如何施救。格雷格在顶级特种作战医疗培训中心担任医学讲师的背景得到了彻底的证实，他告诉裘德和我，自己的流血处在哪里，该如何止血。裘德包扎着他身上的大伤口，我尽力保护着他的脖子，整个过程中，格雷格不停地吐着血。

蹲在这条农渠里，我看见裘德防弹衣上的尼龙弹药袋已被火焰烧化了一部分，他的胡子也冒着烟。拍打格雷格身上的火焰使他的双手明显肿胀起来，变得非常敏感，但他并未停止对格里格的救治。

嵌入式战术训练员肖恩失踪了，爆炸发生后我就没见到他。“肖恩在哪里？”爆炸声中，我对着裘德大声喊道。

裘德耸耸肩：“我在车上没看见他。”

这可能意味着肖恩还活着，于是我动身去找他。我绝不会把任何一个弟兄丢下不顾。我手脚并用地爬出农渠，从那辆燃烧着的悍马前绕过，钻入到车身侧面的烟雾中。我挥舞着双手，试图拂走眼前的黑色烟雾。有毒的黑烟使我的眼睛和鼻子发出阵阵灼痛，这些烟尘刚一灌入肺部，我便吐了起来。

在令人窒息的烟雾中，我集中注意力寻找着肖恩。随即在车辆北面的山坡上，我看见一个黑色的身影倒在护堤的一侧——是肖恩。剧烈的爆炸将他推出车门，抛到了山坡上。他曾试着爬回自己的车旁去救格雷格，但却未能做到。我抓住他的胳膊，他动了动身子，但他的呼吸很微弱，可能是因为吸入太多有毒气体所致。

“伙计，我们走吧！我扶住你了！”我说道。

我抓住他装备上的拖柄，把他从有毒的烟雾中拽出，然后，半拖半抱地带着他向那条农渠走去。进入到新鲜空气中，肖恩多少有了些反应，他蹒跚地走完了剩下的路程。我把他带到格雷格身边，这样，我们就可以看护他们俩，并相互提供掩护。此刻，塔利班武装分子从容不迫地朝着我们开枪射击，他们的子弹穿过附近地里的大麻，被射断的大麻落入我们的阵地中。我背对着子弹的来向，但我能肯定，他们正在向我开枪。

肖恩真是了不起。他不停地试图爬出农渠去寻找格雷格，我不得不把他按倒，并开始检查他的伤势。我用手在他的钢盔下摸了一番，又脱掉他的防弹衣，把他翻过身去，检查他的背部。从上到下，我仔细查看了他的全身，除了鼻子、耳朵出血和几个小伤口外，并未发现大的伤势。

“你这家伙可真走运！”我对他说道。

看见爆炸发生时，莱利正为一名阿富汗伤兵包扎伤口，他立即朝出事地点跑去，但对他和J.D来说，从自己的阵地跑到这里需要点时间。赶到我们身边后，他一把抓住我，冲着我大声吼道："谁的伤势更重？"

我指指格雷格，莱利立即跪到他身旁，撕开了急救包。格雷格浑身上下被熏得漆黑，莱利根本不知道自己救护的是谁，直到格雷格开口说话他才恍然大悟。

"我想我可以把肖恩送到伤员收容点去。"我说道。

"等一下。"莱利说道。

裘德向莱利说明了格雷格的伤势。莱利从未见过像格雷格这样的伤情，即便在特种部队医疗培训班上，他也从未想到自己会遇到伤势如此严重的人。他开始割开格雷格被烧焦的军装。每拉开一块衣物碎片，他都能发现一处新的伤口。脚踝骨折。胫骨断裂。膝盖被弹片炸伤。腰部以下三度烧伤。

检查到格雷格的右臀部时，他看见一个拳头大的洞，直达格雷格的腹部，弹片炸穿的这个洞非常深，肠子都露了出来。我们先前曾试着为他治疗这个致命的伤口。

"他的伤势如何？"透过机枪的咆哮，我大声问道。

要是莱利点点头，那就表明他觉得格雷格的伤还有救。可他和裘德的头动都没动，我的心不禁一沉。格雷格的伤势已不是我们所能救治的。

"他的心率和血压都很低。他需要输血和三级急救，"他说道，"现在是为他实施救治的关键时刻。"

这就意味着我们现在只有1个小时把格雷格送到急救中心，否则就太晚了。莱利继续为他救治，但这条农渠太过危险。此刻，塔利班分子已将注意力集中到我们这里。尘土和碎屑雨点般地洒在我们身上和格雷格的伤口中。我得把肖恩送到伤员收容点，要是格雷格伤重不治，我不想让肖恩在场。

比尔派了2名阿富汗士兵下山来掩护我们。这时，又发生了一次较小的爆炸，更多的车辆部件和无后坐力炮弹从我们身边掠过。莱利、J.D和裘德本能地伏下身，挡住格雷格，我也用身子挡住肖恩，以免他们再度受伤。我们得赶紧离开。

裘德跑到杰瑞德的悍马旁，从车内取出一具担架，迅速跑了回来，打开担架才发现，它已被先前的那次爆炸所撕裂。裘德又跑回去重新取另一具担架。我告诉肖恩，我打算把他转移到一个更加安全的地方，并设法让他站起身子。我将胳膊从他腋下绕过，抓住他的衣领，把他的一条胳膊搭到我的脖子上，然后，我抓住他腰带的前部，使他能移动自己的双腿。

我们一头扎进护堤另一端的大麻地，踉踉跄跄地穿过茂密的秸秆，从这些秸秆旁走过时，被撩开的秸秆反弹回来，抽打在我们身上。我能听见凯西那挺点50重机枪的吼叫声，于是，我们朝枪响处走去。我们终于穿过了这片大麻地，累得几乎要彻底崩溃。

“你还记得自己的名字吗？”我问道。

“当然记得，我叫肖恩。”他说道。

“那你知道今天是什么日子吗？”我又问道。

“我不知道。”他说道，我笑了起来。

“好吧，那你能站稳吗？因为我实在没办法拖着你的大屁股翻过这道护堤。”我说道。

他点点头。我们朝10码外的护堤顶部走去，突然，他在我上方倒了下来。我抓住他的双臂，把他搭上自己的后背，半背半拖地向杰瑞德的悍马走去。我的双腿像新生婴儿那样摇摇晃晃，走了几步，便筋疲力尽，再也走不动了。我们俩摔倒在地。看见我们倒下，杰瑞德跑了过来。他的神情看上去就像是个在酒吧斗殴中被痛揍了一顿的家伙。我问他是否还好。他告诉我一切都还好，随即扶起肖恩。

我转过身，朝裘德他们那里慢慢地走去，莱利还在那儿救治格雷格。敌人的火力加剧了。莱利得让所有人赶紧离开这里，以免中弹。我告诉他，伤员收容点就在杰瑞德那辆悍马车附近，动身去跟比尔会合前，我停下脚步，以确保农渠内没有留下任何重要的装备，例如夜视镜之类。我看见身后一名阿富汗士兵抱起格雷格，把他扛上肩头，带着他朝安全处走去。

那辆挨炸的悍马仍在燃烧。我朝那条我们刚刚藏身其中的农渠看了看。小麦般的干草被压平，沾满了鲜血。用过的急救用品、针盒、注射器、衣服碎片和塑料包装袋洒落在地上。然后我注意到自己的手套、衣袖和弹药袋上沾满了血迹。

回到伤员收容点，杰瑞德抓住我的胳膊。“救护直升机30分钟内赶到。近距离空中支援也跟他们一同过来。尽快给我一份目标列表！”

几辆装甲悍马像货车那样将位于伤员收容点中间的伤兵们包围起来。那些伤员躺在担架上，医护兵在他们身边来回走动。裘德忙着说服医护人员，他的烧伤并不太严重，他还能使用武器开火射击。

我的思绪回到格雷格身上。此前他曾在一支特种部队里待过，知道这次任务可能有致命的危险，但他不光是主动请缨，还坚持要跟着来。我暗自后悔自己不该让他参加此次行动，我不知道该如何向他1岁大的儿子解释这一切。

在伤员收容点，格雷格确信自己就要死了。每吸一口气，他的身子就以难以想象的痛苦扭动着。莱利给他注射了抗生素和止痛剂，试图缓解他的恐惧，并一直跟他谈论着钓鱼、打猎、过去训练中的往事以及能让他的注意力离开痛苦的一切。

“伙计，你没事吧？”他问道，随即“啪”的一声解开一条止血带，把它扭了下来。格雷格惨叫起来。莱利抓住格雷格的阴茎，把它移到一旁，以便将另一条止血带扎到他大腿的上端。

“嗨，莱利，”伴随着痛苦的呼吸，格雷格挣扎着说道，“要是我死了，你要记住关于我的最后一件事，是你摸了我的老二。”

“去你妈的，你这个老‘玻璃’！”莱利说道，用力扭动止血带，以确保格雷格右腿上的出血已被止住。

救护直升机靠近时，格雷格不肯离开，非要跟杰瑞德和裘德说几句话。他们俩跑了过来，跪在他身旁。他告诉杰瑞德，他为自己能跟我们一同执行任务深感自豪，眼前的这种情况不能怪任何人，他是自愿参加此次行动的。格雷格对裘德说的话则简单得多。

“不管你喜欢与否，你永远是我的朋友。”格雷格对他说道。

裘德笑了：“我也有同感。”

第十七章

“这帮混蛋不肯放弃！”

在沙场上，让自己做好准备，鼓足勇气。这样，所有的困难和危险都将为你所用。
——武士道

转身穿过大麻地时，那些负伤战友的形象沉甸甸地压在我的脑海中。说到底，这座山丘，这次攻击，都是我的主意。我低头看看自己的双手和防弹衣，上面沾满了血迹。部下负伤或阵亡时，大多数指挥官并不在场。可这次，你就在那里，你还知道他们的妻子和孩子的名字。

遇到比尔时，他告诉我，我们需要再次获得弹药紧急补给。

“我知道，比尔，把我们所需要的补给数量告诉我。”我回答道。“看来，我们终于要得到近距离空中支援了，我需要知道你这一侧阵地的打击目标。我们还得把格雷格和肖恩的事情告诉队里的其他人。”

大多数战友都已知道格雷格和肖恩负伤了，但不了解他们的伤势有多重。比尔和我蹒跚着回到护堤的顶部。我们俩筋疲力尽，浑身大汗，一屁股坐下后仰面躺倒，大口喘着气。哪怕是在游骑兵学校和特种部队资格训练中，我也没这么累过。

“嗨，上尉，我们可能会在这里被打死，”比尔开着玩笑。

“经历过刚刚那一切后，我对此很怀疑，比尔。”我喘着气回答道，“说实话，我从未想过我们能活这么久。”

我将戴着被撕破的、沾满了血迹的手套的手伸入自己的弹药袋中，掏出一个小小的、手工打制的银质鼻烟罐。这是辛沙送给我的礼物。我倒了些“哥本哈根”给比尔，我们花了点时间用“驼峰”水袋里的温水冲开饮料，有滋有味地喝了起来。整个小队需要我们去带领，片刻的休息能让我们重新打起精神。

休息时间很短暂。噗！噗！两颗子弹击中我们身边的泥土，打断了这次小型会议。

“该死！”我骂道，随即转身翻滚下护堤，隐蔽到一处洼地。我发现自己又躲在了同一个坑中，这是当天的第三次。

“这帮混蛋就不肯放弃吗？”比尔说道。

“我想他们不会的。”我说道。然后，我们朝车辆的安全处跑去。

回到车上，我听见直升机旋翼熟悉的轰鸣声。透过积满汗水的耳机，我几乎听不清杰瑞德在电台里的呼叫。我扯下耳机，把里面的汗水倒了倒。

“鲁斯蒂，你和罗恩指挥旋翼飞机，我跟麦克控制固定翼飞机，”我听见他下达着命令。

救护直升机正在赶来，很快便发出了呼叫。

“鹰爪31，这里是毒蛇08，我正从东南方进入，方位155度。我现在距离你们5公里，救护直升机和我们在一起。呼号是救护03。请为救护直升机提供进场方位以及目前的地面状况。”

罗恩已将地图摊放在面前，他朝我看了看。“现在不行，上尉，”他坚定地说道，“我得把敌人盘踞的院落绘制出来。”我明白他的意思，也不介意从他那里接受指示。他所从事的是最重要的任务——空中支援。

我不想对飞行员撒谎，但也不想将地面的实情告诉他。我可不想让他担心自己被击落，从而将救护直升机叫走。但此刻，这是个实实在在的问题。我决定开诚布公。

“毒蛇08，这里是鹰爪31，请转告救护03。目前的地面状况不是太好。我们的3个小队正处于被敌人包围的地形上，最近的距离50米，最远的1公里。我们位于一个水滴形的开阔地中，中间有一个看上去像火山的山顶。我们控制着高地和东北方50米处的‘U’形建筑。进入和撤离预计会遭到地面火力打击。我有8名伤员需要紧急后送，其中有些是美国人。我可以告知毒蛇08敌人所在的位置，但估计地面火力比你能压制的要多。鹰爪30将指挥救护03，毒蛇08由我指挥。收到吗？”

长时间的停顿让我的心悬了起来。飞行员正在权衡他们的选择。我开始后悔坦白一切的决定，就在这时，电台响了起来。

“鹰爪31，这里是毒蛇08。我正在进入，向东北方进行搜索穿越。救护03进入时，我将实施火力压制。”

我松了口气。

“太好了，就这么说定了！”我喊道。

我们举起一块大大的橙色对空联络板，这次，“阿帕奇”武装直升机没有实施盘旋，而是迅速从我们头顶上飞过。塔利班分子一看见“阿帕奇”，立即开火射击。“阿帕奇”飞离，我们收起对空联络板，随即开火还击。

“鹰爪31，我看见你们了。你想让我去哪里？”

就在我跟阿帕奇通话之际，罗恩隐蔽在校舍的墙壁后，用指南针、GPS和铅笔在地图上标注着目标。我们必须对残余的敌人实施打击，以便为“支奴干”撤离伤员争取到足够的时间。

“毒蛇08，立即进行第二次穿越。集中火力打击我们标识板正北面100米处的那条东西向农渠。你在那里应该能看见连接农渠的2座葡萄晾干屋和1座院落。尽你的全力狠狠打击那3座建筑，然后，我们会指引你进入下一波攻击穿越。”

“收到，你们把头低下。”飞行员说道。

飞行员居然让我们伏下身子，这似乎很滑稽。

我听见杰瑞德高声叫喊着让人为救护直升机施放红色烟幕弹，随即，嗖嗖的火箭弹和“砰砰”作响的炮弹从头顶掠过，射入农渠中。“阿帕奇”拉高，准备进行下一轮攻击穿越。跟随在武装直升机身后的“支奴干”向左剧烈倾斜，仿佛是从红色烟柱旁的空中落下。飞行员不想将直升机的腹部暴露给塔利班的火力。

杰瑞德和第36特遣队的6名士兵，带着嘴里插着输液袋的伤员，向等候着的直升机而去。

塔利班的火箭弹和机枪火力立即对准这架直升机。我听见子弹射穿机身发出的“咚咚”声。一发火箭弹从直升机后舱门飞过，撞上护堤后炸开。美军飞行员不为所动，他停在原地，医护人员忙着将伤员们送入机舱。

“阿帕奇”的炮火打击了我们所发现的每一个敌军阵地。我告诉毒蛇08，注意我们的曳光弹指向，将火力打击再靠近些。

“再近些？”他迟疑着问道。

“没错，危险距离！”我回答道。“危险距离”不是个可轻易使用的术语。它只能作为一种最后的手段，这意味着呼叫空中打击的士兵有可能被他们召唤来的火力所击中。火箭弹、飞机或炮弹稍有偏差就会让你自己负伤或阵亡。这要么是一次完美的攻击，要么会让你送命。

戴夫操纵着点50重机枪，对着建筑和林木线猛烈开火，为飞行员指示出目标。“阿帕奇”俯冲至我们头顶的高度，火箭弹和30毫米炮弹将林木线夷为平地，那座建筑也被炸毁。

“太棒了！”布莱恩说道，长着雀斑的脸上闪过一丝笑意。

就在这时，我想起一个细小、清晰的童声：“朝灌木丛射击，爸爸，朝灌木丛射击！”这让我起了一身鸡皮疙瘩。

“以前我们从未能说服其他直升机在这么近的距离内开火。”戴夫补充道。

在我们身后，“支奴干”的旋翼呼啸着，准备飞离。直升机获取动力时，一股巨大的尘云向四面八方蔓延开，阻碍着视线。但对直升机来说，这是件好事。

“周边阵地的所有人请注意，各自寻找目标，开火！”杰瑞德用电台通知全队。

我听见救护03呼叫毒蛇08：“我要出去了！”

直升机跃入空中。“开火！开火！所有人都开火！”我对着电台吼道。

我们打开了杀戮的开关。我剩下的3辆悍马、霍奇和布鲁斯小队、嵌入式战术训练员、翻译员以及阿富汗士兵对着敌人所在的院落和葡萄晾干屋开火了。每一个能操作武器的人都在开枪射击。

直升机穿出尘埃，剧烈倾斜着向空阔的沙漠飞去时，我默默地为机上那些人祈祷，我们可能再没有见面的机会了。“支奴干”脱离危险后，我呼叫“阿帕奇”，请求再来一次攻击穿越。

“毒蛇08，这次我需要你进入，只对三座建筑实施打击。收到吗？”我说道。

但他的答复却让我高兴不起来。

“鹰爪31，抱歉，我得走了，要为救护03护航。你们很安全。毒蛇08结束通话。”

就在这时，一发子弹从我和罗恩之间穿过。我打了个寒战，赶紧躲到我那辆悍马车后。我有些紧张。就在我蹲在后轮胎处时，一连串火箭弹和无后坐力炮弹钻入校舍。迫击炮弹震颤着地面，敌人的机枪火力扫过车辆，有人高叫着：“敌人上来了！”我竭力消除自己的紧张，将步枪抵上肩头，扣动了扳机。布莱恩和戴夫一如既往，冷静得像根黄瓜。

正对着我那辆悍马的3座院落，窗户处疯狂地闪烁着枪火。阿富汗国民军的一名排长叫道：“Der dushman（好多敌人）！”

子弹撞击产生的火花包围着我们的阵地。布莱恩启动车辆，朝后方10米处的一座混凝土厕所驶去，试图找到些隐蔽。悍马的发动机轰鸣着，仿佛正处于极度的痛苦中。我做好了目睹“老姑娘”随时在我们身边起火燃烧的准备。

我们面对的敌人超过200人，而且，他们的人数还在增加。我们向敌人所在的院落发射了火箭弹，但这并未能压制住他们。更多的塔利班分子占据了建筑。

比尔从他的车上取出“古斯塔夫”无后坐力炮，朝巨大的院落发射了6发火箭弹。84毫米口径的高爆火箭弹炸飞了厚厚的墙壁上的砖块，但未能穿透。“上尉，我没办法射穿墙壁！”他叫道。

塔利班分子盘踞的3座院落不停地喷射出机枪火力。布莱恩叫喊着，武装分子正向左侧移动。我爬至车身侧面，钻到我的座位上。

“让我看看。”我说道。

戴夫的点50重机枪打了个长点射。子弹扫上一堵三面墙壁和一道相距一个橄榄球场的农渠。看来，敌人发动了反击。我赶紧呼叫杰瑞德。

"长官，敌人从东北面发起了一场不折不扣的反击，他们有60～80人，也许更多。距离约为100～200米。"

片刻后，杰瑞德的声音传来，下达了一道令人震惊的命令："收拾好东西，准备撤退！"

"撤到哪里？"我问道。

"退回到沙漠中！"

我拒绝接受这个命令。我知道，如果我们放弃制高点，敌人会立即将其占据，打乱我们的部队，造成一场难以言述的大屠杀。我们将遭受重创。我以自己作为一名军人的所有经验吼叫起来，我们必须守住！

"撤退？我们能撤到哪里？重新回到那该死的沙漠里？我不会撤离这座山丘。我们已经为它付出了血的代价。这座该死的山丘是我们的，我绝不会把它还给那些野蛮人。只要他们能夺下，这座山就是他们的！让他们来吧！"

霍奇和布鲁斯都同意我的看法。我们留在原地继续战斗。

到目前为止，我一直试着控制自己，让一切都按部就班，但一股怒火消耗着我。这种感觉难以形容。在我们的社会中，除了当兵的，很少有人能明白这一点。这是肾上腺素、荷尔蒙、疲惫和情绪的有形结合。我的怒火爆发开来，并引发了一种久违的兴奋。不管此刻大脑里产生的是什么，我都喜欢它——不，我爱它！我知道我们能守住。这一刻，我觉得自己的疲惫突然间消失了，紧张的神经也得以恢复。我停下来环顾四周，没有理睬电台的呼叫。

杰瑞德知道我不会改变想法，他随即下达的命令证实了这一点。"好吧，大家注意，我们决不放弃。如果你们认为我们能守住，那我们就把这座学校变成我们的阿拉莫。我打算获得一条勋带。鹰爪30的所有成员注意，进入学校和山头。守住你们的阵地，趴低身子。天要塌了！"

我们必须挡住敌人，设法消耗他们，除此之外，我们别无选择。

这次，我们控制着高地，敌人的火箭弹和无后坐力炮弹无法射上山头，不是击中护堤就是从我们头上飞过。阿里的部下发现一群武装分子试图在附近的一座屋顶上架设阵地——平射的火箭弹最为有效——但阿里的机枪手在开阔处逮住他们，把他们送上了天堂。

山顶上，霍奇的小队并不具备足够的火力，于是，杰瑞德派布鲁斯小队赶去增援。跟随补给飞机一同飞来的工兵们，跟着我们队里的工兵，冒着敌人的火力，开始探测地雷，这是个危险而又辛苦的工作。他们在路上发现了另一个简易爆炸装置，又在山头探出几颗杀伤性地雷。

塔利班分子的一门无后坐力炮击中了学校，一间教室起火，我们仍在坚守，但只是勉力支撑。我们截获了塔利班的电台通讯，他们正向“指挥官的宫殿”要求增派援兵。塔利班的通讯主要是使用代码。新派来的武装分子从河对岸而来，但他们并不知道该去哪里。通常情况下，他们会四处游荡，每隔几分钟便呼叫他们的指挥官，直到与其他人会合为止。这种笨拙的方式对我们的好处是，他们缺乏真正的战术移动意识，我们能击败并干掉他们。但对我们的不利之处是，他们随时会出现在任何一个地方，并让你大吃一惊。

一开始，这些电台通讯对我毫无意义，直到我开始留意那些院落。

“布莱恩，戴夫，”我问道，“你们有没有发现有哪座院落看上去像是塔利班高级指挥官的宫殿或住处？有没有特别豪华或是不同寻常的？”

罗恩马上指出我们第一天遭到伏击的那座院子：高高的围墙，硕大的葡萄晾干屋，非常宽敞，精心整理过的院落已被“阿帕奇”扫射得满目疮痍。是的，肯定就是那里。

突然，空中传来喷气引擎的轰鸣。“他们来了。”杰瑞德兴奋地说道。麦克站在杰瑞德的车顶上，指挥着十来架赶来的飞机。我们终于得到了所需要的空中支援。战斗机和轰炸机像一群黄蜂那样围绕在我们四周，等待着发起攻击。一架空中加油机也被派了过来，以便让战斗机在空中保持待命。战场上的现代天使终于创造了公平的竞争场。

罗恩坐在我的车后，打开电脑下载了视频，这样我们就可以对目标加以确认和描述。否则，空中打击火力可能会落在我们自己头上。灰白色的屏幕闪烁着，满是雪花，却没有图像。罗恩呼叫飞机，再次确认了密码，但依然毫无用处。看来，今天没有视频可用。

“上尉，我能搞定。我就用对空通话来解决，我们会把那些炸弹丢到他们的屁股上！”罗恩说着，把电脑丢入车内。

麦克开始把飞机传递给罗恩。我拿着地图和GPS跑到他身边，以确认目标。罗恩举起四根手指，表明有4架飞机可用。

“要是你没别的什么事，就把那座该死的院落炸平！”我说道。

“上尉，飞行员说我们只相距200米，对那么大的炸弹来说，这实实在在是一段‘危险距离’。”罗恩趁着对空联络的间隙对我说道，“飞行员想知道你的姓名缩写。”

我非常清楚这是什么意思。如果投掷下的炸弹误伤任何友军的话，飞行员可不想承担责任。我明白这一点，但没有太多的选择。

“Romeo Bravo，R——B，”我说道。

过了片刻，我听见喷气机下降高度所发出的尖啸声，抬头看见2架A–10“疣猪”俯冲而下，机翼上挂载着导弹、炸弹和火箭弹。

“好吧，搞定了，口头目标已得到口头确认。”罗恩说道，“首先干掉那座建筑，30秒钟内，一颗1000磅的炸弹将落下。”

我抓紧时间用电台通知所有人获知这一情况，自己也紧贴着车门，仿佛一旦炸弹偏离目标，这样做就能安全些似的。但不管怎样，这起码让我有了点安全感。这时，我发现一名阿富汗士兵查看着自己的散兵坑，并未留意即将到来的危险，我用尽气力朝他喊叫，让他趴下。轰！整座建筑消失进腾起的烟雾和尘埃中。爆炸冲击波翻滚着掠过短短的间隔区，搅动着高高的大麻，像一波无形的浪潮朝山上涌去。

“还有两颗，注意隐蔽！”罗恩叫道。

又是两颗1000磅的炸弹落入建筑物中，送出更强烈的冲击波。几颗炸弹都命中了目标，爆炸声过后，一片死寂。

“火炮射击！”

A–10机载火炮短暂而又稳定的射击声打破了沉寂。树木以慢动作发生着破碎和断裂，炮弹将它们撕成碎片，飞入空中。一度为敌人提供隐蔽的农渠成了死亡陷阱。炮弹落在塔利班武装分子的藏身处，每发炮弹都向西面八方抛出大团滚烫的弹片。

“这肯定让某些家伙尿了裤子。”罗恩一边说，一边趁着射击间隙为飞行员提供调整数据，以便让这场杀戮取得最大的成效。

不管是谁提出的建议，反正塔利班分子明白了情况的严重性。他们做出了唯一正确的决定——试图缩短与我们之间的距离，希望飞机出于误伤友军的担心而无法对他们的阵地实施轰炸。但他们错了，我们早就料到这一招。被部署到阿富汗前，我们曾在会议室中讨论过这种情况。我们都认为，宁愿被另一个美国佬拙劣的救援攻击打死，也好过自己的头被砍下，放到互联网上被家人看见。我已下定决心，如果今天阵亡的话，我宁愿力战而死，也不想在后撤中被敌人从身后击中。

电波中充斥着塔利班指挥官和士兵们的呼救声。一名塔利班指挥官的声音从电台中传出，为他的弟兄尖叫、哀号着。

“快派拖车来，我们有许多负伤和阵亡的弟兄。我们无法再靠近了！”另一名塔利班指挥官报告道。

罗恩继续指挥着A–10将一些葡萄晾干屋夷为平地，我赶紧呼叫山头上的霍奇和布鲁斯，告诉他们，敌人正在求助援兵。

“我知道，我看见他们正在赶来。”霍奇说道，他看见至少有7辆拖车，沿着斯佩万山东北方的道路和农渠而来，身后卷起滚滚尘埃。

A-10攻击机对着那些葡萄晾干屋又来了一轮炮火扫射，随即拉高，向空中加油机飞去，以补充燃料。这时，2架阿帕奇赶到了，霍奇小队派他们去对付塔利班的那些拖车。快速飞行的“阿帕奇”扶摇直上，随即折返回来。但此刻，塔利班的那些拖车已消失进大麻地里。

2架“阿帕奇”像蜻蜓那样，在这片地区上方盘旋环绕，搜寻着敌人的拖车。终于，为首的那架“阿帕奇”俯冲下来，对着一条农渠打了个短点射，随即向右急转离开。这个点射吓坏了30来名塔利班分子，他们向空中开火射击。第二架“阿帕奇”逼近农渠，12发火箭弹射入农渠上方纠缠在一起的树木中。这2架直升机扫射了三轮，这才转身离开，去搜寻其他敌人。杰瑞德已经给他们开了绿灯，允许他们对山丘400米范围内的一切敌人发起攻击。

接下来的几分钟，“阿帕奇”继续挑逗着塔利班武装分子，让他们对着直升机开枪，从而暴露自己所在的位置。这种游戏以一阵射击为开始，曳光弹钻入空中，随之而来便是灵活的飞行和幽默的话语。为首那架直升机飞至安全处，担任僚机的“阿帕奇”扑上去，以一阵炮火扫射结束敌人的威胁。

我们在这一地区的飞机实在太多，以至于任何一个有过对空联络经验的人都拿起了电台。麦克用一条假想线将山丘从中间一分为二。他负责指挥线南面的飞机，北面的飞机则由罗恩协调。近两个半小时内，包括战斗机、直升机以及“捕食者”无人机在内的20多架次飞机追逐着塔利班分子，他们扫射农渠，夷平敌人的院落，炸毁几乎牢不可破的葡萄晾干屋。

我在任何一处可用的地方潦草地做着笔记。我那辆悍马的车体内部就是个记事本。仪表盘、引擎盖、衣袖、车窗，到处都写满了我追踪的目标、飞机以及塔利班动向的宝贵信息。

塔兹发出的嘶嘶声打断了我，这就是阿富汗版的“嗨，伙计，我在这里”。他指指自己的AK-47弹匣，又竖起两根手指。他的部下只剩下两个弹匣，也就是60发子弹了。我掏出自己的刀子。

“Taso chaku bulla kawalishi（接下来就用你的刀子）。”

塔兹笑着，满怀热情地点点头，继而消失在学校后方。我们在同一条船上，塔利班分子绝对无法从塔兹和他部下那里冲过，我对此很有信心。如果这种情况发生，那我就知道，塔兹和他的部下已悉数阵亡。

空中支援使我们在战火中获得了短暂的喘息之机。杰瑞德的悍马拖着一股尘埃停在我的车后。大家从车上取下袋子和盒子，在学校教室里的一个小角落搭设起指挥所。空弹药箱充当起桌子和椅子的角色。空子弹箱被我们填上泥土，放在窗口抵御火箭弹和弹片。涂抹着灰色涂料的墙壁上，白粉笔勾勒出战场的态势。

武装卡车搭载着剩下的全部弹药，山顶上塔利班的防御阵地已被美军和阿富汗士兵的机枪所占据，学校内未爆炸的弹药也已被清理干净。这座学校现在就是我们的阿拉莫。

我们搜索了校内的每一间房间，以获得些情报。我刚走进门厅旁的一间房间，立即感到一种不安。黑色的墙壁上潦草地写着些名字。这是塔利班的巫术。塔利班显示自己存在的做法通常是在一间指定的会议室中，将柴油倒入一桶沙子，再将其点燃。烟雾会把屋内的一切熏得漆黑，这为声称为了当地百姓利益的塔利班分子营造了一种邪恶而又近乎不可战胜的光环，那些当地人相信单凭塔利班的力量便能承担起变革的重任。

天花板上散布着凉鞋鞋印，象征着所有看见鞋印的人都在塔利班的脚下。黑色墙壁上的名字都是塔利班的领导人。从理论上说，那些最终发现这一场景的当地人，也就见证了塔利班的力量。

这些名字中的一个吸引了我的目光，我呼叫杰瑞德，让他过来看看。

杰瑞德来到我身边，不禁被自己所看见的场景惊呆了，“这到底是什么东西？”

我指着墙壁上的一个名字，我们在红色沙漠边缘的那个村庄里缴获的笔记本上也有这个名字。杰瑞德从防弹衣内袋掏出笔记本翻看着。一名翻译列着名单，将笔记本上的16个名字与墙上的名字匹配起来。我们得到了潘杰瓦伊区和阿富汗南部塔利班主要领导者的真实姓名。

杰瑞德取出卫星电话，走到屋外以获得更好的信号。这个情况必须尽快报告给博尔达克和我们的情报人员。这帮王八蛋下次通话时，我们便能做好准备并逮住他们。

太阳落山前，我们已战斗了13个小时。2架“支奴干”带着我们所需要的弹药和武器赶到了。战斗的过程中，我们已损坏了十几挺机枪。

直升机尚未完全着陆，了解地面状况的勤务长便迅速将货物踢出机舱。另一个排爆组也随机赶到，负责清理小径和道路上的地雷。我们已发现了十几颗地雷，埋设在山上的各个地方。

直升机飞离后，2架先前投下过救命的炸弹，遏制过塔利班反击的A-10攻击机返了回来。他们刚才飞往喀布尔北部的巴格拉姆机场，在那里重新装弹并补充了燃料。

2架A-10俯冲而下，针对麦克和罗恩指示的目标，迅速将炸弹和火箭弹发射一空。

最后，他们又用30毫米机载火炮将附近一座院落的墙壁打成了碎片。

“鹰爪31，这里是獠牙16。你们的伙计看起来还不错。从我这里能看到敌人似乎在后撤。我们看见大批车辆卷起的尘埃正向四面八方离开。不幸的是，我们必须走了。你们把头低下，坚持一晚。明天拂晓前我们会回来的。我保证！”

拉高的A-10开始钻入正在变黑的空中。为首的那架A-10做了个剧烈的左转，直直地向斯佩万山扑去。他离地面的距离不会超过100英尺。他向右侧稍稍翻滚时，我清楚地看见了驾驶舱内的这名飞行员。他转过头看着我们，向我们竖起了大拇指。A-10掠过山头，他拉平机身，上下摆动机翼，做了个缓慢而又稳定的“桶滚”动作，径直钻入空中。

直到今天，这一幕仍深深地印在我的记忆中。那一刻，我知道自己确实是这个地球上最出色的武装力量的组成部分。我确信，如果我需要，援助就会到来。这是一种难以用言语表达的信心和如释重负感。

我相信我们需要这种帮助。加拿大人在北面陷入困境后，塔利班将把他们的火力转至斯佩万山。

我想，这将是个漫长的夜晚。

第十八章

不惜一切代价守住

历史不会将保卫自由的重任交付给弱者和懦夫。
——德怀特·艾森豪威尔

爆炸将熟睡在“女朋友”引擎盖上的布莱恩和我震醒，我们俩摔倒在满是尘土的地上。还没反应过来，又一声爆炸震颤着地面。我和布莱恩连滚带爬地跑到悍马车后，躲进荆棘和多刺的灌木丛后。

“你没事吧？”我问布莱恩。

“没事，你呢？”

“我也很好。”我喘着气说道。我的双手和双膝火辣辣的，一条好好的裤子又被弄脏了。然后我听到了偷笑声。此刻的我还有些朦朦胧胧，于是朝悍马的另一端爬去，结果看见罗恩和戴夫靠着校舍的墙壁，一副乐不可支的样子。

原来，我睡着后没多久，一架AC–130便赶到了。它用机载105毫米火炮对着距离山丘100米的一座院落连发数炮，以此宣布自己的到来。罗恩和戴夫指挥着这架“空中炮艇”，因而知道爆炸即将发生。

“对一个老家伙来说，你的速度还是蛮快的。”戴夫说道。

“去你的，戴夫！”

火炮的射击将橙黄色的火花洒向四面八方。小火产生的烟雾在月光中来回漂移，形成暗灰色的云层，悬挂在被摧毁的建筑上。AC–130的机组人员通宵达旦地忙着对集结的塔利班武装分子实施打击，机上的摄像机扫描着地面，以搜索敌人。他们在战场上空盘旋，但凭肉眼无法看见他们。我们称他们是我们的“夜天使”，确切地说，他们对试图重整并发起攻击的武装分子实施打击时，那种炮声听上去像是吹喇叭的声音。

“瞄准！装弹！校正！准备！开火！”轰！

从斯佩万山顶上，我们能看见许多火光。塔利班仍忙着将援兵调过河来。200多名武装分子或步行或搭乘关着大灯的车辆，穿过干涸的河床，向斯佩万山而来。火光照亮了道路。其他敌人进行着试探，试图对我们的防御做出评估。拂晓时他们肯定会发起一场进攻。这将是一场争夺主动权的战斗。

我还是感到疲惫，于是和布莱恩爬到悍马的保险杠下继续睡觉。距轮到我们换岗还有3个小时。“空中炮艇”发起攻击时令人欣慰的回响使我们安然入睡。几个小时后，有人推了推我的脚，这种感觉很熟悉。我坐起身，结果一头撞在保险杠上。

“该死的。”我揉着疼痛不已的额头说道。罗恩站在那里，这一整夜，他忙着指挥空中打击，肯定累坏了。

“昨晚的情况怎样？”我问道。

“忙，太忙了。”他说道。他的这番忙碌至少干掉了110名武装分子。

随着太阳升起，几发大口径火箭弹击中了斯佩万山，当地的清真寺刚好结束了第一次祈祷呼吁。我不禁想到，主持祷告的毛拉也许正是塔利班分子，他用清真寺的扬声器系统向武装分子们传送信息，这真令人作呕。我所在的阵地这一侧，我估计至少有100名塔利班武装分子。我们能看见他们穿过果园，跨过农渠，在院落厚厚的泥墙间狼奔豕突。模糊的“Allah akbar（真主至大）”叫声在山丘周围回荡。

比尔将队员们派入阵地，以抵挡敌人的推进。子弹扫过后山坡，霍奇和他的小队正守在那里。子弹飞行所发出的“嗖嗖”声再次变得司空见惯。

“Tango，Tango①从北面而来，”一名特种兵的声音从电台中传来，通知我们目标出现及其位置。通话声很快便被屋顶发出的震耳欲聋的机枪射击声所打断。

十来个武装分子试图发起冲锋，但赶去增援机枪阵地的阿富汗士兵挡住了他们。我用望远镜查看这片区域，随即看见一群武装分子倒在路口，不是被打死就是奄奄一息，他们当中还有个十来岁的孩子。一些鸟和两条大狗已赶到这些尸体旁。

*你们死总好过我的部下遭受伤亡。*我这样想到。

这令我感到恶心。塔利班武装分子被那些只关心他们事业的狂热分子带入到这场屠杀中。那些卖力鼓吹伊斯兰教法的家伙其实并不愿意为他们扭曲、邪恶的意识形态献出生命。他们强迫许多小男孩运送弹药或参加战斗。这是个在无知与理解之间进行选择的问题。我的部下不会为愚蠢的行为而牺牲。

敌人的进攻迅速转向霍奇他们所在的方向以及山丘的南侧。短促而又激烈的射击声中，阿里·侯赛因的声音从电台中传来，报告说更多的塔利班分子朝着狭窄、阴暗

---

① “Tango”代表的是字母“T”，此处用作对塔利班的简称。

的通道冲来。

“好的，阿里。”我说道，尽量让自己的声音听上去令人放心，“敌人到达后，只管向他们开火射击。”

他明白我开的玩笑，随即命令包括塔兹在内的3名阿富汗士兵越过土堤发起反击。塔兹猛烈地开火射击，带着他的人冲入敌人出没的葡萄地里。

他们越过小小的土堤消失了，随即再次出现，沿着一堵院墙向前，这道墙壁一直通向葡萄地深处的一座小房屋。我用电台通报了他们的行动，以确保我们的人知道有友军在我们的防线外。

塔兹小队小心翼翼地登上通往院墙顶的泥制楼梯。这道院墙沿着一条农渠延伸，先前的战斗中，十几个塔利班分子被我们击毙在那条农渠中。塔兹指指院墙，我明白他的意思，墙的另一侧有敌人。他竖起三根手指进行倒计时，随即3个人站起身子开火。其中两名阿富汗士兵的AK-47像花园的水管那样喷射出子弹，但塔兹却没有这样。他将步枪紧紧地抵在肩头，朝塔利班武装分子有条不紊地打出一个个点射，又随手从弹药袋里掏出一颗手榴弹，扔进那条农渠中。两名阿富汗士兵也跟着他投掷出手榴弹，随即，这三个人跳下10英尺高的院墙，向我们的防御阵地跑来。伴随着三声爆炸，泥土和树枝在他们身后四散飞溅。

塔兹带着他的小组匆匆穿过学校的走廊，朝我这里跑来。根据自己长期的经验，他知道我肯定很想得到一个情况简报。他们在院墙另一侧看见20名塔利班武装分子，打死打伤了其中的10名。我紧紧地抱着我这位好朋友。我为他们感到骄傲，真希望其他人也能看见我所看见的这一幕，阿富汗人正在为他们的自由而战。就在塔兹他们跑回自己的阵地时，电台里传来一个亲切的声音。我愣住了，停下手上的工作仔细聆听，以确保自己没有听错。

是另一支特种作战小队，不是其他人，而是333特遣队的小伙子。小队军事乔的声音出现在电台中，对我来说，这不啻为美妙的音乐。这群胆大妄为的小伙子赶来参加这一派对，实在太好了！

博尔达克知道斯佩万山这里的风险有多高，于是将333特遣队投入战场。我们终于获得特种部队士兵的地面增援了。我把麦克风凑到嘴边，把这个情况告诉其他队友，他们的信心明显增强了。我们不是在孤军奋战。

333特遣队昨晚便已到达，他们楔入马苏姆山山顶犬牙交错的岩石间，那里的山脊线俯瞰着北面的加拿大部队。从山上几乎看不到什么，于是，他们用高倍率的“视得乐”双筒望远镜和“刘坡尔德”瞄准镜察看战场上的情况。现在，我们的友军在照顾加拿大部队，并将我们北面的敌人切断。新的补给物资不断运到，关键地带也已被我们控制。333特遣队的队长马特，用电台向我介绍了最新的情况。

过去的几个小时里，他的小队耐心地等待、绘制并监视着塔利班武装分子在山谷中上上下下。乔（他被称作“克雷默”）、他们的准尉以及马特的部下们以致命的精确度标出下方山谷中的目标。从这一有利地形，他们可以看见整个加拿大军队那一侧以及我们这里的前半部。

我们俩相互介绍了防御阵地、被摧毁的车辆、沟渠、塔利班武装分子以及他们所在位置等详细情况。杰瑞德出现在电台里时，我又向他汇报了大致情况。等时机到来，我们的空中支援到达后，敌人将被送进地狱。

火箭弹袭来所发出的熟悉而又高亢的呼啸声撕裂了空气，我赶紧面朝下趴在学校的水泥地上。学校后的厕所附近发出几声剧烈的爆炸。火箭弹和无后坐力炮弹在我那辆悍马附近和阿富汗士兵的机枪阵地周围炸开。我的脸撞在我那支步枪的照门上，嘴唇也破了。

塔利班对霍奇小队的攻击是佯攻，没用几分钟，他们真正的主攻便落在我的阵地上。战斗变得越来越激烈，我呼叫霍奇，要求增援。

罗恩在电台里呼叫着我或杰瑞德，他有情况汇报。我们用电台回复让他等等，但随即听见他指挥着海军战斗机在山谷上空待命。

“海军战机？他们从哪里飞来的？”杰瑞德问道。

“显然是从一艘航母，长官！”罗恩说道。

此刻，这里的每个人都振奋起来。罗恩在戴夫身旁无所事事已经好久了。

麦克也用电台汇报，他正根据不同的呼号指挥其他飞机在空中待命。我们不再缺乏空中支援。从印度洋飞来的海军战机经过长途飞行，必须在1个小时内返航，回去加油。我们不知道，也不在乎其他飞机是从哪里飞来的。我们所知道的只是，他们终于来了。

等待之际，我不禁想象着美国国内所发生的事情。我知道这个过程。我能看见五角大楼内的一部部手机亮了起来，敦促决策者采取行动。

地区：西南亚

战区：阿富汗

状况：美军特种部队有被击溃的可能性。

背景：支援ISAF大规模军事行动的一支美军特种部队遭到猛烈攻击。

非正式概述：ISAF代号“美杜莎”的大规模军事行动正在进行中。由于敌人的数量大大超出预计，行动陷入停顿，我方部队与敌人在阿富汗南部的坎大哈省激烈交火。我方一支特种部队，为重新夺回主动权，缓减ISAF部队的压力而深入敌后。这一过程中，他们发现并确认了大批塔利班和外国武装分子（超过1000人），以及一个训练营地。目前他们的处境危在旦夕。一切可用资源都是他们所需要的。

指令：投入一切可用的支援，哪怕这意味着要从伊拉克抽调。

信息结束

趁着战斗间隙，我们加强了作战阵地，分发了弹药和燃料。每辆车都得到一个可以轻松进入的小小的隐蔽处。我们再也承担不起损失更多的车辆、装备和人员的代价了。自我们发起进攻以来，阿富汗士兵的两部车已被打成碎片，美军的4辆悍马动弹不得，还有十来名士兵负伤。三名队长走到杰瑞德身旁。

“上级有可能最终意识到这是一次大规模攻势吗？我们很快就需要援兵了，”霍奇说道。

“说实话，他们没有。”杰瑞德回答道，“我们已要求了一切，海军陆战队、游骑兵、海豹。据说CJTF–A（驻阿富汗多国联合特遣部队）的指挥官很快将做出‘评估’。这就是我所知道的一切，所以都别说了。最好是守住这地方。”

我们已得到情报，20多名塔利班指挥官汇聚在此地。其中之一是毛拉・达杜拉・朗，也许还包括塔利班最高指挥官毛拉・奥马尔。马特的小队离得太远，无法确认这两人是否在场。杰瑞德告诉他注意隐蔽，继续监视，期盼那些塔利班指挥官会召集会议，这样，我们就能将他们一网打尽。

杰瑞德将塔利班指挥官有可能召集会议的情况上报给坎大哈和博尔达克，但我们的指挥官却不在那里。他正陪同驻阿富汗美军指挥官本杰明・弗雷克雷少将赶来斯佩万山，将军想亲眼看看战况。

将军的直升机飞入山谷，在一片遮蔽了整个山头的尘埃中隆隆着陆。他们从直升机上下来时，我听见斯密提在大厅的尽头哼着瓦格纳的“飞行的女武神”[①]。

将军想视察战场，并了解我们需要些什么。每当他们问及这方面的情况总是令我很高兴。博尔达克很清楚该如何跟这些贵宾打交道。

“长官，恕我直言。我们需要更多的力量。”博尔达克说道，“塔利班发起的这场攻势旨在夺取坎大哈，自我们进入阿富汗以来，这还是首次。我知道——我刚到这里。”他说道。

---

① 越战经典电影《现代启示录》中，美军直升机发起进攻时，机上的大喇叭播放的就是《飞行的女武神》，斯密提的“配乐”在当前的情景下显得非常幽默。

“我们北面的加拿大特遣队遭到重创，已无法自主机动。他们的一个机械化连被打垮了。我们发起攻击并最终夺取这块阵地后，破坏了河流南面塔利班重要的指挥所以及他们的增援枢纽。这一过程中，我们歼灭或击溃了他们的一股重要力量，从而阻止了他们继续组织大规模进攻。我们获得的情报证实，外国顾问和塔利班分子曾计划诱使‘宙斯盾’特遣队向南推进，然后对其实施侧翼包抄。现在，我们占据了这一关键地形，加拿大人可以杀出困境，我们掩护着他们的侧翼，并能减轻些他们的压力。敌人现在肯定要在多个正面与我们短兵相接。接下来的24至48小时内，我的部下能守住阵地，但不能没有空中掩护和支援。我们需要的只是更多的力量。”

博尔达克的措辞很漂亮，这番话让将军认真思考起来。但他面临着一个大问题：对一名传统的指挥官来说，将自己的部下置于特种部队的指挥下，这种做法未免太不正统。他的目光落在我们这些人身上：一个个胡子拉碴，穿着破破烂烂的军装，装备也多有损坏。他不得不怀疑我们能否照料好他那些部下。但我们训练并率领了阿富汗本国力量在敌人后方投入了战斗。常识告诉他，这是个完美的组合。可他会买账吗？他伸手抓住博尔达克的肩头。

“你会得到的！”弗雷克雷少将说道。

做出这一决定后，将军登上他的黑鹰直升机，但却获知，此刻不能离开。原来，会谈的过程中，守在马苏姆山头上的马特，把为将军护航的“阿帕奇”偷走了。

“铁锤22，这里是鹰爪33，我们在下方的网格发现敌人，可能是一名塔利班指挥官。你能提供帮助吗？结束！”

对飞行员来说，这是个不能放弃的机会。

“收到！”飞行员说着，转身朝攻击位置飞去。我不认为他们向目标飞去前已从地面上的将军那里获得了批准。

马特用测距仪仔细查看着目标，那是一座被石榴园包围着的院落。林木太过茂密，院内的情况无法看清。马特看见一群武装分子端着武器，猫着腰钻入果林，于是把他们的坐标通报给“阿帕奇”。两架直升机向南转动180度，对准果园一字排开。

为首的那架阿帕奇发射了8发火箭弹，所有人都满怀期待地看着。其中2发火箭弹的射程稍短了些，但另外6发直接钻入果园中。一股股浓密的硝烟蹿入空中，看上去就像有人踢到个蚁穴似的。

“耶，宝贝！”马特在电台里喊道。

6个一袭黑衣的家伙，抬着他们的指挥官跑出果园。那位指挥官飘摆的白色长袍上沾满了尘土和血迹。第二架直升机跟着长机射出了火箭弹，随即用机炮对着地面一通猛扫。炮弹打垮了一段围墙，砖块砸在几个隐蔽在墙下的武装分子身上。一个头脑尚算清醒的家伙射出一枚RPG，阿帕奇飞行员倾斜机身，险险地避过这发火箭弹。火箭弹拖着尾烟，从直升机机头前不到30英尺的地方掠过。其他武装分子架起一挺PKM机枪，从一个死角处开火，企图击中直升机。

这帮家伙的能力不错——他们可能是外国武装分子，或是来自沙特阿拉伯、巴基斯坦或车臣的雇佣军，塔利班借助这些人获得战术上的帮助。这可能也意味着那名身穿白袍的领导者是个重要人物。直升机发起第二轮攻击后，那些武装分子再次躲入到果园中。

直升机飞行员此刻已经打到兴头上，他们说什么也要干掉敌人的机枪手。但由于无法看见敌人，这两架直升机转身飞入沙漠。马特再次跟他们耐心交谈，告诉他们曾看见一群武装分子抬着他们的首领钻进一座有遮蔽的建筑中。马特获得准确的坐标方格后，立即呼叫直升机，并对建筑物作了精确描述。第一发“地狱火”导弹向前飞去，击中了那座建筑；第二发导弹命中果园的边缘，炸塌了相邻的2座建筑。

马特忙着准备下一轮攻击，这时，电台中传出取消行动的命令。

“鹰爪33，这里是铁锤22，我们得走了。我们有个搭车者，得把他护送到你们的南面。谢谢你让我们玩了一把，铁锤22结束通话。”“阿帕奇”飞行员说道。

两架“阿帕奇”转过机身，与将军搭乘的那架“黑鹰”组成一个松散的队形，三架直升机消失在远处。就在这时，另一架直升机朝我们径直飞来。我看看杰瑞德，他耸了耸肩。那是一架苏制米-17货运直升机，机身涂成白色，没有任何国籍标志。

“那究竟是什么人？”比尔和我异口同声地问道。

马苏姆山头上的马特也提出了同样的问题。但没人知道这是何方神圣，也不知道它究竟要干什么。不管它是谁，这架飞机旁若无人地飞行着，就像身边什么事也没发生。米-17盘旋着，随即朝被摧毁的那座建筑附近的果园降去。几个全副武装，看上去跟我们很像的人跑下飞机，构成一个非常严密的防御圈，另外几个人冲向被导弹击中的地方，很快便抬着几个尸袋上了飞机。直升机随即从果园中起飞，越过山脊不见了。直到今天我们也不知道这架直升机究竟是怎么回事，也不知道机上的是什么人。它就这样消失不见了。

但我们发现，“借用”将军的护航直升机，并耗费了他们的大部分弹药，并未取得很好的效果。

第十九章

今天算你倒霉

世界上没有任何武库，或武库中的任何武器，比自由男女的意志和道义勇气更具威力。
——罗纳德·里根

第一批F-18赶到后，下降至视野中待命。战斗机引擎的轰鸣声是个受人欢迎的好迹象，这表明援兵来了。我听见麦克在电台中确认着需要被夷为平地的目标和建筑。

站在斯佩万山顶，我看见绿色的海洋中伫立着数百座院落，这给了塔利班武装分子极好的隐蔽。我们需要建立“空白区”，或者说某种安全区，以便在山丘周围巡逻，因为塔利班武装分子已开始分成小股四散活动，这使他们很难在开火前被发现。他们得到了沉重的教训，并迅速适应。这正是所有叛乱分子在游击战中采用的手段。这让我想到，一条蛇会从一个阴暗处滑到另一个阴暗处，然后再发起攻击。所以我们必须着手减少阴暗处。飞机将摧毁房屋建筑。我们的重点是茂密的、一人高的大麻地，它已被恰如其分地命名为“愤怒之地”。

戴夫和布莱恩带着十来名阿富汗士兵进入大麻地。我留在山上，比尔则跟霍奇的小队相配合，架设起数挺机枪为戴夫他们提供掩护。尽管相距不到一个橄榄球场的距离，但他们进入大麻地后，我们就无法看见他们。过了几分钟，浓浓的灰色烟雾笼罩住部分田地，大麻燃烧发出的香味很快便向我们飘来。比尔、斯密提、扎克、裘德和莱利开玩笑说，希望下一次巡逻能派他们去。他们的玩笑很快又转到谁存有零食上，如果有多力多滋、葱味玉米圈或比萨，这样，等戴夫他们回来就可以吃了。[①]

我抓过望远镜，将焦距调整至一小片空地处，我看见布莱恩和戴夫正往茂密的绿

① 吸食大麻后会有一种饥饿感。

色秸秆上泼柴油。这些植物就像是橡胶，很难起火燃烧。柴油不起作用时，他们就用照明弹、照明迫击炮弹和燃烧弹，可同样无济于事。巡逻队点了十来处火，但对这片大麻地并未造成太大的破坏。

我开始紧张起来，于是用电台招呼他们回来。我知道，塔利班分子很快便会发现他们在大麻地里，然后就会发起攻击。就在他们返回自己的车辆前，几名武装分子开枪了。与先前相比，这是一场小规模进攻，我们设在斯佩万山上的机枪开火后，这场战斗总共持续了不到1分钟。随后，维克多一把抓住我："上尉，塔利班指挥官想要更多的援兵，但在我们南面的另一名指挥官告诉他，没有援兵可派。"我笑着谢过他。这条简单的信息告诉我许多东西。经过不到一周的战斗，敌人现在产生了分化，我们知道，在我们南面聚集着更多的武装分子。霍奇和杰瑞德也听到了相同的情况。杰瑞德开始制订次日的行动计划。他想派出一支小队，对赞加巴山（Zangabar Ghar）实施侦察，那是位于我们南面的一小片丘陵。他确信敌人过河时，把那里当作一个地标，从那个方向朝我们射来的火力非常猛烈。

布莱恩和戴夫结束巡逻返回后，比尔坚持认为，我们应该清理武器，重新分发弹药，加强阵地，吃点东西，然后抓紧时间休息。

"听着，你们都了解情况，"他告诉我们，"我们很快就会遭到攻击。"

我们开始清理各自的武器。戴夫擦拭着他那挺勃朗宁点50重机枪，我把架在车门旁的机枪分解开，拭去每个零部件上的污垢，重新上油。完成这一切后，我这挺机枪锃明挂亮，机件活动自如。布莱恩和我同时完成了手上的活儿。坐在悍马车旁，我们获得了一种款待：寂静。我们已经有一个多星期没有享受过寂静了，此刻，我们当中没人敢打破它。

塔利班派出的探子一直监视着我们的举动，但由于他们隐蔽在茂密的农田和深深的农渠中，我们想发现他们是不可能的。偶尔会有塔利班的探子从厚厚的石墙后探出头来。一名细心的阿富汗士兵发现离山丘不远处的一座小院子里有动静，于是他叫塔兹过去，把塔利班的探子指给他看，塔兹又叫我去看。我觉得，如果能干掉敌人的探子，就能让他们一个个变成"瞎子"，同时产生足够的恐惧，让他们知道这种尝试极不值得。

我派戴夫和莱利进入山头的狙击阵地，监视那座发现动静的院子并等待。布莱恩接管了"老干妈"，戴夫架起狙击步枪，透过"刘坡尔德"瞄准镜查看动静。他搜索着院落，看到几棵石榴树和一个汲取井水的灰色"T"形手摇泵。他趴在地上等待着。没过多久，他的耐心便得到了回报，塔利班探子将头伸出墙外。莱利呼叫说，他们看见他了。戴夫确认着射程。

“等等，”我用电台回复道，“仔细留意他，告诉我他在干什么。”

说罢，我抓过机枪，朝附近的田地里打了个短点射。

“他只是探出头来，然后又缩了回去。”莱利说道。

过了几秒钟，莱利说出了我想听到的情况。

“上尉，他手里有部电台。”

“干掉他！”我说道。

戴夫做好准备后，我又打了个短点射。塔利班的探子再次冒出头来，戴夫扣动了扳机。这一枪打高了。他重新顶上一颗子弹，又开了一枪。这次击中了。7.62毫米竞赛级子弹穿过对方的脖子，呈弧线从他身后钻出，尸体摔倒在墙后。他再也无法汇报我们的动静了。戴夫回到车辆旁，笑得像只柴郡猫①，我们再次享受起难得的宁静来。

一发RPG的呼啸打断这场寂静时，戴夫刚刚爬入炮塔。火箭弹掠过戴夫头顶的几秒钟前，我瞥见2个塔利班武装分子扛着一具发射器，火箭弹在我那辆悍马车后炸开，刚好位于我们指挥部的窗外。堆在窗框处的空弹箱里填满了泥土，充其量只能提供些基本的保护，但却能防止一些碎弹片击中指挥部里的人。

戴夫钻入炮塔。“赶紧走，快、快、快！”他一边叫着，一边拉动枪栓，将点50口径的子弹顶入重机枪枪膛。

布莱恩启动悍马向后倒车，就在这时，另一发火箭弹在护堤前炸开，正是我那辆悍马刚刚停靠的位置。车辆遭到攻击的汇报淹没了电台。塔利班分子试图摧毁我们的武装卡车。他们知道这些车辆是我们主要的火力来源，也是我们守卫山丘不可或缺的装备。敌人的火力越来越猛烈。

我仔细瞄准我先前发现动静的地方，那是一座小小的土房子，开有三扇窗户，古怪地挤在两座大院子之间。我深深地吸了口气，放缓呼吸，紧紧盯着那座土屋。一扇窗户上挂着一块红色的窗帘，先前我看见的那两个家伙，扛的不是迫击炮就是无后坐力炮，正是从这扇窗户前跑过。我知道，他们的弹药手很快会扛着大袋迫击炮或无后坐力炮弹出现。

第一个身影跑了过去，我扣动扳机，喷出一股黏黏的枪油——擦拭完枪支后，我忘记擦去多余的油脂。我擦了把脸，将机枪抵上肩头。我调整着子弹的落点，机枪发出有节奏的震颤。布莱恩也朝同一地点连续射击。我瞄准的是空地稍稍过去的地方，我知道对方一旦发现火力是朝他们而去，他们的选择要么是隐蔽，要么就撞上子弹。

300米，350米，375米，到了！

① 柴郡猫是《爱丽斯漫游仙境》中的一个角色，经常咧嘴而笑。

每次点射，我打出6～9发子弹，几次尝试后，我终于将机枪火力集中到选定的目标上。子弹穿透墙壁，墙壁后发出一阵骚乱。我肯定是逮住了在屋内休息的那些家伙。一个身影出现了，他跪下双膝向前栽倒，双手捂着胸部，随即又猛地向后翻倒。我扣住扳机不放，心里默数到10。一整箱子弹几乎被我手上的这挺机枪全部射出。我的子弹已耗尽，可能还剩下20发。要找到一个目标并不容易，但我现在知道他们藏身于何处，我绝不会让他们轻易逃脱。我对着墙壁又打光一箱子弹。很快，戴夫也操纵着“老干妈”向那座小屋吐出猛烈的火力。

没子弹了。我高喊着，让布莱恩掩护我，我去取些子弹来。

“也帮我带些来。”戴夫叫道。

我把机枪挂在枪架上，朝附近一条壕沟的弹药储存点冲去。就在我奔跑时，右侧一挺阿富汗国民军的机枪吼叫着。跳入4英尺深的壕沟时，我的膝盖扭了一下，关节处一阵剧痛。我觉得自己真的老了。

机枪的射击声令我打起精神。我抓起4箱子弹，爬出壕沟，向前迈步时，酷热和压力几乎将我压倒。我丧失了所有的控制和平衡感。

一发火箭弹或是无后坐力炮弹在左前方的某处炸开，猛地将我推回到壕沟中。我的左肩先着地，接着便是230磅体重和50磅的装备。我的肩膀失去了知觉，我伸出右手抓住肩头，只是为了确定它还在原处。

我的钢盔、太阳镜和耳机都不见了。左肩处，扣住防弹衣的带子已断裂，防弹护板歪歪斜斜地挂在我的前胸和后背。我无法集中注意力，眼前一片金星。我呕吐起来，将灰尘和硝烟咳出，竭力往肺里吸入足够的氧气。尽管离我只有几英尺，可戴夫那挺点50重机枪的射击声却听不甚清。

我试着弯曲左膝，以便让自己翻过身子，看看膝盖的状况。我原以为膝盖以下已被炸断，但它居然弯曲了，这就是说，我的腿还连在躯体上。我试图吐出嘴里的泥污，可却没有足够的唾液做到这一点。

我努力让自己集中起精神，随即，一阵恐慌袭上心头。我不想死。“不！”我反复对自己说着，我爬到壕壁处，试着向外张望。

眼前的一切看上去像是一部慢动作电影。我原以为会看见“女朋友”像格雷格的悍马那样起火燃烧。目光掠过壕壁，我看见戴夫正在炮塔内开枪射击。我的眼中充满了泪水，既是出于疼痛，也是因为宽慰。我把头埋在尘土中，笑了起来，再次感谢起我的造物主。我爬入壕沟，找到自己的钢盔。可我现在什么也听不见。

看见自己的队伍仍在战斗，这给了我力量。此刻，他们面对敌人猛烈的火力，只能以步枪还击，机枪子弹早已耗尽。我必须赶到自己的悍马那里。我爬过壕壁，向自己的车辆而去，就在此刻，一发机枪子弹击中我肾部稍上处。剧痛传遍我的全身。这种感觉就像是从一辆时速100英里的半挂大卡车尾部扔下的圆头锤砸中了我。尽管我听力受阻，可还是听见了自己发出的惨叫。

我面朝下，无助地摔倒在地。

“就这样了，”我想到，“今天，我要死了。”

我意识到，自己所爱的一切即将被带离。我看见布莱恩已爬到驾驶室我原先的座位上，向我伸出手。我什么也听不见，花了几秒钟才读懂他的唇语。“过来，你能做到的！坚持住！”他说道，戴着手套的手朝我挥舞着。落在四周的子弹激起阵阵尘土，但这一切我听不见，也看不见。

我不想死！

我想赶到他那里。我将双膝曲至腰部，紧盯着他脸上微红的雀斑，尽可能伏低身子向前爬去。我看见戴夫仍在不停地射击，不禁祈祷自己能平安地赶到悍马那里。

来到悍马车旁，我伸出自己汗涔涔的手。布莱恩一把抓住我的手，用超人般的力量把我拉入车内，仰面躺下。我扭动着，试图阻止疼痛，并找到个舒适的姿势。这辆车就是我的家，这一刻，我感到很安全。

布莱恩打开我的急救包，将一把止痛片塞入我嘴里，又把他的饮水吸管递了过来。尽管混杂着尘土、汗水、血迹和药片，但这是我所喝过的最甜美的水。我挣扎着将双腿收回到车内。我看见布莱恩对着电台说着些什么。我面朝上躺在车内，透过敞开的顶棚看着炮塔后戴夫的腰部和双腿。戴夫的枪膛内蹦出几颗炽热的铜弹壳，正落在我脸上。我试着像赶苍蝇那样将弹壳弄走。我知道自己弄砸了，需要别人的帮助。阳光刺得我睁不开眼，就在我试着遮挡面孔时，一个身影出现在车门处。

是比尔！

他伸手从我的头部摸起，脖子、双臂、腰部和后背，一直摸到我的脚底。摸到我后背的下部时，他才稍稍停了停，那里有些潮湿，估计是碎弹片划破了我的屁股。完事后，他把手伸给我看。他的手上只有很少的一点血迹。我不知道哪里的伤势更重些，后背、肩膀、屁股还是左膝。比尔说我的肩膀脱臼了，他开始呼叫莱利。

他伸手把我拉了起来，面对着我，紧盯着我的双眼。

“今天算你倒霉，上尉。你身上的每一个部件都还在，没什么事。”说罢，他扶着我躺下，自己重新投入到战斗中。我马上知道，自己确实没什么问题了。

接着出现的是莱利。他迅速为我检查了一番，然后告诉我，肩膀脱臼，膝盖的韧带可能撕裂了。他未作任何警告地抓起我的左臂，开始移动它。我惨叫起来。在布拉格堡受训期间，莱利学过这一招。推拉扭动了几次后，他猛地将我的胳膊推回到关节里。麻木感从我的手腕和手指处消退。就在莱利忙碌之际，几发子弹击中车体，但他没有流露出丝毫的惧意。

肩膀复位后，他又将我的膝盖包扎起来以消肿，并给我注射了止痛针。

“几秒钟后你就会感到好受些。”说罢，他朝另一辆车跑去，赶去救治一名负伤的阿富汗士兵。

*噢，感觉确实不错。*我对自己说道。

先前击中我的那颗子弹，实际上射中的是我防弹衣左下角的陶瓷板。子弹未能穿透防弹衣，但陶瓷板被打得错了位。那颗7.62毫米的子弹本该射穿我的肾脏、肠子、肝脏，甚至是我的肺部。真是不可思议。

我用力吸着“驼峰”水袋上棕褐色的吸管，却什么也没吸到。击中我防弹衣的弹片滑过陶瓷板，撕破了塑料水袋。后背和屁股上的潮湿感，我曾担心是血，其实是水。我在车厢的地板上摸索着，找到一瓶水，把它倒在脸上。我死里逃生，但现在我知道，自己绝非刀枪不入——这不是你在一场交火中想要的感觉。我分别按住每只鼻孔，将鼻腔内的鼻涕和血迹擤掉。我的听力渐渐恢复，很快我便听到戴夫和布莱恩互相喊叫着要求弹药并大声指示着目标。

此刻，布莱恩不顾自己的安危，从我刚刚负伤的那条壕沟里运送着弹药。他来回奔跑了好几次，将子弹送至悍马的后车厢。

3发火箭弹的齐射击中了学校北面的墙壁，就在我们的车旁，锋利的金属和碎片射向悍马。炮塔内的戴夫伏下身子，摇晃、挤压着自己的手，他大声咒骂着。一块弹片划破了他的手。更多的是出于疯狂而不是负伤，他抓住机枪上蝴蝶型的木制握把，将拉机柄来回拉动两次，再次投入到战斗中。

我爬入悍马的后车厢，举起两箱子弹递给炮塔上的戴夫。我能感觉到风吹过我的裤子，我那条沙漠迷彩裤已被撕破，从后腰到大腿内侧，开了个大口子。现在可没时间换裤子。戴夫的机枪很快又打光了子弹，我帮着他换上新的子弹箱。我那挺M240机枪仍挂在车门旁的枪架上。我打开子弹箱，将一条弹链塞入进弹口，“啪”的一声盖上机匣盖。我将机枪抵上肩头，重新投入了战斗。

当天的战斗中，我向环绕着斯佩万山的建筑和沟渠中的武装分子射出了数千发子弹。这是我排除恐惧的一种方式。无论想杀掉我的敌人是谁，他都没成功。现在的我还能吃饭、睡觉、生活、呼吸，让他们去懊悔吧。

当晚，我打算将防弹衣撑在身子前，在车后睡上一会儿。这件防弹衣救了我两次。伴随着AC–130的引擎声在我们上方响起，我们都将再次入睡。

临睡前，我在学校的楼顶上跟辛沙交谈了几句。踏上宽阔平坦的地面时，可怜的太阳已经落山，但我还是本能地弯下腰，伏低身子。尽管此刻天色已黑，但我可不想冒险。我坐在辛沙身旁红黑色图案相间的枕垫上。他把他那硕大的头颅转向我，透过香烟烟雾，眯着眼看着我。

“鲁斯蒂。”他用他一贯生硬的语气说着，指了指脚下一台中国造小型手摇发电收音机，收音机的频率已调至巴基斯坦国家广播电台。辛沙似乎显得异常高兴，听广播的过程中几次大笑起来。我坐在一旁，喝着茶，听着广播，装作自己也能听懂的样子。广播结束后，通过一名翻译，辛沙用波斯语向我解释了广播内容。“一名塔利班发言人在巴基斯坦的奎达（Quetta）承认，过去的2天里，有300多名塔利班战士殉教。”说着，他露出了满意的微笑。

这是第一条真正鼓舞人心的战果消息，而且是来自塔利班那一方。他们无法解释大批负伤的武装分子被送至巴基斯坦医院的原因，也无法隐瞒他们不断上升的伤亡数字，过去，这是他们能做到的。我们紧紧地追逐他们。他们的指挥官为如何获得援兵而发生争执。他们知道他们在冬季前夺取坎大哈的梦想正在破灭。现在，我们所要做的是保持施压，在他们逃窜时紧追不放，然后，消灭他们。

第二十章

杀戮战场

若问我们的目标是什么？我可以用一个词来回答，那就是胜利。
不惜一切代价，不惧一切恐怖的胜利。
无论前路如何漫长、如何艰苦，我们必须胜利。因为没有胜利就不能生存。
——温斯顿·丘吉尔

长长的尘埃在几英里外就能看见。当地的百姓仍在出逃。

关键的几天里，多次要求游骑兵、海军陆战队（或其他援兵）提供增援的请求石沉大海，但在第二次反击结束后不到24小时，设在巴格拉姆基地的国际安全援助部队司令部终于派出了第10山地师的C连[①]和另一支特种作战小队。上帝保佑，弗雷克雷少将信守了他的承诺。他们还调来2门105毫米口径的大炮，吊在“支奴干”直升机下运来。直升机将2门大炮送到凯巴里山（Keybari Ghar）不到20分钟，炮组成员便已准备妥当，并通过电台向杰瑞德申请炮击任务。

第10山地师的步兵连随即赶到。他们沿喀布尔方向的一条公路驶来，途中只在加油时稍稍停顿。我们不在乎他们从哪里来，我们高兴的是他们终于赶到了。该连的车队围绕着大炮构成一个巨大的外围防御圈。第3营的第376特种作战小队也跟着这群步兵赶到，他们还带着另一支阿富汗国民军部队。376小队的队长是迈克，参加特种部队资格训练时我就认识他。他跳下车，指着架在一辆悍马上，气势汹汹的六管“米尼岗”说道：“我把毁灭者带来了。”这个世界要遭殃了。

我们的援兵真的赶到了。

第10山地师“科曼奇”连的出现，标志着在阿富汗，常规部队第一次被置于一支

① C连隶属于第10山地师第87步兵团第2营，该连一个著名的称号是“科曼奇”连。而他们的姊妹连B连，辖下的第3排就是大名鼎鼎的“亡命排”。

特种部队的指挥下投入到一场大规模行动中。杰瑞德已计划好一个明确的扫荡行动，以肃清目标“撞球”——斯佩万山的整个北部地区。“科曼奇”连将从沙漠地带实施渗透，径直冲入村内，然后向西南方席卷，肃清斯佩万山前方的一切。杰瑞德希望有志愿者加入到新来的阿富汗部队中，带着他们与“科曼奇”连一同杀入村庄和院落所构成的迷宫。莱利、凯西和斯密提同意前往。

士兵们穿过下方的村落时，我钻入车内，向山顶驶去。比尔的车在我旁边停下，就在这时，斯密提的声音在电台中爆发开来。

“鹰爪30，这里是31S。与敌接触，严重接触。AAF（阿富汗反政府军）的人数超过100人。轻武器、RPG和机枪火力。我方阵地东北方100米。正试图让ANA（阿富汗国民军）实施机动。急需空中支援！”他喘着粗气说道。我听见电台通话的背景声中，枪声响成一片，战斗在我们眼前爆发开来。

塔利班伏击了他们。从远处望去，眼前的场景就像是一群火蚁涌出了一座大土堆，阿富汗士兵和美军步兵追赶诱饵时，50多名武装分子从多条农渠中出现。斯密提终于召集到几架直升机在空中就位，朝着敌方目标猛烈开火。我们听见一名塔利班指挥官试图将他的部下召集起来，而那些人完全不顾命令，慌慌张张地逃入其他建筑物中。这群武装分子被逼入一片狭窄地带。战场上，敌人的踪迹随处可见，死伤者挤满了院落和葡萄晾干屋。一些房间里堆放着武器、食物、零配件以及中国出产的廉价摩托车。

我刚刚走开一会儿，便听见戴夫的咒骂。有人中弹了。我赶紧回到电台旁，另一名士兵汇报了情况：“4人伤亡，其中有1名美国人。”

1名跟随阿富汗士兵的“嵌入式战术训练员”试图翻过葡萄园齐膝高的篱笆墙时中弹身亡。另外还有1名阿富汗士兵阵亡，2名士兵负伤。他们4个被抬离战场，送入一辆“游骑兵”皮卡的后车厢，汽车卷起一阵尘云，加速驶离“科曼奇”连的主阵地。我眼睁睁地看着8辆“游骑兵”搭载着阿富汗士兵离开，朝公路而去，显然，不到喀布尔他们是不打算停下了。但至少我们现在知道，新来的这支阿富汗国民军不打算对我们反戈一击。他们只想离开。

第10山地师的那位连长，“科曼奇”6号，正在呼叫支援。他的部下在山丘与河流附近的一片地带之间遭到火力打击。我们必须占据一个更好的有利位置，于是，布莱恩把悍马倒了一把，加大速度冲了出去。扎克和克里斯的车也跟了上去。我们冲下山，在离斯佩万山不远处的一排葡萄晾干屋，我们终于发现了敌人的动静。我们赶到时，一百来名武装分子聚在学校下方，正对山丘发起进攻，这是他们的第三次反击。此刻，这群敌人正处在一个高压锅内，遭到“科曼奇”连和我们的夹击。敌人的机枪对着我们开火了。

布莱恩和戴夫换了位置，因为戴夫整个早上都在炮塔上晒太阳。布莱恩操纵机枪，我和罗恩开始为空中打击提供坐标方格，以确保炸弹不会落在自己人头上。双方的交火爆发后，罗恩从车后跳下，隐蔽到校舍的一个拐角处。那里更安全，而且，他仍可以通过电台与我交谈。就在这时，我看见一发闪烁着的RPG撞上校舍的混凝土墙壁，火箭弹撞碎了墙角，但没有爆炸。弹头落在罗恩身旁两英尺处。发射火箭弹的敌人靠得太近，火箭弹来不及做好触发准备。

透过瞄准镜，我从左至右迅速查看战场，搜索着携带火箭筒的家伙，在那里。“在那里，那里！”布莱恩喊了起来，他的机枪朝一座小小的畜舍扫去。这座畜舍被树木环绕，大小像个工具房，四周有一堵3英尺高的墙壁。

布莱恩的机枪火力在墙上钻出煤块大小的孔洞，构成一幅圆点连接而成的图案。一声爆炸将人体躯干的一部分抛入空中；紧接着又是一声爆炸，伴随着一团粉红色的雾气。那名武装分子背着个装满火箭弹的大背包，子弹肯定击中了其中的一发火箭弹。布莱恩继续向墙壁猛烈扫射，直到它坍塌，墙后再无动静才罢手。山丘的另一侧，霍奇的小队也干掉6名向北面建筑物跑去的塔利班分子。

“敌人正从南面扑来，我们得弥补上这个缺口。你也许该到学校的另一侧去。”他在电台中说道。霍奇的位置居高临下，能看到整个战场的情况，我接受了他的建议。

我们朝先前的阵地跑去。我听见杰瑞德在电台里跟霍奇和布鲁斯交谈。明天，我们必须对赞加巴山实施侦察，那里也被称作“龙脊”。

下方的葡萄园中，莱利和凯西迅速向前移动，剩下的阿富汗士兵紧跟着他们，用准确的火力压制着塔利班武装分子。他们冲至一道狭窄的农渠时，莱利听见电台里传出一名塔利班武装分子的尖叫。排列在院落门口的塔利班武装分子已消失不见，莱利和阿富汗士兵们破门而入。

一名塔利班分子，胸前挎着弹匣袋，手里握着电台，朝几英尺外他那支AK-47爬去。望远镜扔在步枪旁。他的两条腿都已中弹，向步枪爬去时，身后拖着一条血迹。

他的手脚被按住后，莱利搜查了他的衣袋。卫星电话，两部手机和一卷拳头大小的现钞清楚地表明这家伙是一名指挥官。

“我敢打赌，这家伙的伤蛮重的。”莱利说着，看看几个阿富汗士兵，“交给你们了。”

6双手向这个刚刚伏击了他们的塔利班指挥官伸去。这家伙要为他们战友的身亡以及针对当地一些平民的暴行负责。

山上，比尔走到我的车旁。他一直聆听着这场战斗。“要是战况不利，他们遇到麻烦的话，依我看，咱们就直接冲下山，对敌人的薄弱处发起攻击。”他用他那德克萨斯口音慢吞吞地说道，“敌人绝对发现不了我们，我们能把他们全干掉，然后再返回到山上。我不会让咱们那些小伙子陷入困境的。”我点点头表示赞同。

我们做好从学校校舍内发起进攻的准备。比尔与莱利、凯西和斯密提进行着协调联络，一旦他们的情况不妙，我们就将发起进攻，但在接下来的1个小时里，战斗迅速平息下来。武装分子们朝我们开了几枪，但与前几天的状况无法相提并论。我们待在车内或校舍里，以策安全。夜晚迅速来临。面向西南方，我盯着赞加巴山。我们知道塔利班武装分子就是从那片地区而来，杰瑞德已派布鲁斯的小队明天过去，对那片地带实施侦察。

坐在悍马车内，我的手伸向腿旁的子弹箱，按下了播放键。“我只是个中年大叔，中东的一个放骆驼者。在阿富汗北部，我有一个两居室的洞穴……”[①]

通常都很矜持的布莱恩，再加上跳入车内的戴夫，我们几个像醉醺醺的水手那样唱了起来。在这座山丘旁，托比·凯斯的这首歌引起了我们的共鸣。布莱恩和戴夫作为战士，比当歌手更加出色些。就在他们糟蹋这首歌时，我看见一只小鸟在下方葡萄园的树枝间跳来跳去。最后，我看见维克多跳下车，胳膊下夹着他的拜毯。

“待在车上，维克多，”我说道，“我们必须做好出发的准备，以防村里的那些伙计需要我们。”

“我就在这里。”他用蹩脚的英语说道。他只走开几步，随即将拜毯放在地上，整齐地摊开。

“维克多，我告诉你……你会中弹的，待在该死的车上！”

“但凭天意吧，如果这是安拉的旨意。但我现在必须祷告！”

还没等他跪下双膝，一发火箭弹从我的车门旁掠过，在他身后的土丘上炸开。他一头栽倒在地，我确信他已负伤。我推开架在车门上的机枪，打算朝他那里跑去。还没等我的脚碰到地面，维克多已跳起身来。

“该死——该死——该死！稍后我再祷告！”说着，他一头钻进车里。

此刻，我真的很想念从前那两名翻译，他们后来跟随谢夫小队一同行动，阵亡于潘杰瓦伊。

“你这个蠢货！我们是想保住你的命！”我朝他吼道。

“我知道，我知道。从现在起，我听你的，上尉，都听你的。”维克多喘着气说道。

伴随着单独这一发RPG的只有零星的枪声。我们没有还击。

---

① 这是乡村歌手托比·凯斯的《塔利班之歌》。

比尔通过电台通知大家："有谁看见敌人的射手了吗？如果没有更多的火力，这就是一次佯动。大家别开火。等等看会发生些什么。"

我用余光看见布莱恩点着头表示同意。这是一场猫鼠游戏。你在哪里呢？我这样想着。这并不重要，反正我们控制着制高点。要是他们想找死的话，就会冲过来夺取山头。我们能听见塔利班分子在电台里喋喋不休，一名中级指挥官正命令他的部下进攻斯佩万山。我朝维克多瞥了一眼，他掏出了自己的笔记本。

"别搞砸了，把他们的每句话都记下来。"戴夫说道。

塔利班指挥官在电台里训斥那名RPG射手没有和其他射手步调一致，叫嚷着他射失了我们的车辆，白白浪费了一发火箭弹。他们离我们只有200米，浪费了一次机会。这名指挥官将注意力重新集中到我们这里，下达了新的命令。"Hamla，hamla，za，za！"他在电台里吼道。进攻，进攻！上，上！

维克多喊了些什么，却被淹没在一片混乱中。闪着火花的子弹和激起的尘埃困住了我们的车辆，此刻，我正用电台呼叫杰瑞德。他指挥着两处的战斗，正设法与部下取得联系，机枪火力越来越猛烈。"Set！"布莱恩叫道，我们的悍马猛地向后倒去。我的目光掠过3英尺高的护堤，望向错综复杂的院落、农渠和田地，我又看了看地图。敌人可能在任何一个该死的地方。我钻出汽车，找到了罗恩。

"这里和这里，"我指着地图上的两个地点说道，"如果是我，我只会从这两个地方发起进攻。"这是两条由西向东延伸的农渠，相距150米。

罗恩点点头，将坐标方格通报给在空中等待着的飞机。一架喷气战机从低空掠过，搜寻着塔利班武装分子。

"未发现目标，上尉。"罗恩说道，"我们必须以某种方式标出目标，这样他才能看见。"

我问比尔："我们能不能向其中一座建筑开火，或是让某处燃烧起来，给飞行员指示个目标？"

比尔命令迫击炮向一处旱地发射烟幕弹。我们其他人扫射着目标，希望炽热的曳光弹能引燃火焰。但猛烈的火力并未像我预期的那样造成一团篝火。我转向罗恩。

"怎么样？"

"不行，飞行员看不到。"罗恩说着，摇了摇头。

执行B计划。也许我们可以为飞行员制造出足够的尘埃。敌人的子弹继续向我们射来，扎克向最靠近的一条农渠附近的一排葡萄晾干屋发射了榴弹。

"扎克，我用AT4击中葡萄晾干屋后，你就朝里面来上20发子弹，尽可能多地制造出烟雾。"

他笑了起来。

“从这里？你不可能射中的。”他说道。

“赌一箱啤酒？”

“瓶装还是罐装？”

我从车后座取出AT4火箭筒，朝车辆间的一个小缺口走去。做好准备后，我朝比尔做了个手势。

“火力掩护！”他用电台下达着命令。

我顺着火箭筒上小小的黑色塑料瞄具望去，这才意识到目标有多远。硕大的葡萄晾干屋看上去小得可怜，我开始怀疑自己的决定。我紧紧握住火箭筒前端的背带，打开保险，按下小小的红色发射钮。火箭弹冲出炮筒，冲击波令我摈住了呼吸。

火箭弹击中屋顶，产生的火焰迅速引燃了屋顶上铺设的干草。我丢下火箭筒，跑回到自己的悍马旁。布莱恩和戴夫哈哈大笑。我不仅击中了那座建筑，还引发了足以让飞行员看清的火灾。

“目标确认！”

布莱恩在电台里调侃着扎克，扎克无话可说，但我向他望去时，他咧着嘴，笑得像个小偷。天哪，就连比尔也摇着头。没用10秒钟，我们渗透进沙漠地带时我射失那名塔利班分子的耻辱已被一扫而空。

“扎克，我喜欢健力士黑啤，罐装。伙计，谢谢啦。”

罗恩报告说，飞行员已看见火焰，他正指引后者扑向一堵长长的墙壁后的一道农渠。

“炸弹离机，注意隐蔽！”他说道。

F-18俯冲而下，投下了炸弹。剧烈的爆炸震颤着我们的车辆，碎片和灰尘洒得到处都是。尘埃稍稍散尽后，我按下了通话键。

身后的罗恩看上去有点不太高兴。“该死！”他说道。炸弹的落点差了200米，但还是落在农渠中。

“战场上最大的一颗子弹，你怎么会射失了呢？”布莱恩问道。

我们的玩笑被维克多电台里传出的令人毛骨悚然的惨叫声打断了。

“他们击中我们了！9个弟兄正在睡觉。所有人都负了伤。快来啊，我们要死了！”

“扎克，你的目标是炸弹的落点。要是你愿意的话，朝那里来上一箱40毫米MK-19榴弹。其他武器集中于林木线。开火！”

F-18投下的炸弹直接落在敌阵地上。我们事先预计的敌阵地位置并不准确，但罗恩歪打正着，把飞行员和炸弹引到了正确的位置上。“我想，我没有射失，对吧？”

第二十一章

龙脊

任何值得为之奋战的，都值得用上肮脏的手段。
——无名氏

正午的阳光洒落在布鲁斯小队的头上，他们端着武器，小心翼翼地向阿尔甘达卜河而去。当天早上，杰瑞德派他们下到河边，对被称作赞加巴山的岩石堆实施侦察。从斯佩万山顶望去，锯齿状的山峰从茂密的绿色田野中伸出，看上去就像龙背上的鳞片。几天前，塔利班分子在电台中的一番交谈证实了赞加巴山就是他们渡河后的会合点。

布鲁斯小队试图驱车赶往赞加巴山，但他们的车辆无法穿过纵横交错的农渠。布鲁斯和2名部下，带着20名阿富汗士兵实施这次侦察行动。队里的医护兵J.D带着一种不安感穿过开阔地。武装分子们肯定就在这片地区；他们已发现一条巨大的农渠，塔利班利用这道农渠，将补给物资和武装分子送入斯佩万山以及河流附近的阵地中。这条农渠非常宽，5吨重的卡车可在里面畅通无阻，但最重要的是，它被树木所覆盖，盘旋在上空的飞机根本无从发现它。

一路推进至牛奶巧克力色的河床后，布鲁斯和本决定在农渠中设下埋伏。他们查看了几个地点，但都无法提供充足的视野。他们又回到先前经过的一座院落，这才注意到，这座院子坐落在数条塔利班分子用于赶往斯佩万山的小径中间，是他们唯一可看见整片地带的地点。

这是一座典型的阿富汗方形院落，四周的围墙又高又厚。大门位于西侧，南面还有一扇侧门。整座院落看上去已被遗弃，阿富汗士兵们靠在门旁，在彼得和本的带领下冲入大门。彼得是分派到布鲁斯小队中的ETT（嵌入式战术训练员）。前院有些鸡和山羊。整座院落凌乱不堪，衣服和食物胡乱地扔在地上。住在这里的不管是什么人，都已匆匆离开。他们遇到的唯一抵抗是一条龇着牙，大声吼叫的狗。当它终于发起攻击时，他们开枪击毙了它。

他们散开，逐一查看每间房间，搜寻着塔利班武装分子。彼得和本告诉阿富汗士兵们要小心，不要打破任何东西，这是别人的房子，要尊重他们的财产。确保了院落的安全后，本安排几名阿富汗士兵爬上屋顶，布置了两个机枪组控制住通往斯佩万山的道路。附近，两个配备着RPG火箭筒的小组随时待命。本又派5名携带AK-47的阿富汗士兵攀上屋顶，确保他们的火力射击区与两个机枪组相重叠。

下方的院子里，布鲁斯架起电台，聆听着塔利班武装分子与第10山地师的士兵在斯佩万山北面交火的状况。就在这时，杰瑞德的声音出现在电台里，他命令布鲁斯的车去接一名对空联络员和另一名士兵。悍马加速驶离后，布鲁斯意识到，自己此刻没有任何重武器。他和他的部下已成孤军。

本蹲在屋顶的一名机枪手旁，看见8名塔利班武装分子走入一条农渠，向战场而来。他让这几个家伙靠近到100米处才开火，他们几乎立即被机枪扫倒。其他塔利班分子发现他们的存在后，开始从北面和西南面向这座院落逼近。塔利班设在附近一座葡萄晾干屋里的一挺机枪扫射着屋顶，泥块和木片四散飞溅。齐射的RPG撞上院落的墙壁，纷飞的弹片洒落在士兵们身上。

J.D看见院落附近的一条树林线爆发开来，随即，火箭弹开始落下。它们击中墙壁，冲击波冲过院子。敌人的火力和不断增加的兵力完全出乎意料，J.D知道他们不可能长时间挡住这些塔利班。他能看见机枪的曳光弹和RPG从三个方向射来。

布鲁斯用电台汇报“与敌接触”，屋顶上的本高喊着，塔利班武装分子已包围了这座院子。

“我们需要空中支援，越快越好。”本叫道，“得不到援助的话，我们就完了。”

站在斯佩万山旁的校舍顶，我能听见布鲁斯在电台里的呼叫。他看见敌人以4–6辆车为一组，渡过河流朝他那里冲去，车上挤满了携带着PKM机枪和RPG火箭筒的武装分子。我丢下手里的干粮，向山上爬去。到达山顶后，我看见丰田“海拉克斯”皮卡卷起的尘埃从干涸的阿尔甘达卜河而来。

“他们要去哪里？”我问山顶上的一名士兵。

“正冲向布鲁斯的小队。”

我将网格坐标写在地图上，随即呼叫杰瑞德。没有回应。

我跑下山坡，冲入学校的指挥部内。杰瑞德和霍奇站在电台旁，聆听着布鲁斯的呼救。比尔和辛沙站在一边。杰瑞德将听筒贴在耳部，紧盯着扬声器箱。枪炮的轰鸣声中，我们几乎无法听清布鲁斯的声音。霍奇皱着眉摇了摇头。

布鲁斯要求把他队里的车辆派来，但杰瑞德已派他们去接新来的空军作战控制员。“CAS（近距离空中支援）已在路上，很快就会赶到。”杰瑞德冷静地回复道，“我们会增援你。”在坎大哈机场，一名监听着无线电通话的通讯员找到博尔达克，随即，他在作战中心仔细聆听起来。

“我们与2个排的敌人遭遇。其中一股已逼近到50米。我们正遭到准确的轻武器火力攻击。我有2名伤员。我需要1架救伤直升机，但这里没有着陆区。”布鲁斯紧张地说道，“要是你们不赶紧过来，我们就会死在这里，你明白吗？如果他们继续逼近，我们就完了！”对“援助正在赶来”这种口头承诺，他根本不买账。

博尔达克知道，布鲁斯必须保持冷静。近距离空中支援正在赶去，如果在飞机到达前，他那些部下就已慌了手脚，那他将彻底损失这支小队。战术行动中心里挤满了士兵。赶到这里来的每个人都想帮忙，但博尔达克知道，他们也想看看自己的反应。有时候，能听见一位指挥官的声音都会有所帮助。

博尔达克抓过话筒，他想让布鲁斯知道，飞机正在赶去，而自己正设法提供更多的援助。“这里是沙漠之鹰6号。你们正在那里执行一项了不起的任务。你们在所希望的地方逮住了敌人。保持压力。空中支援很快就到，坚持住！”

这番话起了作用。博尔达克冷静而又专业的态度给布鲁斯吃了颗定心丸。海军的F-18战斗机从印度洋飞来，需要加油，但他们只有10分钟的航程了。

尽管已遭到彻底包围，本却毫不在乎塔利班分子试图把他作为射击目标。他在毫无遮掩的屋顶上来回走动，指导阿富汗士兵还击越来越多的武装分子。不到十分钟，第三群武装分子赶到了。密集的子弹射向屋顶，又有3名阿富汗士兵负伤。本继续鼓励着他那些阿富汗战友，他还走到开阔处，击毙了2个逼近到足以将手榴弹掷过墙来的武装分子。子弹不停地落在他四周，但此举激励了那些阿富汗士兵，并阻止了敌人攻入院内。

布鲁斯一边用电台继续呼叫，一边保护着院落的南侧。他守在门口，知道这里是他们唯一的退路。他还安排了几名阿富汗士兵攀上墙壁，但当火箭弹击中墙壁时，阿富汗人丧失了战斗意志，把它丢还给了真主。如果真有决心，他们就无法被打垮。

又一发火箭弹射入院落，撞上墙壁后炸开。

接下来的通话令我的后背一阵发凉。布鲁斯已不在电台旁，一个新的声音出现在电台中，是医护兵J.D。

“上尉已倒下。6名阿富汗士兵负伤。就剩本和我了。”他说道。

我转向霍奇。先前他一直在那片地区，知道布鲁斯是在哪里下的车。

“我们得做些什么！”

他已做出了自己的决定，随即向大门走去。“我带队过去，设法把他们救出来。”他说道。

“你攻进去，看看是否能获得些近距离支援。”我说道。我们俩走出指挥部，“我会把所有人带上山头，为你提供支援。”

霍奇和部下跑向他们的车辆时，我用电台呼叫比尔。“收缩防御圈！”我吼道，“比尔，立刻把所有能开枪的人带上山头！”

塔利班的指挥官们就像闻到水里血腥味的鲨鱼。他们知道我们的一小股部队已被切断，并遭到包围。我们听见他们呼叫着河北岸的援兵，兴高采烈地幻想着能击毙或俘获些美国人。

我看着霍奇的小队加速向龙脊驶去，身后卷起阵阵尘埃。他知道布鲁斯他们的时间非常宝贵，任何犹豫都将付出生命的代价。如果我们耽误得太久，他的队伍就没有什么可以带回来的了。

摆脱了RPG的爆炸，本连叫两次，这才攀下木制楼梯。他发现布鲁斯面朝下倒在地上。本把他扶了起来，布鲁斯目光呆滞地看着他。

“嗨，上尉，你没事吧？”本问道。

布鲁斯慢慢回过神来，在本的帮助下，他再次占据了门口的位置。他将步枪抵上肩头，朝院落南侧的葡萄晾干屋和农渠中的武装分子开火还击。

J.D继续在布鲁斯的院落与本的屋顶间来回走动。这就意味着他必须爬上院落里一具摇摇晃晃的梯子，并将自己暴露于塔利班的火力下，但他别无选择。他不得不上下奔波，救治伤员。就在他爬上楼梯，避开几颗子弹后，他看见一发子弹射穿了一名阿富汗机枪手的脚。J.D看着这名士兵泰然自若地瞥了一眼自己的伤口，耸耸肩，继续开火还击。J.D伏在隐蔽处，试图让这名负伤的士兵爬过来。如果自己中弹的话，对队里的其他成员将毫无用处。那名士兵终于停止了射击，爬到J.D身边，让他为自己的脚包扎。这个伤势没太大的危险，几分钟后，他又回到阵地上，继续向包围着院落的塔利班武装分子开火。

我将4箱子弹丢在我们将使用的阵地上，对比尔说道：“别让一个家伙渡过河来！”

比尔部署的力量相当可怕。我们有5挺点50重机枪，3具榴弹发射器，十来挺美制和苏制中型机枪和4门古斯塔夫无后坐力炮。送弹员排成一条流水线，从而使我们的武器能保持一个稳定的射击速率。这是一具杀戮机器，它将无情地摧毁龙脊与河流之间的一切。我们必须保持这种可怕的火力级别，从而迫使塔利班分子后撤，并确保他们再也不想卷土重来。如果他们今天想尝尝鲜血的滋味，那只能是他们自己的血。而且，他们将血流成河。

我看见几辆卡车丢下20来名武装分子后，重新驶过河床去运送更多的援兵。在地图上标出下车点，我们焦急地等待着那些卡车再次返回。

透过望远镜，我目不转睛地盯着前方。比尔留意着敌人的车辆。他们进入到我们的火力射程时，我说道："动手！""开火！"比尔叫道，霎时所有的武器一起喷射出火舌和子弹。机枪和榴弹发射器狠狠地打击着那些新赶到的敌人所藏身的沟渠和道路。我们在潘杰瓦伊的北半部开辟出一条半英里宽的死亡通道。一股持续的轰鸣在山谷中隆隆作响。每具武器先持续了30秒的全自动射击，随后，我们采用6–9发子弹的短点射。只有更换打红的枪管时才稍稍停顿。

塔利班分子抓起电台大声呼救，痛苦的惨叫声穿透了电波。我不知道他们临死时是否会为几个月前将我的翻译开膛摘心以及在潘杰瓦伊地区折磨无辜百姓而请求真主的宽恕。君子报仇，十年不晚！

为首的2辆塔利班卡车中弹起火，随即发生爆炸。另1辆卡车向右急转，但却翻了车，车上的乘客飞了出去。4辆农用拖拉机从西北面而来，就在他们跨越河床时，我们将他们和跟随他们一同赶来的其他车辆悉数消灭。有些车辆起火并燃烧起来。还有些车辆趁着没被摧毁，调转车头，逃往河对岸的安全处。其他被遗弃的车辆继续滑入河床，司机们惊慌失措地四散奔逃，直到被子弹逐一击毙。

没多久，"阿帕奇"直升机赶到了，他们直接飞过斯佩万山。

"鹰爪31，这里是毒蛇04，正寻找目标。进入，请求开火。"为首的飞行员说道。

"毒蛇04，你已获准开火。航向202度。我的位置在火山上，有一块很大的橙色对空识别板。仔细听好，除了第30号网格线，阿尔甘达卜河的北面没有友军。塔利班正试图打垮河南岸的一支特种作战小队。你没有任何限制。我姓名的英文缩写是Romeo Bravo（R.B）。立即开火，我们正需要呢！"

"哇，全是敌人。"飞行员说道，"我们来扳回劣势！"我抬头看见"阿帕奇"棕色的机腹上涂着个硕大的"H"，不禁想知道他是不是去年在某座山口救过我们的同一名飞行员，当时，我的小队军士中弹负伤。

直升机俯下机头，对准河对岸迎面而来的车辆，为首的"阿帕奇"射出6发火箭弹，火箭弹划着弧线扑向地面，炸毁了几辆逃窜的汽车。

没过几分钟，这些"阿帕奇"便实施了最后的机炮扫射，随即转身向坎大哈飞去。他们已将机上所载的弹药发射一空。

"鹰爪31，这里是毒蛇04，我们得走了。温彻斯特。"这个词的意思是他已耗尽弹药，已将所有的一切提供给了我们。我暗暗发誓，以后一定要在口袋里留下至少20美元，以防遇到一名口渴的武装直升机飞行员。

比尔像个指挥家那样控制着整场死亡交响曲。他让阿富汗士兵们朝目标区开火，更换弹链或枪管时，其他武器实施掩护。趁着短暂的停歇，武装分子们从第10山地师士兵们的枪口下逃离，在附近一排小屋处停下。发现我们的阵地后，他们开火了。子弹在岩石四周迸溅。比尔转过身，将步枪抵上肩头，对准一扇窗户打了个短点射。我看见他的举动，立即跑到他身边。

“那里，就在那里。两点钟方向，50米！”他叫道，眼睛并未离开枪上的准星。

又一发子弹在我们之间迸飞，我站在他身边，也端起枪开火了。此刻，一些塔利班武装分子已逼近斯佩万山脚，正向上方开枪射击。

“所有武器，开火！”比尔叫道，抢在我之前下达了命令。

各种武器的轰鸣再次咆哮起来，子弹撕扯着附近房屋的墙壁，击毙了藏身其中的武装分子。接下来的一个小时里，山上的每一名士兵，不是在开火、运送弹药、戴上石棉手套更换枪管，就是将新的武器送上六层楼高的山顶，以替换磨损或损坏的枪支。我们射向敌人的火力强度丝毫没有减弱。

敌人已非常接近，J.D甚至能看清他们的面孔。他不知道河附近那条巨大的沟渠中或树林线后还有多少武装分子。弹药消耗得很快，本开始提醒他那些射手注意节约子弹，只有选择地打击目标，不得胡乱扫射。

霍奇和他的部下驱车赶至布鲁斯小队的南侧，立即投入战斗，与冲向院子的塔利班分子激烈交火。此刻的形势极其混乱。我们的特种作战小队守着一座院子，塔利班分子包围了他们。而此刻，我们又从南面、东面和北面对塔利班发起打击。

突然，一架F-18雷鸣般地飞过战场，这使双方激烈的交火短暂地停顿了一下。屋顶上的本利用这个机会查看了一番地形。在南面，他发现了一条退路。

霍奇抬起头，刚好看见第一架F-18俯冲而下，轰鸣着掠过院落。这架喷气战机飞得如此之低，霍奇发誓说，他甚至看见了飞行员的面镜和臂章。这家伙是认真的。

“这架F-18是从哪里来的？”他呼叫着麦克。

“一艘航母！”

趁F-18低空飞过院落之际，本和J.D将阿富汗士兵带下屋顶，伤员先走。本留在后面，直到阿富汗士兵们撤离屋顶。J.D最后一个离开。就在他爬下梯子时，一发RPG在附近炸开，他从梯子上摔下，跌倒在坚硬的地面上，纷飞的弹片和土块洒落在其他人身上。J.D挣扎着站起身，透过门缝向外望去。2名武装分子正在逼近这座院子。尽管仍有些眩晕，但他还是努力集中起注意力。他端起步枪瞄准，随即扣动扳机，子弹击中了一名武装分子。他又把枪口对准另一个家伙，却发现对方的AK-47的枪管已瞄准自己。J.D的心猛地一沉，完了！但那名武装分子没有开枪，他犹豫了一下。J.D扣动扳机，子弹击中了对方的鼻子，他摔倒在地。

“他干嘛不开枪？没子弹了吗？”J.D永远也不会知道答案了。

所有人都已冲出院子，但他们仍不知道赶往霍奇和车队的最佳路线在哪里。塔利班武装分子开着枪，跌跌撞撞地穿过车辆向院落冲来。J.D自告奋勇去寻找退路。他冲出院子南面的侧门，尽管头部严重受伤，但他还是七拐八绕地穿过农渠，一口气跑了2公里。这是他第二次冲出去寻求援兵，但第一次的情形他已记不清了。

几分钟后，布鲁斯开始担心J.D会不会遭遇到一群塔利班武装分子。就这样，紧张的10分钟过去后，霍奇在电台里通知他，J.D已平安到达。

霍奇掷出一枚烟幕弹，本带着其他人向车辆跑去。几架F-18战斗机飞得如此之低，他们甚至能分辨出特种部队成员和阿富汗国民军士兵。飞行员用机炮扫射着队伍前方的敌人，为布鲁斯和他的部下打开一条通道。

所有人返回到斯佩万山，这可不仅仅是一场重聚。

一架救护直升机赶到了，带着头骨骨折的J.D和6名被子弹或弹片击伤的阿富汗士兵返回坎大哈。

直升机降落时，博尔达克和营里的一级军士长赫奇斯站在停机坪上等候着。当天剩下的时间里，这两人忙着提交报告，向他们的上级解释所发生的事情。但让受伤的部下回到基地，第一眼看见的就是自己的上司，这是他们的政策。他们俩跟在J.D的担架旁，陪着他一路小跑至基地医院。

回到自己的房间，博尔达克终于放松下来，思考起所发生的一切。在一级军士长赫奇斯面前，他承认了在战术行动中心里无法说出的事实。

“我们很幸运，非常非常幸运！”

第二十二章

斯佩万山火力基地

我们下定决心，在这场可怕的战争结束前，我们的旗帜将成为全世界公认的自由的象征，另一方面，它也代表着势不可挡的力量。

——乔治·C·马歇尔将军

战术行动中心，玫红色电话响起时，发出的更像是一种嗡嗡声，而不是铃声。上午九点的电话，不是找博尔达克就是一级军士长赫奇斯，负责坎大哈战术行动中心的中士对此心知肚明。

他不想接这个电话。博尔达克的上司，设在巴格拉姆基地的司令部，几个小时里一直在找他。这是第三通电话。电话响到第五声时，他才拿起了听筒。

“长官，我想他们是在开会，或是在忙其他什么事，我去找找看，让他们给您回电话。”

“立刻让博尔达克来接电话。”巴格拉姆基地的那名军官吼道。拖延战术失效了。

几天前，一级军士长赫奇斯曾告诉博尔达克，巴格拉姆司令部的“上层人物”不想让他亲赴斯佩万山。这不是命令，只是一个被着重强调的建议。没有人明确地告诉博尔达克不要去。

“我们只是希望你比过去更多地待在自己的前进作战基地里。”他们就是这样说的。

在不同的火力基地间奔波相当危险，而且，博尔达克喜欢自找麻烦的作风早已名声在外。上一次派驻期间，他的一架直升机就已坠毁，还有一次，他甚至命令自己的直升机捎上几名遭到伏击的伞兵，并把他们带离了战场。

斯佩万山的战斗太过激烈，已危及一整支特种作战部队。于是，当天夜里，博尔达克飞往斯佩万山，并指示中士设法拖延巴格拉姆基地的垂询，直到他到达山上为止。博尔达克很聪明，没有申请上级的批准，因为他知道他们不会同意。相比之下，请求原谅要容易些。另外，他还知道，如果战斗扩散开来，他的军衔可以帮我们获得物资和援助。

“长官，他们在斯佩万山。”战术行动中心的中士终于告诉了巴格拉姆基地。

2006年9月11日，我醒来时，琥珀色的太阳早已升起。我吃了一惊，意识到没人唤醒我去换岗。难道有人睡着了？

我揉去眼中的睡意，拿起武器，起身查看情况。下决心让自己肿胀、僵硬的身体从地上爬起花了我几秒钟时间。我仍穿着那条撕破的裤子，我的后背、屁股、膝盖和肩膀不停地悸动着。由于爆炸的后果，我的耳朵里有一种可怕的耳鸣。我那些部下，没人对自己的伤势发出抱怨，也不愿被救伤直升机撤离，我也不会这样。我提醒自己去找莱利，向他要些消肿的药物。

从我的悍马到学校内的指挥部没多远，我发现博尔达克和一级军士长赫奇斯在里面，他们监听着电台，布设着警戒线。杰瑞德摸着他脏兮兮的红胡子来到走廊里。

“睡得怎样？”他问道，“整个晚上，头儿和军士长坚持由他们俩来站岗。”

我们非常需要休息。这两个星期里，总体感觉是超负荷运转。美美地睡上6个小时正是大家所需要的，也包括我。两个当头儿的这么关心自己的部下，确实很不寻常。感动之余，我朝自己的悍马走去。离开时，我的目光落在走廊灰白色墙壁上用粉笔写的一行字上：“从今天起，直到世界末日，我们将被永远记住。我们人数虽少，但却幸运，我们是一支兄弟的队伍。今天，和我一同浴血奋战的，都将是我的兄弟。——莎士比亚。”[①]但我把莎士比亚的名字拼错了。

我找出个咖啡壶，把它插到车内的电源上。尘封已久的插座爆出强烈的火花，但却将足够的电流提供给这具10美元的咖啡壶。我又从背包里掏出一包纯科纳咖啡，这种被称作“夏威夷黄金”的咖啡是我为特殊场合留着的。如果头儿和军士长能为我们这些部下站一夜岗，那我至少能为他们提供一杯该死的好咖啡。我不介意此刻做一名端咖啡的小弟。

煮咖啡时，比尔走了过来，想知道没人换岗是怎么回事。

“博尔达克和赫奇斯在这里，他们俩担任了警戒哨。”

“真的？”他说道。看着翻滚的咖啡，他掏出自己的水杯，“重要的是，来得早不如来得巧。”

我将热水慢慢地没过盛着咖啡的黄色滤器，倒了4杯深杏仁色的液体。我和比尔朝学校走去时，忍不住将杯子凑到面前，闻了闻咖啡的香味。比尔已迫不及待地喝了一

---

① “兄弟连”的称谓就是来自莎士比亚的这句话，出自《亨利五世》。

大口。

我们走入校舍，博尔达克、赫奇斯和杰瑞德坐在口粮箱和子弹箱上，讨论着这11天来的行动。比尔和我听着他们的谈论，整体成绩令人印象深刻：我们带着一支阿富汗部队秘密穿越沙漠区，躲过一场大规模伏击；对一处已知的敌强化阵地发起进攻；夺取了重要而又具决定性的地带；击退了敌人的两次反击和两次对我方阵地的直接进攻；打死打伤近800名武装分子，其中包括8名塔利班指挥官；在这场北约最大的军事行动发起主攻前提供了"协助"；解放了一条苏军从未征服过的山谷。

"哇！"博尔达克说完后，我咕哝道，"对30名绿色贝雷帽和50名阿富汗士兵来说，这还不错！"

"这将是一场不为人知的大战。"比尔笑着说道。

博尔达克告诉我们一些消息。斯佩万山现在正式成为一个火力基地。我们费尽千辛万苦夺下了这座山丘，现在，我们将利用它控制山谷。加拿大特遣队终于成功地夺取并控制了他们为之苦战的目标——"橄榄球"，并在马苏姆山建立起自己的火力基地。但我们没时间沉醉于已获得的成功中。我们还需要渡过河去，控制4个目标。我们知道这道命令会下达给我们，因为加拿大人无法靠他们的机械化车辆做到这一点。

喝罢咖啡，我和比尔回到自己的车上。此刻，四周安静得有些诡异，但我并没有那种厄运来临感。情况有变。我朝下方的田野和院落望去，未发现任何动静。什么也没有。我叫醒维克多，让他侦听电台的情况。他听了几分钟，电台里悄无声息。随后，一句普什图语冒了出来。维克多的眼睛一亮，笑得像只负鼠。他把手台举至空中。

"他们正在离开，他们走了！"

塔利班指挥官收拢起残余的武装分子后撤离，赶往赫尔曼德省和巴基斯坦。聆听着电台里的呼叫，我能感觉到他们蒙受的耻辱。一架"阿帕奇"直升机飞过河去，搜索着田地和林木线，准备再打一场。比尔用电台呼叫对方。

"剃刀，这里是鹰爪31，请求通报情况，结束！"

"鹰爪，这里看上去像个鬼镇，所有人都消失了。他们大概受够了。"

比尔看看我，耸了耸肩，"这太糟糕了，我们刚刚找到些感觉。"

我直直地站着，一个多星期来，这还是第一次。现在，不用太担心敌狙击手或机枪手了，我眺望着河谷。这是我第一次专注凝视塔利班造成的大规模破坏。这一切都是他们干的。无论说什么都是愚蠢、无知的。我只得摇了摇头。每当有平民在战斗中伤亡，那些受到保护、自以为是的家伙立刻将不假思索、完全不了解真相的指责投向西方国家的军队，可当塔利班和其他许多恐怖组织躲在无辜百姓身后或混迹其中作战时，他们却沉默了。对此，没人说话，也没人采取任何行动。

被摧毁的葡萄晾干屋、炸弹造成的弹坑、火焰和杀戮，整个场面展现在我眼前。这一切看上去就像是一头怪兽跺着脚穿过河谷，留下闷烧着的院落残垣和扭曲、撕裂的树梢。对我来说，这不像是一场胜利，这一切是塔利班和基地组织呈现给阿富汗的。这场仗不是我们要打的，他们掀起战火，却选错了对手，结果，无辜者的家园惨遭不幸。

我们向山下走去，并告诉杰瑞德、赫奇斯和博尔达克，我们打算在上午举行个仪式，以纪念9·11，并记住我们为何要为这座山丘而浴血奋战。仪式前，比尔将部下们召集起来，清理武器，检查电台并修理了车辆。戴夫要求用我的iPod放点音乐，他那里只有适合下一次进攻或体能训练时播放的电子乐和舞曲。“音乐大师，来点爱国的，请吧！”

我把自己的iPod插上音箱，翻动着播放列表。托比·凯斯的《愤怒的美国人》[①]开始了。所有人都聚在悍马车旁，开始放声高歌。接下来的1个小时，我们跟着托比唱着歌，猛灌着热乎乎的软饮料，吃着军士长和头儿带来的曲奇饼。这种饼干里的咖啡因和糖分都很高。几座山头外，333小队的那些伙计也得到了我们头儿送去的同样的补给品。他们还获得了额外的东西：一箱，而不是一盒，卫生棉。我们这个团队有一种独特的幽默感。

比尔大声叫着，时间到了。纪念仪式将在10分钟内开始。10点钟左右，霍奇、布鲁斯以及他们的队员们开始聚拢过来。大多数人都拿着一面小小的国旗，在这两周里，这面国旗一直放在他们的装备袋中。这是个基本的军事传统。所有人来到山顶后，我们竖立起三根旗杆。

我们这支联合作战部队在斯佩万山顶上自豪地升起了加拿大、阿富汗和美利坚合众国的国旗。自最初的战斗打响以来，敌我双方没有任何人开枪射击，这还是破天荒的头一遭。“全连，立正！”一级军士长大声喊道。

三面国旗步调一致，冉冉升起。然后，全体低头默哀。这是个沉思的时刻——想想5年前的那场悲剧，想想我们所付出的牺牲，也想想日后将做出的艰苦奋斗。接着，博尔达克掏出一封弗雷泽将军的亲笔信。这位阿富汗南部的联军司令想亲自对我们表示感谢。我们聚在博尔达克身边，他给我们读了信中的部分内容：

我想表达我个人对美国第31特种作战特遣队所有士兵和军官的感谢，他们最近做出的努力，作为“美杜莎”行动的一部分，也许是自2002年以来，在阿富汗所进行的

① 托比·凯斯的《愤怒的美国人》是一首纪念9·11的歌曲，歌词中充满了以武力回击恐怖分子的意味。在当年，不仅是一首爱国歌曲，也是排行榜上的热门之作。

一项最重要、最成功的作战行动……正如我的上级曾向我清晰表明的那样，毫不夸张地说，北约和阿富汗的前景，安危未定。值此形势危急、不容失败之际，第31特遣队的战士们挺身而出，为胜利做出了与他们相对较少的兵力完全不成比例的贡献。

第31特遣队的战士们一次次展示出的个人勇气非凡绝伦，我敬畏于他们对任务的执着、进攻和献身精神……第31特遣队的战士们：我为你们的成就深感自豪，你们的武士精神令我倍感谦卑。你们是真正的勇士，你们展现了人们对特种部队所预期的特性。

仪式结束后，我升起两面美国国旗。其中的一面我要给格雷格。几天前，我得到消息说肖恩活着，但依然不知道格雷格的情况。他已从坎大哈被送至德国。如果他伤重不治，我想在他的葬礼后把这面国旗交给他的妻子。我会在那里向她做出与我曾向查理的妻子做出的相同的承诺。6个月后，我很荣幸地将这面国旗交给了格雷格本人。在上帝的恩典下，他活了下来。

第二面国旗是为另一个人升起的。升旗完毕后，比尔帮着我把它整齐地叠好，放入盒内。我想把它交给博尔达克，以感谢他令人难以置信的领导能力。

仪式结束后，走下尘埃遍地的山头，我请求跟头儿交谈。我将那面国旗交给博尔达克，这是表达我敬佩的唯一方式。这段历史中应该有他的一席之地。

博尔达克抓住我的胳膊，凝视着我的双眼。

“你的人在这里干得真棒。记住这一点！”

当天剩下的时间里，我们商量了下一步过河的行动以及该地区重建的问题。我们必须修复损坏的建筑，修建土路，并开始与当地百姓建立起关系。苏联人一直未能征服这片河谷，但我们现在有机会，不仅控制住塔利班的后院，还将赢得他们家乡人民的支持。我们只需要利用所获得的胜利，让遭受蹂躏的这片地区恢复阿富汗产粮区的盛况。

自我上次打电话回家后，已经过去了好几天，我知道妻子一直很担心。黄昏时，我走到外面，用卫星电话拨通了家里的号码。我知道这场战斗是个重大新闻，任何一位知道该如何根据事实推断情况的绿色贝雷帽的妻子，早已忧心忡忡了不止一天。我知道观看新闻里的战况会令她焦急不安；我知道我没事，可她不知道。情况不明的压力非常沉重，我对此有过亲身体会。我将热乎乎的黑色塑料电话贴在耳边，聆听着通讯连接的“咔哒”声。我听到它最终接通了数千英里外的电话。但在电话另一端应答的不是我妻子，而是我母亲。我吃了一惊，问是不是出了什么事。

“她被送去急诊室接受脊柱手术了。”母亲告诉我。我的呼吸急促起来。

发起第一次进攻前，我曾给妻子打过电话，可她对自己的病情只字未提。作为一名坚强的军人之妻，她不想让我为她担心。军人的妻子是个特殊的种类。

母亲正在等待医院的消息。“她结束手术后我再打来。”我麻木地说道。

博尔达克走出建筑时，我仍攥着那只小巧的铱星电话。此刻，空中悬挂着一轮满月，洒下白色的月光，就像个苍穹中的手电筒。博尔达克走了过来，递给我一张纸。我看了看第一行字，差点被上面的消息吓住。

来自：国际红十字会……您的妻子……手术……请您马上赶来……

我遇到了一生中最为艰难的抉择：返回妻子身边，去帮助家人，还是跟部下们待在一起，这些部下甚至比我的家人更为亲近。此刻离刚刚那个电话没多久，但我还是又打了回去。

“你妻子情况很好，正在苏醒中。不过，她需要许多帮助。”母亲告诉我。

我转向博尔达克，仍感到不知所措。他知道我需要得到些建议，他的话语款款而出时，我只是认真地聆听着。我知道妻子需要我，但我也知道，渡河铲除残余的塔利班武装分子，我们还面临着一些艰难的日子。我们要建立一个火力基地，我不想离开我那些弟兄，不想让他们在我不在场的情况下身赴险境。我的小队，12名弟兄，已有7人负伤，包括我。当你和你的部下太过亲近时，命令的下达会更加个人化，也更加困难。我得跟他们在一起。

最后，我问了个问题。

“长官，我该怎么做？我不能在战斗中丢下我那些部下。”我说道。

博尔达克知道，就算我留下来也会心烦意乱。如果我回家照料家人，重新归队后就会专心致志，因为我已没什么可以担心的。

他说出了自己的看法。“作为军人，我们会遇到这种矛盾，我们必须在自己的家庭和任务之间取得平衡。家庭似乎总是被摆在第二位，”他告诉我，“队伍训练得非常棒，就算你不在场，他们也能干得很好。”

然后，他帮我摆脱了困境。

“我来帮你解决这个麻烦。你搭乘那架直升机，回去照料你的家人。现在，你的首要任务是在家里。我这不是在征求你的看法。”他直截了当地说道。我想拥抱他，可他也许想给我一个耳光。我知道他说的没错，但我并未感到好过些，因为现在我不得不跟那些部下道别了。我知道我们已接到任务，肃清加拿大军车无法靠近的那些目标。这是个很好的机会，也许是我最后一次与他们或他们中的某个人握手了。

我先找到斯密提和比尔。“伙计们，我遇到麻烦了，得跟你们说说。我的妻子进行了紧急手术，我不知道到底出了什么事，”我说道，“我总是不在，我错过了孩子的出生，亲属去世我也不在。我们的整个婚姻全压在我妻子的肩头，我得回去。”

一阵尴尬的沉默后，斯密提开口了："等你回来时，这里还会有许多战斗。回去照顾你的家人吧。"

这正是我想从弟兄们那里听到的话。回到自己的车上取背包前，我在每辆车旁停了停。彼此的握手很有力，笑容很灿烂，但没有太多的话语，多是"我们很快会再见面"之类。将最后一件装备塞入背包后，我把手榴弹、电池、弹匣、鼻烟和袜子留给了戴夫和布莱恩。他们用得着。

此刻，我听见"支奴干"的旋翼在山谷间回响。直升机降落时，一架"阿帕奇"围绕着斯佩万山盘旋。"支奴干"降落在山脚下，我看见两副水平旋翼与空气摩擦产生的静电，在这只大鸟的上方形成了一个布满斑点的光环。机舱斜板放了下来。比尔抓起我的背包，博尔达克和杰瑞德走上前来拥抱了我。随后，他们俩待在车旁，比尔陪着我走向直升机。

我从比尔手里接过背包，走上斜板，"咔嗒"一声将安全钩挂在飞机上。我觉得是硬拖着自己登上了直升机。我不想离开，可又不得不离开。我知道妻子需要我。直升机发出的轰鸣让人难以开口说话。比尔走上斜板，跟我握了握手。

"记住游骑兵的第一条规则[①]。"我说道。

"我会被一次次地调离岗位，不管对方是什么军衔，我都不会鸟他！"他大笑着说道。

"照顾好那些小伙子，等我回来，比尔！"

他向我竖起大拇指，离开了斜板。

我转过身，向勤务长竖了竖拇指。比尔退了回去。直升机引擎呼啸着加大了马力，我看着比尔，看着山丘，看着那片地面在我下方渐渐消失。我站在冰冷的金属板上，俯视着斯佩万山和潘杰瓦伊河谷。我想知道自己和自己的部下为何没有阵亡，对此，我惊讶万分。我试图将每一秒牢记于自己的记忆中。直升机飞过一周前我们设立的拦截阵地，机头向下伸了伸，随即转身向坎大哈飞去。

"支奴干"沿着一号公路飞行，很快，整个坎大哈城出现在直升机的斜板后。灯光和城市的气息——燃烧的火焰、废气和尘埃——迎接了我。我看见几辆四处闲逛的轿车和皮卡。平日里挤满了数以百计购物者的集市，此刻毫无生气。每个人都在家中安然入睡。

---

① 游骑兵的第一条规则是：所有游骑兵都要受到战争规则的制约。

尾声

我要称颂主，我的磐石，他赐予我争战的力量和技巧。
——《诗篇》第144章，第一节

我穿着一身干净衣服登上飞机。甚至连洗澡也令我心感内疚，因为我那些弟兄还在战场上。登机前，我一直坐在战术行动中心，聆听着我那些部下接到渡过阿尔甘达卜河的命令，以肃清塔利班分子作为据点控制了数周的村庄。他们几乎没有与敌人发生接触，这更像是一次清剿行动。

除了大约10名乘客外，机舱内空空荡荡。医护人员固定住我的膝盖，并给我的肩头注射了止痛针，以缓解长途飞行中的疼痛。我的思绪在家人与战友间来回飘摆。我取出笔记本，开始利用飞行途中的这段漫长时光，为部下的英勇行为撰写颁奖推荐信。我试图将自己所记得的一切都写下来。我目不转睛地盯着自己在山上记录的笔记，试着总结所发生的一切。

对这样一场极具战略和重要性的战斗，只会颁发几枚英勇勋章。奋战于战场上的那些战士中，最重要的是裘德。他无私地冲入几乎是必死无疑的险境，对那些目睹过这一行为的人来说，他的义无反顾将永远被牢记于自己的记忆和生命中。对于裘德·沃斯上士的行为，那天晚上我曾在斯佩万山上潦草地写了一页纸，作为颁奖推荐信。

作为一名目击者和夺取斯佩万山行动的地面突击队指挥官，我必须指出，这种英勇行为，是我在阿富汗三次作战轮换、十四年服役期以及三十六岁的生命中所见过的最勇敢、最无畏的举动。当天，裘德·沃斯上士迅速、果断、无私的行为直接挽救了两名战友的性命，并传递出战斗的主动性。如果沃斯上士没有在那里做他所做的事情，绝对可以肯定，三级军士长格雷格·斯图伯和三级军士长肖恩·米舒拉会被烧死、被敌人打死或死于二次爆炸。沃斯上士赶去营救危难中的美军士兵时，并不知道该如何挽救他们的生命，但却冒着敌人猛烈的火力，完全不顾自身的安危。然后，他待在一个极其危险的地方，距离车辆非常靠近（大约5～8米），仍处在敌人的火力下，车上的子弹和炸药造成连续爆炸，火焰已将车辆彻底吞没。他不仅冒着敌人的火力将格雷格从车上移至一条沟中，自己却暴露在外，还为格雷格实施了对挽救他生命而言至关重要的急救，直到我的高级医护兵莱利赶到，这才提供了进一步的救治。我赶到那里时，如果不是看见沃斯上士在现场所做的一切，我根本不会知道肖恩下落不明，更谈不上去找他了。如果不是裘德，格雷格会被烧死，肖恩也会因吸入有毒气体而死或被烧伤……裘德在当天作为一名美国军人的表现，无论在当时还是在军事史上，都是至高无上的荣誉。这是我永远不会忘记的一天。我与英雄们并肩同行。我希望会有人发现这本笔记。

“当你置身现场时，你只是在从事自己的工作。”杰瑞德曾这样说道，“其他伙计中的任何一个都会这样做，但裘德做到了！”

整个“沙漠之鹰”指挥链都推荐裘德获得荣誉勋章，这是我们国家级别最高的军事勋章。但这一推荐在阿富汗被降了级。无论是不是政治因素从中作梗，在那些了解他所做的一切的人们的心目中，裘德的行为永远不会被降级。

从根本上说，争夺潘杰瓦伊地区的战斗仍将持续下去。我们被轮换后，联军和北约部队的接手并未能强化我们所取得的胜利。由于未能通过创造一个环境建立起永久性的安全，从而控制住河谷，这致使塔利班于2006年秋末轻而易举地重返潘杰瓦伊。“美杜莎”行动后，我们的军队又展开了一场规模更大的行动，这一行动被称作“Baaz Tsuka”，也就是“隼峰”的意思。行动的重点是消除卷土重来的塔利班的影响力，并重新恢复安全。在一个类似的情节中，由于行动、战略以及政治等因素，国际安全援助部队无法掌握主动权。第3特种作战大队第1营C连的沙漠之鹰们再度临危受命，以肃清敌人，并确保被认为“太过危险”的目标，然后留在原地进行损害控制。

我们夺取斯佩万山的2个月后，悲剧发生了。比尔，我这位朋友和我所认识的最出色的士兵，阵亡于距离斯佩万山300米处，当时，一具简易爆炸装置在他的车下炸开。比尔没有以自己所希望的方式死去，但却秉承了上帝的旨意。这是我唯一能理解的方式。我知道，所有的士兵都希望长命百岁，生活多姿多彩。但我们作为战士，有着自己的目标。这一目标完成后，造物主将我们召回到身边。我知道，那些曾亲身经历过战斗的人毫无疑问会理解这一点。

实际上，如果轮到你被召回到上帝身边，通常你不会知道。但有时候你又会知道，那会是最艰难的时刻：鲜血涌出你的鼻子，流入你的喉咙，使你窒息、呕吐。你在硝烟和尘埃中喘息。你身上的装备似乎令你喘不过气来。你拭去咸咸的汗水和眼中的污垢，这才意识到那是血迹，你的或是敌人的。你可以站起身子，却无法挪动自己的双腿。你捂住身上撕裂的伤口，竭力不让自己在痛苦中昏厥过去。你愤怒地想到，自己再也无法见到亲人，失去生命激怒了你的灵魂。你怒火万丈地站起身，抓过一件武器，随便什么武器。无论你的种族、文化或宗教是什么，你都想站着死去，像个勇士，像个美国人那样奋战到最后一息，这样，其他人就不必为此而牺牲。如果要为这一切找到个定义，那就是——自由的代价！

我们在斯佩万山和阿富汗的目标清晰明确。作为一支军队和一个国家，我们知道并理解，我们不能也不会接受失败。我们的目标并非一次将结束于九死一生的任务，而是在敌人巢穴中央的一座小山上挑战他们，并获得胜利。这场战斗基本没有成为报纸的头版头条，但第3特种作战大队的战士、国际安全援助部队和阿富汗国民军的行动破坏了塔利班意图复夺坎大哈城有史以来规模最大的一次攻势，这一事实依然存在。历史不能改变的事实是，我们国家遭受攻击5年后的同一天，一小群人站在敌人发源地的中央，郑重宣誓，“我们永远不会忘记！”

附录：布拉德利访谈录

2006年的“美杜莎”行动是北约历史上规模最大的一次攻势，在这一行动中，陆军少校鲁斯蒂·布拉德利率领一支特种部队担当打击塔利班的诱饵。在他的新书《坎大哈之狮》（与记者凯文·莫勒合著）中，布拉德利将读者们带入了这场战斗。他的目标：一处被称作斯佩万山的高地，他和他的部下在那里抗击着上千名试图攻占这座山丘的塔利班分子，并呼叫空中支援来扭转颓势。最近，《战地》用E-MAIL采访了布拉德利少校。

Q：《坎大哈之狮》首次描述了斯佩万山之战，这场战斗是如何改变联军在阿富汗的作战策略的？为什么说“丢失了坎大哈，就将丢失整个阿富汗”？

A：2006年的“美杜莎”行动和斯佩万山之战证明，无论敌人如何拼命，他们终将失败。所有的叛乱必须获得民众的意愿和支持，理解这一点非常重要。一旦老百姓离开山谷，敌人就不得不直接面对我们。他们将无法混迹于妇女和儿童中，躲在学校或院落里。他们不得不跟世界上训练和装备最为出色的士兵作战。他们输了。这场战斗结束后，塔利班待在离村庄很近的地方，预料会遭到攻击时，他们会阻止老百姓们离开。尽管这对我们提出了新的挑战，但事实是，塔利班已没有勇气公然与我们对抗，他们不会忘记这次的教训。

坎大哈一直是阿富汗南部的战略要地，以后也将如此。自亚历山大大帝时期以来，它一直位于连接五座大型城市的十字路口，是整个南部地区的重中之重。在坎大哈省，潘杰瓦伊和扎里区最为重要。这里是塔利班的地理发源地，毛拉·穆罕默德·奥马尔就是在这里宣布自己为塔利班运动的最高领导人的。潘杰瓦伊也是个关键的地区，因为许多塔利班领导人是当地的地主——毫无疑问，他们基本上是在为自己的家园而战。《坎大哈之狮》讲述了争夺这一关键省份的首次激战，塔利班分子将在这里实施他们最后的抵抗。如果塔利班失去对潘杰瓦伊的控制，他们就将丧失支持他们运动的权力根基。

尽管奥萨马·本·拉登的死是这场漫长战争中的一个重大胜利，但在这里还有许多战斗需要我们去赢得。塔利班正在发起另一次攻势，美军经历了极为成功的秋季和冬季后，今年夏季可能会是个转折点。今年夏季，阿富汗南部的关键之战将在《坎大哈之狮》中我们曾奋战过的同一地点展开，从某种程度上说，整个战争的胜负将在南部决定。美军已取得重大战果，但这一进展还是较为脆弱，我们的目标是扩大并全力捍卫这一胜利，以此来支持我们的阿富汗盟友。希望到夏季结束时，阿富汗能坚定地走上和平与进步之路。

Q：这本书中描述了特种部队在阿富汗的行动，他们的工作与派驻在那里的其他部队有什么不同吗？

A：许多人沉溺于“兰博”版的特种部队中，可他们忘了一点，创造我们不是为了摧毁，而是建立。我们打造军队，并将像“北方联盟”那样的老百姓或是外国军人组合成一支训练有素、能干的军队。我们这些人跟阿富汗突击队、警察和军队同吃、同住、同训练。我们要教会他们如何作战，这样，有朝一日他们就可以独立作战。当然，我们也做些“兰博”那样的事情，但有一点不同的是，我们这样做时，几乎总是由阿富汗人陪着我们。如果考虑到不同的语言和陌生的习俗，这就是个非同寻常的壮举。但在阿富汗，这种事情每天都在发生，一件接一件。

《坎大哈之狮》不是一本单纯讲述战斗的书，尽管作战行动是书里的核心，但我认为重点是在我们与阿富汗人的关系上，我们能够与我们的盟友建立起亲密的伙伴关系，就像跟加拿大人那样。作战靠的是我们的能力和团队的努力，阿富汗国民军的协助也是胜利的关键。这种伙伴关系至关重要，因为它现在是阿富汗稳定的基础。我们目前正尽力让自己摆脱出来，只有这样，才能使阿富汗军队和警察成为战场上出色的部队。电影倾向于将重点放在吸引人眼球的快速打击上，但真正辛苦的工作是日复一日地努力获取民心，击败叛乱分子。

Q：现役军官著书的情况不太常见。《坎大哈之狮》是您的第一本书，您也是第一位著书的现役特种部队士兵。您为何决定在这个时候提笔写作，到目前为止，军方对此的反应如何？

A：实际上，写书的念头是我在作战期间产生的。我还记得自己当时的想法，“没人会相信的！”后来，我回到美国，住院，出院，我才意识到那里所发生的事情以及战友们牺牲的重要性。我决定，必须把这个故事讲述出来。我曾在军队里写过许多专业的东西，但摆脱军事报告的限制，试着叙述这个故事，这还是一次很有意思的尝试。我希望帮助读者们了解那场战斗，了解舍身奋战的那些士兵们之间的兄弟情谊。我希望美国公众能看见我那些战友所表现出的英勇气概，他们每天都在激励着我。

这本书从军方那里获得的积极反馈一直令我感到惊喜。我们中的许多人都曾谈论过写本书，但真正能坐下来落笔的人寥寥无几。四年前，我们开始这一项目时，我和我的合著者凯文·莫勒赶到美国陆军特种作战司令部，仅仅是要求获准写这样一本书。可后来，我们在特种作战部队中发展起一种合作伙伴关系，以帮助讲述这个令人难以置信的故事。我觉得，自己之所以能赢得我的上司、同僚和军方的信任，主要是因为我在请求他们的批准，并让他们参与到事情进展的每一步中。我把意图全部摊开，没有遮遮掩掩的想法，也没有那些有时候会出现在某人退役后所著的书中出现的一些问题。这本书不涉及任何目的，它只是一本关于战士和任务的著作。

Q：《坎大哈之狮》描绘了您率领的那些部下在斯佩万山之战中的英勇行为，其中包括格雷格·斯图伯中士，他自愿跟你们一同去执行任务，结果身负重伤。这场战斗最令您难忘的是什么？战斗结束后，您跟那些与您一同战斗过的部下还有联系吗？

A：最难忘的是什么？这可是个很大的问题啊。有些事情你不会理解，除非你曾亲临现场。一闭上眼睛，我就能看见裘德·沃斯在一辆烧得面目全非的悍马旁，拼命抢救着格雷格。我记得格雷格眼中的绝望，他觉得自己肯定要死了。我还看见一架A-10从树梢的高度飞过，以便让我们知道，他正在护卫着我们。这些场面将永远陪伴我的余生。

我一直很幸运自己跟那些与我一同服役的英雄们保持着联系。我们之间的纽带不仅仅来自斯佩万山之战，还因为特种部队中密切的关系。他们与我亲如一家。我们为自己身边的战友而战，我们都知道，我在战斗中保护他们，而他们也保护着我。就这么简单。

Q：您曾五次被部署至阿富汗，反复投入战场，对军人和他们的家人有着怎样的影响？

A：我认为军人的家庭做出了最大的牺牲。赶赴战场使我们无法参加本该出席的纪念日、生日、节假日、度假活动，甚至包括孩子的出生。但我们的家庭是我们在每次部署之间回归自己生活的立足之本，这种生活让我们在远离家人时保持了高昂的斗志。

但对军人和家属来说，这种分离非常艰难。

一名士兵被派赴战场，他知道自己要去哪里，要去做些什么，但他的家人对此并不知情。对我来说，这是一种难以承受的重负。我要向那些默默做出牺牲的军属致以崇高的敬意。

致谢

如果我没有向参与这一努力的所有人表示感谢，那就是我的失职。无论你是士兵、家属或是本书的支持者，我都要恭敬地对你说声“谢谢”。

感谢我的家人：无论以何种方式，只要一想到你们，促使我活下去的次数远比你们所能想到的更多。

感谢第331特遣队的弟兄们：正是因为你们，我现在知道了“荣誉”这个词的真正含义。你们证明了自己是一点也不平凡的平凡人。这本书是为你们而著。那些被硬塞给我们的任务极度危险，似乎永无终结，很少或根本就没有援助，通过专业精神和坚韧不拔，你们拒绝接受失败。你们带着职业猎手的巧妙，追逐每一个任务，每一个目标，每一个坏蛋。你们已看见我们国家之敌的野蛮行径，你们不会畏缩不前，永远不会。你们自愿挺身而出，挡在我们伟大国家的公民与那些敌人之间。作为一个男子汉，作为一名军人，作为一个美国人，最令我自豪的是跟你们一同度过的那些日子，我希望，我的余生仍能跟你们并肩奋战。前进或死亡！

感谢我的上级指挥官们，他们坚守自己的立场，在最糟糕的情况下给予我们最需要的合理建议，面对难以应付的困难时，他们信守了自己的承诺：我从未怀疑，无论我要求什么，无论我需要什么，哪怕承受极大的压力，并以牺牲自己职业生涯为代价，你们也会提供给我。你们为那些完成任务所必需的行为提供庇护，既未屈从于政治压力，也未因情况变得糟糕而命令我们草率行事。希望我们的机构会承认你们对于战场以及特种部队未来的真正价值。

感谢奋战在我们身旁的其他分队：如蒙上帝许可，我们也许再也无须面对这种情况。每个在场并参与其中的人都知道这一事件的严重性。我们也知道，在我们内心，永远不会将之忘却。我们已写入美国陆军特种部队和阿富汗历史中的这一篇章永远不会被删除，永远！直到今天，那些侥幸逃脱的敌人仍会记得斯佩万山的“长胡子”们。

感谢威利、保罗、韦恩、帕特、瑞德以及所有负责后勤支援的士兵，他们忍受着日复一日的无眠之苦，从事着繁重的工作，冒着120华氏度的高温组织货运托板，投放补给：我知道你们会为我们提供所需要的一切。你们化腐朽为神奇。每当我们或我们的装备破裂、烧毁、负伤、损坏或被摧毁，你们总是能提供修理、维护、更换，以便让我们继续战斗下去。作为一名职业军人，在我服役的十五年中，第一次获得如此全面的支持。你们所达到的标准几乎没什么人可以再次实现。

感谢像比尔、扎克、斯密提、裘德、戴夫、格雷格以及肖恩这样的人，你们牺牲了自己的身躯、健康乃至生命，以便使其他人能活下去，继续保卫地球上这个最伟大的国家。无论在记忆里还是现实中，你们所设立的标准是我们每个人都应该坚持的。只要我们一息尚存，你们的荣誉、正直和无私的奉献将永远不会被忽视。

还要感谢凯文·莫勒，他帮着捕捉到这一里程碑式的事件，把它写在纸上，为勇士们的下一代创造了某些有价值的东西。凯文，你是个貌似尖刻的人，赢得了这个不信任媒体的社会的尊重，而且，具有充分的理由。你对本书的指导、辛勤努力和奉献永远不会被遗忘。你为你的职业增了光。

来自美国陆军特种作战司令部（USASOC）和美军特种作战司令部（USSOCOM）的奈上校、卡罗尔·达比女士和克里尔沃特，我要感谢你们和你们的鼓励、指导和支持。通过你们和你们持续的帮助，我们才得以坚持下去，重建了这一小段历史，讲述了一个应当为人们了解的故事。如果没有你们和你们对本项目的信心，这本书永远不会面世。

最后要感谢那些阵亡士兵的家属，你们与士兵们同样重要。请永远不要忘记这一点。你们给予我们继续战斗的力量，哪怕在我们因悲伤而暂时停顿之际。没有丝毫的犹豫，军属让士兵们投身于战斗，他们明白，你们在背后全力支持，这使他们像真正的勇士那样奋战。亲人、丈夫以及孩子的父亲，你们以自己所拥有的最宝贵的资产捍卫着我们的自由。这种自由的代价就是平民军人、志愿者以及已证明比我们更出色的那些人所付出的鲜血。你们都知道，自由不是无偿的。

凯文要感谢我们的代理人斯科特·米勒，以及他那些在一系列报纸文章上查看本书的工作人员。你对我们的信心使得这一项目成为可能。感谢兰登书屋的约翰·弗里克和特雷西·迪瓦恩，你们的耐心和洞察力帮助我们在这些书页上重现了这场重要的战斗。谢谢你们向美国陆军特种作战司令部提出的申请，他们的帮助满足了我的许多请求。还要感谢在那里工作的许多人，你们知道我说的是就是你们，你们与我交谈，回答我的问题，尽管我知道，有些时候你们并不想这样做。感谢唐·博尔达克中校，不仅确保了我没有犯下错误，还教会我反叛乱的技术。正是因为像你这样的军官，我们才能打赢这场战争。还要感谢00184这个C-17飞行组，你们把我从波普空军基地送至阿富汗的巴格拉姆基地。没有这趟旅程，我们无法完成本书。感谢安德鲁·克拉夫特抽出时间在阿富汗度过他的假期，还有克里斯汀·亨德森和凯利·肯尼迪，谢谢你们阅读了每一个章节，并帮我将字句修改得更好。感谢AWS公司的比尔，为我的“嵌入”提供了战术装备。最后要感谢的是我的家人，特别是我的妻子杰西，在办公室的漫漫长夜和阿富汗的数周期间对我的支持。